Re

Le blé qui lève

Roman

ISBN : 978-3-96787-869-1

10 9 8 7 6 5 4 3 2 1

René Bazin

Le blé qui lève

Roman

Table de Matières

I
La marche des bûcherons

Le soleil déclinait. Le vent d'est mouillait la crête des mottes, activait la moisissure des feuilles tombées, et couvrait les troncs d'arbres, les baliveaux, les herbes sans jeunesse et molles depuis l'automne, d'un vernis résistant comme celui que les marées soufflent sur les falaises. La mer était loin cependant, et le vent venait d'ailleurs. Il avait traversé les forêts du Morvan, pays de fontaines où il s'était trempé, celles de Montsauche et de Montreuillon, plus près encore celle de Blin ; il courait vers d'autres massifs de l'immense réserve qu'est la Nièvre, vers la grande forêt de Tronçay, les bois de Crux-la-Ville et ceux de Saint-Franchy. L'atmosphère semblait pure, mais dans tous les lointains, au-dessus des taillis, à la lisière des coupes, dans le creux des sentiers, quelque chose de bleu dormait, comme une fumée.

– Tu es sûr, Renard, que le chêne a cent soixante ans ?

– Oui, monsieur le comte, il porte même son âge écrit sur son corps : voilà les huit traits rouges ; je les ai faits moi-même, au moment du balivage.

– Eh ! oui, tu l'as sauvé, et maintenant on veut que je le condamne à mort ! Non, Renard, je ne peux pas ! Cent soixante ans ! Il a vu cinq générations de Meximieu...

– Ça fait tout de même le trente-deuxième bisancien qu'on épargne ! À ces âges-là, en terre médiocre, comme chez nous, le chêne ne grossit plus, il ne fait que mûrir. Enfin, monsieur le comte est libre ; il s'arrangera avec monsieur le marquis.

Le garde se tut. Sa figure rougeaude et rasée exprimait le dédain d'un sous-ordre qui fut omnipotent, pour l'administration qui lui a succédé. Il était debout, un peu en arrière, coiffé d'une cape de velours vert, au chaud et à l'aise dans un complet de velours de même nuance que la cape ; ses mains, croisées sur son ventre, tenaient un carnet entrouvert : « État des arbres anciens du domaine de Fonteneilles », et ses jambes, trop grêles pour ce gros corps, lui donnaient l'air d'une marionnette allemande posée sur des crins. Il considérait le patron. Le patron souriait au chêne et lui disait tout bas : « Allons ! mon bel ancien, te voilà sauvé ; je reviendrai te voir, quand tes feuilles auront poussé. » L'arbre montait, effilé, élégant, laissant tomber l'ombre vivante de ses branches sur les taillis dévastés.

– Vois-tu, Renard, reprit Michel de Meximieu, qui suivait sa pensée, je les aime bien, mes arbres : ils ne me demandent rien, je les connais de longue date, je vois leur pointe de la fenêtre de ma chambre, ils sont des amis plus sûrs que ceux qui les abattent.

– Race de fainéants, les bûcherons, monsieur le comte, de bracos, de propres à rien, de…

– Non, mon ami, non ! S'ils ne faisaient que tuer mon gibier, je leur pardonnerais volontiers. Tout ce que je veux dire, c'est que ce sont des âmes diminuées, comme tant d'autres.

– Parbleu ! les braconniers ne gênent pas ceux qui ne chassent pas : mais moi, je chasse ! dit Renard à demi-voix.

Son maître n'eut pas l'air d'entendre. Il tenait dans sa main gauche, pendante le long du corps, une hachette à marteau pour marquer les arbres. Après un instant, il remit l'instrument dans la gaine de cuir pendue à sa ceinture. Il considérait maintenant le vaste chantier qu'il était venu inspecter, dix hectares de taillis presque entièrement coupé, où les bûcherons travaillaient encore, chacun dans sa ligne balisée, dans « son atelier », parmi les stères de bois empilé et les tas de ramille. À l'angle de cette coupe, vers l'est, une autre coupe s'amorçait, et il y avait entre elles un détroit sinueux, une gorge comme entre deux plaines.

– Allons ! Renard, assez de cette vilaine besogne ! Retourne au château ! Tu diras à mon père que je reviendrai par le carrefour de Fonteneilles.

– Bien, monsieur le comte.

– Tu diras aussi à Baptiste d'atteler la victoria, pour conduire le général au train de Corbigny.

Le garde fit demi-tour à gauche, s'éloigna d'un pas vigoureux et relevé, et l'on entendit quelque temps le bruit de ses brodequins, qui heurtaient les cépées et brisaient les ronces.

Michel de Meximieu venait d'obéir à un ordre qui lui avait semblé dur et même humiliant. En mars, et plusieurs mois après la vente des bois, consentie à un marchand du pays, il avait dû, sur l'ordre de son père, sacrifier un grand nombre d'arbres primitivement réservés, les désigner lui-même à la cognée et, pour cela, les « contremarquer » en effaçant les traits rouges et en donnant un coup de marteau dans le flanc de l'arbre. Peut-être en avait-il trop épargné, comme disait Renard ; mais lui, il s'accusait et il souffrait d'avoir trop bien obéi.

Michel était un homme jeune, vigoureux et laid. Sa laideur venait d'abord d'un défaut de proportions. Il était de taille moyenne, mais les jambes étaient longues, et le buste était court et la tête massive. Aucune régularité, non plus, aucune harmonie, dans ce visage qu'on eût dit sculpté par la main réaliste et puissante d'un ouvrier du moyen âge : un front bas sous des cheveux châtains, durs, qui faisaient éperon au milieu, sur la peau mate ; des yeux bleus, enfoncés et légèrement inégaux ; un nez large ; de longues lèvres, – le plus expressif de ses traits, lèvres rasées, lèvres d'orateur peut-être, si l'occasion et l'éducation avaient servi le fils du marquis de Meximieu ; – enfin une mâchoire carrée, que les mots desserraient à peine, et que le silence fermait tout de suite comme un étau. Il manquait de charme et de beauté, mais la physionomie exprimait une qualité maîtresse : la volonté. Elle témoignait, non pas d'une énergie en réserve et inactive encore, mais exercée et déjà victorieuse. De quelles tentations ? De quelles révoltes ? Le visage est un livre où les causes ne sont pas toutes écrites. On lisait seulement sur celui de Michel de Meximieu : « J'ai lutté » ; on devinait que ce jeune homme n'était pas, comme tant d'autres, ébloui par la vie, et qu'il l'avait jugée. Deux rides légères bridaient la bouche, comme un mors. Le sourire seul, chez lui, demeurait jeune et cordial : mais il était rapide.

En ce moment, Michel ne souriait pas. Les sourcils rapprochés, les paupières abaissées par l'effort de ses yeux qui s'adaptaient aux lointains, il étudiait les ouvriers répandus au loin dans la coupe, cherchant à reconnaître l'un d'entre eux, auquel il voulait parler. Il allait aborder un bûcheron socialiste, et l'idée ne lui serait pas venue de quitter ses gants. Il savait que ce ne sont pas les différences qui blessent, mais l'orgueil qui les porte. Quand il eut parcouru du regard le vaste chantier forestier, et constaté que Gilbert Cloquet ne s'y trouvait pas :

– Je vais demander au gendre, pensa-t-il, où est Gilbert.

Et, enjambant les branches abattues, tournant les longues piles de rondin ou de charbonnette encordée, il s'avança vivement jusqu'au milieu de la coupe.

Un homme jeune travaillait là, et relevait des brins de moulée qu'il empilait entre des pieux. Il entendait venir le patron. Il l'avait aperçu de loin. Mais il le laissa approcher jusqu'à trois pas, sans le saluer. Michel de Meximieu a l'habitude. Il parlera le premier. La petite blessure, faite d'amour-propre et d'amitié méconnue, saigne intérieurement. Mais la voix ne trahit rien.

– Eh bien ! Lureux, il va geler cette nuit, si le vent cède ?

Une voix jeune aussi, plus sèche, répond :

– Il ne cédera pas.

Et dans le ton de ces paroles, dans la façon d'appuyer sur le mot « céder », dans le rapide sourire qui relève les moustaches tombantes à la gauloise, on peut deviner que Lureux, en parlant du vent, pense à une autre force qui, elle non plus, ne cédera pas.

Le bûcheron, qui venait de répondre cette phrase à double sens, était un homme à peine plus âgé que Michel, de taille au-dessus de la moyenne, au teint clair, et dont le visage, barré en diagonale d'une moustache fauve, toute mince et toute jeune, n'exprimait déjà plus que le contentement de soi-même et la résolution de ne point parler. Ses yeux, un instant animés et railleurs, avaient retrouvé tout de suite, entre les paupières à moitié closes, le regard simple des primevères jaunes qu'on voit luire entre deux feuilles. Il avait jeté sa jaquette sur un tas de ramilles. Sa chemise à carreaux violets, son pantalon de gros drap brun, laissaient voir un corps admirablement fait, souple et exercé.

Autour de l'ouvrier, dans la coupe, des stères de bois empilé s'alignaient comme des murs, jetés dans toutes les directions, et sur l'un de ces murs, à l'extrémité d'un tas de « moulée blanche » qui est le bois de tremble et de bouleau, un petit gars rose et frisé, enfant de quelqu'un de travailleurs égaillés dans la forêt, était assis, les jambes pendantes, les sabots pendants aussi et tenus en équilibre sur le bout des orteils. Lureux le considérait, pour ne pas regarder le patron, et pour marquer sa volonté de ne pas continuer la conversation. Les camarades, au loin, devaient l'observer, et il tenait à se montrer impoli, moins par la haine personnelle que

La marche des bûcherons

par crainte qu'on ne l'accusât de causer avec les bourgeois. Michel comprit, et demanda :

– Où est donc votre beau-père, je ne le vois pas ?

– Par là, dit l'homme en désignant la gauche ; il abat un ancien, il a fini le taillis.

– Merci, Lureux, au revoir !

– Au revoir, monsieur !

Et il suivit d'un regard dédaigneux le patron qui s'éloignait.

Celui-ci sortit de la clairière et entra sous bois. À moins de cent mètres, il aperçut l'homme qu'il cherchait. Le bûcheron abattait un « ancien » marqué au flanc. Il frappait obliquement. Le fer de la cognée s'enfonçait plus avant, à chaque coup, dans le pied palmé de l'arbre, faisait voler un copeau, humide et blanc comme une tranche de pain, et se relevait pour retomber. Il luisait, limé et mouillé de sève par le bois vivant. Le corps de l'ouvrier suivait le mouvement de la hache. Tout l'arbre frémissait, même les radicelles dans le profond de la terre. Une chemise, un pantalon usé, collé aux jambes par la sueur, décalquaient le squelette de l'homme, les omoplates saillantes, les côtes, le bassin étroit, les longs fémurs à peine recouverts de muscles, et pareils à des cotrets vêtus d'écorce molle. L'ombre enveloppait les yeux clairs ; l'orbite était creuse, blessure élargie par la souffrance du cœur. Deux entailles dans la chair, deux coups de pouce, appuyés par un autre modeleur au bas des pommettes, disaient : « Celui-là, dans les jours de moisson, dans les forêts en coupe, a lui-même fondu sa graisse et sculpté son corps. » Le maigre cou disait : « La bise a raboté l'aubier, et n'a laissé que le bois dur. » Ses mains, paquets de veines, de tendons, de muscles secs, maladroites pour les petits travaux et sûres pour les efforts vigoureux, disaient : « Toute une vie de hardiesse et d'endurance s'est exprimée par nous ; nous témoignons qu'elle fut rude, et qu'elle fit bonne mesure aux labeurs commandés. »

– Bonjour, Gilbert !

– Bonjour, monsieur Michel !

La cognée reposait à terre ; une main soulevait la casquette à oreilles, l'autre se tendait ; la figure lasse du bûcheron se pencha, et s'éclaira, comme la hache, d'un rayon. Et c'était un visage qui avait été beau. Cinquante années de misère l'avaient émacié, mais les traits étaient demeurés droits et fins, et la barbe encore blonde l'allongeait noblement et donnait à Gilbert Cloquet l'air d'un homme du Nord, Scandinave ou normand, descendu parmi les herbages et les forêts du Centre.

– Eh bien ! Gilbert, je suppose que tu n'es pas satisfait de ce qui se passe ? J'ai entendu encore le clairon hier soir. Ce n'est pas la grève déclarée, mais une menace pour nous, et, pour vous, une répétition. Crois-tu à une nouvelle grève ?

Le bûcheron, passant la main sur sa barbe longue, cligna les yeux et considéra les taillis qui commençaient à brunir.

– Je n'y crois pas, dit-il d'une voix mesurée ; ils veulent faire peur, comme vous dites, pour que les prix ne baissent pas. Mais ça ne recommencera pas tout de suite... Il faut l'espérer, monsieur Michel, car j'ai bien besoin de travailler, plus que d'autres...

Il se tut, et Michel comprit que Gilbert Cloquet faisait allusion à cette coquette et dépensière Marie Lureux, « La Lureuse » sa fille, qui avait mangé, peu à peu, tout le bien de ce pauvre. Les coups sourds des haches coupant le taillis passaient dans le vent. Le jeune homme reprit :

– Tu es du syndicat, toi aussi, et tu paies tes cinq sous par mois : ça m'a toujours étonné.

– Oui, je suis avec eux par le cœur, pas toujours par la tête.

– Et tu obéis pourtant à tout ce qu'ils commandent ! Un homme de ton âge !

– Ça, c'est le parti qui le veut, monsieur Michel. Mais il y a des fois où je prends sur moi pour rester avec eux.

– Quels maîtres vous vous donnez, mes pauvres !... Vous ne gagnez pas au change ! Enfin, ce n'est pas cela que je venais te dire. J'ai, près du château, une petite coupe de bois que je n'ai pas vendue au marchand. C'est ma provision pour l'hiver prochain. Veux-tu l'entreprendre ? Je te donne la préférence, parce que tu es un vieil ami de la maison.

– Combien de journées à peu près ?

– Une quinzaine. Peut-être plus. Tu as fini ton travail ici ?

– Oui. Les camarades ont encore besoin d'une journée, pour

finir. Mais moi, mon atelier s'est trouvé plus court, et vous voyez, j'abattais un des anciens qui ont été marchandés à Méhaut. Je peux aller dès demain matin dans votre réserve. C'est dit.

– Tu y seras seul, et je suis sûr que le travail sera bien fait. N'en parle pas, cela vaut mieux !

– Bien sûr !...

Le bûcheron tendit sa large main, pour sceller le contrat. Puis, gêné, hochant la tête à cause du déplaisir qu'il éprouvait :

– Monsieur Michel, puisque me voilà engagé, si vous vouliez m'avancer vingt francs sur le travail ? Je ne sais pas comment je fais, pour tant dépenser !...

Michel tira un louis de son porte-monnaie, et le remit à Gilbert.

– Je le sais, moi, mon brave : tu es trop bon avec quelqu'un qui ne l'est guère. Adieu !

À ce moment, une sonnerie de clairon, aiguë, retentit au loin, à droite dans la forêt. Elle était militaire, et rappelait celle du couvre-feu. Rapide, pressée, impérative, elle finissait sur une note prolongée qui commandait le silence, la cessation, le repos. Elle fut répétée à quelques secondes d'intervalle, et cette fois, le pavillon du clairon devait être dirigé du côté où se trouvaient les deux hommes, car elle arriva plus nette et plus forte. Aussitôt, Gilbert Cloquet se détourna, pour prendre la vieille veste pendue à un arbre, et qu'il voulait jeter sur ses épaules pour le retour.

D'un mouvement prompt, avec une irritation non contenue, Michel se baissa, saisit la cognée tombée à terre, et, la levant sur le tronc du chêne :

– Tu laisses la besogne à moitié faite ! En voilà une lâcheté ! Je vais finir, moi !

Avec la sûreté d'un homme habitué aux exercices violents, il frappa dix fois, vingt fois, trente fois, sans se reposer. Les copeaux volaient. Cloquet riait. Une voix haletante cria, à la lisière du taillis :

– Qui est-ce qui cogne après le signal ? Est-ce que tu n'entends pas ?

Un coup, deux coups, trois coups de cognée plus forts que les autres lui répondirent seuls. L'arbre, tailladé tout autour du pied, porté sur un paquet de fibres, rompit cette amarre trop faible, se pencha, s'élança dans le vide, les branches en avant, rebondit sur ses membres brisés, fit un demi-tour sur lui-même et demeura étendu.

– Toute la forêt n'a pas obéi ! dit Michel en jetant l'outil.

Il fouilla des yeux le taillis d'où la voix avait appelé. Mais il ne vit personne. L'homme, ayant constaté sans doute que l'infraction au pacte de servitude ne venait pas d'un syndiqué, avait rejoint les compagnons.

– Sans rancune, n'est-ce pas, Cloquet ?

– Bien sûr, monsieur Michel ! Ce n'est pas à moi que vous en voulez... Mais comme vous êtes blanc de figure !... Ç'a été trop fort pour vous, ce travail-là... On dirait que vous êtes malade ?...

– Non, ce n'est rien.

Le jeune homme avait mis une main sur son cœur qui battait trop vite. Il demeura un moment immobile, un peu troublé, les lèvres entrouvertes, respirant en mesure pour calmer son cœur. Puis le sourire parut, et effaça l'inquiétude.

– À demain ?

Michel descendit la pente, boisée également, qui commençait près de là, sauta par-dessus le ruisseau, remonta l'autre pente, et entra dans une piste qui serpentait parmi de hauts taillis de dix-huit ans. Le soleil, à travers les branches, jetait sous bois une averse d'or rouge. Par moments, on voyait le haut des collines, qui sont au-delà de l'étang de Vaux, tout empourpré. La forêt, anxieuse, sentait mourir en elle le soleil et la vie. Des millions de touffes d'herbes agitaient vers lui leurs bras souples. Les gros oiseaux s'effaraient. Déjà les merles, avec un cri de peur fanfaronne, avaient glissé, à mi-hauteur des baliveaux, vers les parties les plus fourrées du bois. Les dernières grives s'agitaient en criant à la pointe des chênes. Trois fois, Michel avait frémi au passage d'une bécasse qui « croûlait ».

– Bonsoir, monsieur le comte !

Celui-ci, qui s'était arrêté au carrefour de deux sentiers et levait la tête pour écouter le soir, tressaillit au son de la voix gutturale qui le saluait. Mais, tout de suite maître de sa peur, il reconnut, presque à ses pieds, assis sur une pierre et tenant sa besace entre les jambes, un coureur de bois, barbu comme un griffon, et que les gens du pays craignaient sans qu'on pût dire pourquoi. Le mendiant n'avait ni âge certain, ni domicile connu. On l'appellait Le Grollier, à cause des poils aussi noirs que les plumes de grolle qui couvraient son visage, et au milieu desquels étincelaient deux yeux presque blancs, phosphorescents comme ceux d'un chien de berger ou d'un geai en maraude. Michel lui frappa sur l'épaule.

– Hé, Grollier, dit-il, je ne m'attendais pas à vous voir !

– On ne s'attend jamais à moi, répondit l'homme en soufflant la fumée de sa pipe. Vous écoutiez les oiseaux : eh oui ! ce sont les plus petits qui chantent les derniers...

Puis, regardant fixement Michel, qui cherchait dans son porte-monnaie une pièce de dix sous, et la mettait sur la manche immobile de Grollier :

– Défiez-vous de Lureux, monsieur le comte ; défiez-vous de Tournabien et de Supiat, si vous achetez des faucheuses...

– Je n'ai peur ni des uns ni des autres, Grollier, et personne ne sait ce que je ferai... Adieu !

Il porta la main à son feutre, et continua sa route.

– Qui diable a pu savoir que je pense à acheter des faucheuses pour mes prés ?...

Il se rappela qu'à la foire de Corbigny, deux semaines plus tôt, il avait demandé des prix à un constructeur de machines. Et il se mit à rire. Puis l'autre propos du Grollier : « Les plus petits oiseaux sont ceux qui chantent les derniers », le ramena aux pensées qui l'occupaient avant cette rencontre.

En effet, c'était l'heure des chants menus qui décroissent. Les bouvreuils qui voyagent en mars, les pinsons, les verdiers qui ont jeûné l'hiver, sifflaient, mais sans changer leur chanson du jour, avec la confiance que demain serait bon, serait meilleur encore. « Au revoir, soleil, merci pour les premiers bourgeons picorés. Sous nos pattes, nous sentons déjà battre le torrent de jeunesse, les feuilles du printemps futur qui montent vers la lumière, toute la sève en mouvement dans les galeries secrètes, et qui va aux fenêtres, tout là-haut. Au revoir, soleil ! Demain, quand tu renaîtras, que de parfums, que de bourgeons nouveaux, et que de moucherons pour nous ! » Ils se laissaient glisser, un à un, vers les fourrés d'épines. Ils se turent ; le soleil était descendu au-dessous de l'horizon. Alors les derniers oiseaux dirent leur adieu au jour. Ce furent les rouges-gorges, puis les mésanges, toute la tribu des grimpeuses, des fouilleuses de lichens, des exploratrices d'écorces, petits paquets de plumes grises qui ne prennent point de repos tant qu'il y a de la lumière, et dont le cri aigu achève la chanson des bêtes diurnes.

Michel connaissait toutes ces choses. Il sentit accourir, de l'extrême horizon, cette haleine de vent tiède, ce baiser qui remonte chaque soir les vagues de l'air, traverse les bois, roule sur les prés, se répand en douceur vivifiante sur toute la campagne, et touche la vie au passage, partout où elle est. Il ouvrit les lèvres et la poitrine à ce souffle unique, dont son sang fut renouvelé. Puis il continua sa route.

La lumière, maintenant, passait au-dessus des forêts. Un moment, par la percée d'un sentier, il aperçut l'eau encore éclatante de l'étang de Vaux, qui a cinq branches comme une feuille d'érable, et qui fait une étoile dans le sombre de la forêt. Puis il quitta la piste qu'il avait suivie jusque-là, se jeta à gauche dans une taille qu'il traversa rapidement, et, escaladant un haut remblai de terre moussue, se trouva à la lisière d'une des lignes principales du bois de Fonteneilles.

– Ah ! vous voici, père ! Je ne suis pas en retard ?

– À l'heure militaire, mon ami, comme moi : j'arrive.

Sur la bande de terre caillouteuse et bombée entre les pentes d'herbe, le général attendait Michel, au rendez-vous que celui-ci avait fixé. Ayant été séparés toute l'après-midi, ils se retrouvaient à ce carrefour de deux chemins forestiers, dont l'un conduisait au château, tandis que l'autre, inclinant à l'ouest, menait droit au village de Fonteneilles : le père et le fils reviendraient ensemble, et M. de Meximieu partirait aussitôt pour Corbigny. Le général, debout à la lisière d'un de ses taillis, élégant, hautain, aisé, rappelait ces portraits de gentilshommes que les peintres, pour symboliser la richesse et la gloire, enveloppent volontiers d'un décor ample et négligé. Il était de la plus grande taille, très svelte encore malgré ses soixante-trois ans, le plus bel officier général de l'armée, disait la légende : tête petite, moustaches noires, barbiche grise, cheveux en brosse et presque blancs, des traits fermes et nets d'arêtes, un nez vigoureux, sec et légèrement courbé, à l'espagnole, la poitrine bombée, les jambes fines et droites, « pas une once de graisse et pas un rhumatisme », affirmait le général. Comme il avait monté à cheval après le déjeuner, il portait encore le costume que les Parisiens, habitués des promenades matinales au Bois, connaissent bien : le chapeau rond, la cravate bleue à grandes ailes, la jaquette et la culotte de drap anglais gris et les bottes demi-vénerie, la seule note brillante dans le ton mat de la tenue et du paysage. Ses mains étaient gantées de rouge ; sa cravache d'osier tordu, à bout d'or, était enfoncée dans la botte droite. Le général laissa son fils s'approcher de lui, sans faire lui-même un mouvement : il était préoccupé ; il tournait le dos au château et regardait obstinément, d'un air de défi et de mépris, dans la direction du sud-est, dans l'ogive formée par les chênes sans feuilles au-dessus du chemin forestier.

– Tu as entendu ? demanda-t-il.

– Quoi ?

– Ce qu'ils chantent ? Écoute, ils viennent !

La force du vent, les accidents de terrain avaient empêché Michel d'entendre. Il entendit cette fois. Dans les bois, à gauche, de fortes voix, ardentes, musicales, chantaient l'*Internationale*. Les paroles, presque toutes, se noyaient dans les solitudes boisées ; quelques-unes arrivaient, distinctes, aux oreilles des deux hommes debout, côte à côte, dans la ligne du bois, face au bruit qui grandissait.

– Les canailles ! dit le général. Peut-on chanter ces horreurs-là !

– Ils sont ivres.

– C'est un vice de plus.

– De la haine qu'on leur a versée à pleine bouteille. Mais combien n'ont vu d'abord que l'étiquette ! Elle était belle...

– Tu trouves ? Le meurtre des officiers ?

– Non, la fraternité.

– Écoute !

Les bûcherons approchaient. Le vent, sur ses ailes froides, portait leurs cris. Par moment, on eût dit des cantiques. Ils en avaient l'ampleur et la longue résonance à travers la forêt. La nuit commençante rendait l'espace attentif. Tout à coup, un groupe d'hommes déboucha par la gauche, dans l'étroite ligne, presque perpendiculaire à celle où se tenaient M. de Meximieu et son fils. Ils marchaient sans ordre ; l'un d'eux portait un clairon en sautoir ; plusieurs avaient sur l'épaule une perche, la « lance » qu'ils rapportaient de la coupe et dont l'extrémité, flexible, battait en arrière les feuilles du chemin. Le premier, en tête, c'était Ravoux, le président du syndicat des bûcherons de Fonteneilles, un pâle à la barbe noire, un théoricien, un exalté froid, qui ne chantait pas et dont les yeux avaient dû déjà découvrir les bourgeois. À côté de lui, deux jeunes gens tendaient leur poitrine au vent et riaient en chantant. Puis venait Lureux, avec une lance énorme, puis une dizaine d'autres, visages frustes, éveillés ou ternes, mouillés de sueur, poudrés de morceaux de feuilles, jeunes gens, hommes mûrs, tous vêtus de sombre, coiffés de casquettes ou de chapeaux de feutre mou, tous portant la carnassière ou la musette, que gonflaient d'un seul côté un litre vide et le reste de pain qu'on n'avait pas mangé. Quand ils débouchèrent sur le carrefour et qu'ils aperçurent les deux bourgeois immobiles à l'entrée du chemin de Fonteneilles, ils hésitèrent. La chanson s'arrêta dans la bouche ouverte des jeunes qui marchaient en avant. Mais Ravoux, qui ne chantait pas jusque-là, reprit le couplet d'une voix cuivrée, et noueuse comme un brin de frêne.

Les compagnons l'imitèrent. Une étincelle de joie illumina les yeux des hommes, la joie malsaine de vexer et d'injurier impunément l'adversaire. Ils passèrent. Presque tous cependant soulevèrent leur chapeau, et Ravoux fut du nombre. Plusieurs dirent, s'interrompant de chanter : « Bonsoir, messieurs. » Ils s'éloignèrent dans la direction du village. Une autre troupe arrivait, plus nombreuse.

– Ils reviennent de mes bois, dit M. de Meximieu, et ils insultent celui qui leur donne du pain ! Tu les connais, ces gaillards ?

Les têtes sortaient de l'ombre, une à une.

– Tous, répondit Michel.

Les hommes s'avançaient, criant ou muets, levant leur chapeau ou restant couverts.

Le jeune homme les nommait à mesure : Lampoignant, Trépard,

La marche des bûcherons

Dixneuf, Bélisaire Paradis, Supiat, Gilbert Cloquet, – celui-là détournait la tête vers l'autre côté du bois, et saluait quand même, – Fontroubade, Méchin, Padovan, Durgé, Gandhon...

– Gandhon ? mais, je le connais moi aussi ! C'est un de mes cavaliers d'il y a cinq ans ! Tu vas voir ce que je sais en faire ! Gandhon ?

De la bande un homme se détacha, un grand roux aux yeux rieurs et mobiles, qui avait, malgré le froid, les poignets de sa chemise relevés jusqu'au-dessus du coude et sa veste attachée au cou par un bouton et flottant en arrière.

– C'est bien toi, Gandhon, le cavalier de 1ʳᵉ classe du 3ᵉ escadron, à Vincennes, hein, je te reconnais ?

En approchant, l'homme s'était découvert.

– Oui, mon général.

– À la bonne heure, tu ne restes pas coiffé comme ces malappris qui passent devant moi comme devant une borne. Tu es donc devenu amateur de grèves ?

– Non, je sommes pas en grève, pour le moment.

– Comprends bien, ce n'est pas la grève que je te reprocherais ; c'est ton droit ; ma famille aussi est en grève.

Le bûcheron haussa les épaules, en riant.

– Vous voulez plaisanter, mon général !

– Mais non. La seule différence avec vous autres, c'est qu'elle est en grève depuis quatre cents ans, ma famille, et qu'elle en a profité pour servir le pays à peu près gratuitement dans l'armée, dans le clergé, dans la diplomatie. Nous n'avons pas changé de maître, nous autres, ni de chanson : c'est toujours la France. Mais toi, voyons, tu te souviens encore du régiment ?

– Oui, mon général.

– Tu te rappelles nos manœuvres, en septembre ? Et les charges ? Et la revue ?

– Oui, mon général.

– Est-ce qu'on était mal commandé, mal nourri, mal traité ?

L'homme mit une seconde de réflexion avant de répondre, car il sentait que la « politique » allait être en cause. Il répondit : – Mon général, on était bien, je n'ai pas eu à me plaindre.

– Tu vois, Michel, tu vois : il a été formé à mon école, celui-là ; il a du bon sens ! Dis-moi, Gandhon, tu as tort de te mettre avec ces révoltés-là.

– C'est le parti.

– Du désordre.

– Possible !

L'homme s'était mis en garde, et son visage, qui jusque-là souriait avec embarras, devenait dur et défiant. Le général se redressa. Entre son fils et le bûcheron, il ressemblait à un chêne de futaie à côté de deux baliveaux. Le bras tendu, comme s'il donnait un ordre dans la cour du quartier :

– Je ne veux pas que tu te perdes avec ce monde-là, Gandhon ! Je te connais, tu as mauvaise tête, mais, en cas de mobilisation, nous marcherons tous deux, et ce que tu chantais là, tu n'en penses pas un mot !

Il n'y eut pas de réponse.

Le général blêmit. Il s'avança.

– Ce n'est pas possible ! Toi, mon soldat ! Viens serrer la main de ton général !

Le bûcheron se reculait en ricanant. On l'attendait, on le surveillait. Tout à coup il tourna lentement sur lui-même, et courut en avant, dans la ligne déjà piétinée par les camarades.

– Dites donc, mon général, le règlement défend de tutoyer les soldats !

– C'est par amitié, tu le sais bien !

– Je n'en veux pas !...

Gandhon courait, à grandes enjambées, maladroites à cause des sabots, vers un groupe de camarades arrêtés à cinquante mètres de là. Ils reprirent leur marche. Une voix jeune lança de nouveau un des couplets haineux de la chanson haineuse. Dans l'immense paix trompeuse des bois, les mots passaient, et s'en allaient apprendre au loin que les pires passions politiques avaient envahi les campagnes.

Quand le bruit des pas et des voix eut cessé, M. de Meximieu cessa de regarder l'ombre bleue où tout ce mauvais songe avait disparu, et il regarda son fils, qui était debout à sa droite, son fils moins grand que lui, moins beau, moins bien taillé, semblait-il, pour la vie de lutte, d'audace et de défi. Quoique les ténèbres fussent lourdes déjà, Michel sentit la compassion dédaigneuse, l'espèce de désaveu dont toute sa jeunesse avait été accablée.

– Dis donc, mon petit, ton métier n'est pas drôle avec des brutes comme ces gens-là !

– Que voulez-vous, c'est l'aboutissement...

– De quoi ?

– De bien des fautes... Aucun de nous n'est sans responsabilité.

– Ah ! mais non ! Moi, je n'en ai pas ! Je n'en veux pas, de tes responsabilités ! Dis-moi donc celle que j'ai eue ?... Quelle misérable espèce ! Plus rien ! Pas plus de cœur pour la France que mes Arabes de Blida ! Et tu les défends !

Une seconde fois, Michel se sentit enveloppé de ce dédain qui s'étendait à tout, aux idées de Michel, à la profession de Michel, au corps médiocre de Michel, au silence que Michel avait gardé tout à l'heure, et que le général avait dû prendre pour de la peur. Il ne retrouva plus la force qu'il s'était promis d'avoir toujours, de discuter, de réfuter, d'expliquer, et de se montrer à la fois respectueux avec son père et conséquent avec soi-même. Il dit :

– Venez, mon père. Puisque vous devez être demain à Paris, venez...

Il releva le col de sa veste. Le général aussitôt déboutonna sa jaquette. Tous deux se mirent à marcher dans le chemin forestier qui ramenait au château. Il faisait très froid ; le vent avait déjà bu, sur les branches, la tiédeur amassée pendant le jour ; il rebroussait les brindilles, courbait les gaulis et leur arrachait une plainte monotone, comme celle des vies pauvres. L'odeur des feuilles mortes montait plus vive dans l'ombre. Au-dessus des branches, les hauteurs du ciel étaient pâles, et des étoiles commençaient à poindre.

– Reviendrez-vous ? demanda Michel. J'ai à peine eu le temps de vous voir.

– Mon commandement à Paris est terriblement assujettissant, mon ami. Et puis il y a le monde, les relations. J'hésite toujours à prendre une permission. Cependant, tu m'as bien dit que le marchand de bois acceptait de payer les chênes nouvellement marqués, avant l'abatage ?

– Oui.

– Je reviendrai alors pour l'échéance du 31. Tu as marqué tous les anciens des deux coupes ?

– Presque tous.

– Comment, presque ? Il me faut les trente mille francs que je t'ai demandés, en quatre termes, et, s'il est possible, en deux. Y sont-ils ?

Michel fit un geste évasif.

– Je te dis qu'il me les faut ! reprit M de Meximieu en haussant la voix : c'est à toi de les trouver ; tu retourneras dans les coupes, dès demain ; à défaut d'anciens, tu feras tomber des soixantes, et, à défaut de cadettes, des modernes.

– Non, mon père.

Les deux hommes s'arrêtèrent en plein bois, dans le vent, oublieux l'un et l'autre de l'heure qui pressait le départ. La main du marquis de Meximieu, – un paquet de fils d'acier où passait un courant électrique, – s'abattit sur l'épaule de Michel.

– Dis donc, qui est le maître ici ? Je n'ai pas l'habitude de répéter mes ordres.

M. de Meximieu put entrevoir, levé vers lui, un visage aussi ferme, aussi rude d'expression que pouvait être le sien.

– Ce n'est pas possible, mon père. Qu'est-ce que vous faites de l'avenir du domaine ?

– Il est à moi, je suppose.

– Vous oubliez que c'est aussi mon avenir, et que ma vie est ici, et que je ne peux pas ravager les bois...

Pour toute raison, le général reprit sa route, en disant :

– Je n'ai qu'une raison à te donner, mon ami, elle vaut toutes les autres : j'ai besoin d'argent.

Ils continuèrent à marcher, vite et sans plus parler, dans les ténèbres. Après quelques minutes la forêt s'ouvrit, les futaies s'écartèrent en ailes géantes hérissées tout au bout par le vent, et entre elles, sur le sol renflé qu'elles avaient dû longtemps occuper, Fonteneilles apparut dans le crépuscule, au milieu des champs libres et montants. C'était un château du XVIIIe siècle, élevé sur une terrasse : un seul étage au-dessus du rez-de-chaussée ayant sept fenêtres de façade ; un toit de tuiles incliné et deux tours rondes, coiffées d'un toit pointu, mais qui ne dépassaient point en hauteur le reste de l'habitation. Ces tours formaient avant-corps aux deux extrémités ; elles n'allongeaient point la façade, qui gardait son aspect austère, serré et tassé. Les deux hommes traversèrent une pelouse de peu d'étendue, montèrent les marches du petit escalier de pierre qui conduisait sur la terrasse où s'alignaient, en été, les orangers en caisses, et, tournant à droite, aperçurent dans la cour les lanternes de la victoria qui attendait.

M. de Meximieu qui, en marchant, avait changé non pas d'idée, mais d'humeur, s'arrêta. Il avait si peu vu son fils, pendant ces vingt-quatre heures de séjour à Fonteneilles ! Tout un arriéré de questions se présenta à son esprit, en peloton. À l'angle du château dont le mur descendait en oblique et pénétrait dans le sol mouillé, il retint Michel.

– Tu es toujours bien avec tes voisins ?

– Ni bien, ni mal, je les rencontre aux foires.

– Drôles de fêtes ; pas mondaines. Tu vois Jacquemin, l'ancien lieutenant qui a servi sous mes ordres ?

– Je le rencontre ; la Vaucreuse est si près. Je suis même allé lui faire visite.

– Il paraît qu'il fait de l'agriculture qui rapporte ? C'est un malin.

– C'est un simple.

– Il a une fille, qu'on dit jolie. Est-ce vrai ?

– Une enfant : dix-sept ou dix-huit ans.

– Blonde comme la mère, n'est-ce pas ?

– Oui, d'un blond rare : des gerbes d'or rouge et d'or jaune assemblées.

– Tiens ! tu es connaisseur, mon petit ? Sapristi, que la mère était jolie ! Pauvre femme ! Je me la rappelle, un soir, chez les Monthuilé. Elle n'était pas tout à fait belle, mais elle était la grâce, la joie, la vie.

– Vous l'avez beaucoup connue ?

– Non, admirée au passage, saluée, retenue dans mes songes,... comme tant d'autres. Et ton nouvel abbé, comment l'appelles-tu ?

– Roubiaux.

– Il ne doit pas avoir eu d'agrément, depuis six mois qu'il est ici ? Mais je parie que vous vous entendez bien, toi et lui. Tu es peut-être le plus clérical des deux ?

– J'ignore, dit Michel sérieusement ; nous n'avons jamais causé à fond. Mais il m'a fait bonne impression.

– Allons, tant mieux. Un petit Morvandiau, tout brun ?

– Oui.

– Qui a les oreilles sans ourlet et la peau tannée ? Timide en diable ?

– Pas quand il faut être crâne.

– Oui, c'est lui que j'ai dû croiser hier en venant ici. Il a de fichus paroissiens.

Le général chercha son porte-monnaie, et en tira un billet de cent francs.

– Dis-moi, Michel, ça te fera plaisir de lui remettre cela pour ses œuvres. Ne me nomme pas, c'est inutile. Mais je viens si rarement à Fonteneilles que c'est bien le moins que j'y laisse une aumône.

En prenant le billet, Michel serra la main de son père, qui reprit aussitôt :

– Tu sais que je n'aime pas les effusions. Il est inutile de me remercier... Quoi encore ? les réparations ? Je n'ai plus le temps de t'en parler. Il y en a d'urgentes...

– Hélas ! oui, je vous l'ai écrit...

– Mais je l'ai vu, mon ami, j'ai tout vu !... le toit, l'écurie, la sellerie, les toits à porcs, la chambre du bassecourier, tout. Il faut remettre cela à la fin du mois. Adieu.

M. de Meximieu s'avança rapidement, sauta dans la voiture.

– Menez bon train, Baptiste... À la gare de Corbigny !

Il se pencha en dehors.

– Dis donc, Michel, est-ce qu'on trouve à louer des autos, à Corbigny ?

La marche des bûcherons

– Oui.

– J'en louerai une, la prochaine fois. L'âge de la victoria est passé. Adieu !

La voiture était déjà engagée dans l'avenue montante. L'un après l'autre, sous le feu des lanternes, les hêtres au tronc tigré sortirent de l'ombre et y rentrèrent. Puis la victoria tourna à droite, et roula invisible derrière les haies de la route.

Aussitôt après le dîner, très court, – un seul couvert au milieu de la salle à manger, au-dessous des deux lustres voilés de gaze jaune qui avaient éclairé autrefois cinquante convives, – Michel monta dans sa chambre. Il suivit le corridor du premier étage, jusqu'au bout, et poussa la dernière porte à droite. Il était venu à tâtons. Il traversa de même la chambre, et alla s'accouder à la fenêtre, qui ouvrait sur la courte prairie en demi-cercle et sur la forêt.

Le froid semblait avoir diminué, parce que le vent avait faibli. La lune décroissante allait se lever, et déjà sa lumière devait se mêler dans le ciel à celle des étoiles, car les écharpes de brume, étendues au-dessus des futaies, des étangs et des prés, luisaient comme une neige blonde, comme des sillons nouveaux saisis par le givre du matin.

La jeunesse s'émut dans les veines de Michel. Il frissonna de l'amour qui naît de la rencontre de l'âme avec la vie éparse et faite pour elle. Sans ouvrir les lèvres et sans que personne pût l'entendre, il cria à la forêt : « Je suis triste, va, d'avoir diminué ta beauté ! » Et son cœur, fermé aux hommes, fut enfin libre de se plaindre. « Abattre des chênes, encore, encore ! Des anciens, des cadettes, des modernes ! Je ne peux pas refuser. Je ne suis pas le maître. La forêt ne peut cependant pas suffire à ce perpétuel besoin d'argent. Elle est sacrifiée, elle est déshonorée ; tout l'avenir, je le détruis... Ce ne sera bientôt plus la forêt, mais le taillis sans une tête qui dépasse l'autre, sans seulement un haut perchoir de bois mort qui arrête un faucon qui passe ! Et voilà mon métier ! Tout le reste, effort, améliorations, méthodes nouvelles, multiplication des pâtures, machines, mon père ne s'en informe pas. Informé, il oublie de remercier ou d'approuver simplement. Je lui parlerai, quand il reviendra... S'il pouvait me dire alors qu'il m'abandonne une part du domaine, en toute propriété, comme il me l'avait laissé entendre, lorsque je suis venu m'établir ici ! La ferme de Fonteneilles, par exemple ! Je vivrais, je serais sûr de réussir, je m'engagerais, si l'on veut, à réparer le château ! Mais, me faire écouter de mon père ! Réussirai-je ?... Peut-être... Voici ce que je ferai... »

Le jeune homme continua de rêver, et de bâtir son projet d'avenir. Il avait raison d'y penser. Personne n'y pensait pour lui. Et il savait que, pour exposer son plan, pour recevoir une réponse, bonne ou mauvaise, il n'aurait qu'une minute ou deux. On trouvait rarement le moyen de discuter, sur quelque sujet que ce fût, avec le général de Meximieu. Ni militaire, ni civil, ni supérieur, ni parent, ne pouvait se flatter d'avoir exposé sa pensée librement et complètement devant cet homme toujours pressé, qui comprenait trop vite, qui marchait en parlant, interrompait, se souvenait, trouvait une formule heureuse et d'ailleurs souvent juste, s'en contentait et s'y tenait. Chez lui aucune économie, d'aucune sorte, mais l'élan, la brusquerie, l'habitude de ruer, de galoper, puis de tourner court. Ceux qui le connaissaient peu croyaient que c'était là de sa part une habileté ; ceux qui le connaissaient bien savaient que c'était une nature, une façon vagabonde et pour lui-même tyrannique de dépenser la force d'un corps qui ne vieillissait pas et d'un esprit qui n'avait pas mûri. Il était l'être en perpétuel mouvement, fait pour agir et pour entraîner, mais il n'était pas le juge qui pèse deux opinions. La faculté d'examen était demeurée, chez lui, rudimentaire ; le délai qu'elle suppose lui paraissait une faiblesse ; le goût de la vie intérieure lui faisait défaut, et de même tout sentiment d'intimité. C'était une des raisons qui l'avaient empêché de bien connaître Michel et d'être connu de lui.

Une seconde raison avait, il est vrai, fait de ce père et de ce fils des esprits étrangers l'un à l'autre, et irrités par ce sentiment de la distance et de l'inconnu qui les séparaient. Plusieurs fois, en ces dernières années, les journaux avaient publié les états de service du général de Meximieu. Carrière rapide, où la faveur n'avait eu qu'une part secondaire. Ils étaient les suivants : « Philippe de Meximieu, né à Paris le 15 novembre 1843 ; – sorti de l'école de Saint-Cyr en 1864 et nommé sous-lieutenant au 5e dragons, à Pont-à-Mousson ; – lieutenant au même régiment, à Maubeuge, en 1870 ; – blessé pendant la guerre, cité à l'ordre du jour et décoré ; – capitaine au 2e dragons, à Chartres, en 1871 ; – chef d'escadrons au 5e chasseurs d'Afrique, à Blida, en 1881 ; – lieutenant-colonel au 6ᵉ cuirassiers à Cambrai, en 1887 ; – colonel du 1ᵉʳ cuirassiers à Paris, en 1892 ; – général commandant la brigade de dragons, à Vincennes, en 1897 ; – général de division, commandant la 1ʳᵉ division de cavalerie à Paris, en 1901. »

C'est à Chartres, en 1879, que le capitaine de Meximieu épousait Benoîte de Magny. Il avait plus de trente-cinq ans. Elle en avait vingt-sept, Michel naissait l'année suivante, et, peu après, le capitaine, nommé chef d'escadrons, était envoyé à Blida. Il avait « demandé l'Afrique » autrefois. On la lui donnait au moment où il ne la désirait plus. Il n'hésita pas un instant à partir. Mais madame de Meximieu refusa de le suivre. Elle donna pour raison la santé de l'enfant. Il n'y eut pas de discussion. « Comme vous voudrez ; je suis soldat ; je marche au clairon, comme vous au piano, » Mais le ménage avait vécu. Madame de Meximieu s'installa à Paris, dans la même maison où habitait sa mère, madame de Magny, à l'étage au-dessus. Six années passèrent ainsi, après lesquelles M. de Meximieu, ayant pris garnison à Cambrai, elle obtint plus aisément encore, comme une chose désormais indifférente, ce qu'elle appelait « une prolongation de congé ».

L'habitude était prise, de part et d'autre. Quand l'officier revint à Paris pour commander le 1ᵉʳ cuirassiers, il trouva que son fils n'était plus un enfant, et qu'il n'était plus temps de faire des rêves d'éducation. La période décisive était déjà close. Onze ans ne font pas un homme, mais ils le destinent : ils font pour lui de l'irrévocable. Michel ne serait, ni physiquement, ni moralement, le soldat qui continuerait la tradition de la race. Une sorte de mélancolie, une sensibilité muette et hautaine, et déjà le pouvoir de souffrir à l'écart, accusaient entre le fils et le père, entre le fils et la mère, une différence de caractère que l'éducation première avait accrue. Michel, confié d'abord à des gouvernantes, venait d'être placé, comme externe surveillé, à l'Institution Chaperot, « vieille maison de famille », disait le prospectus, établie dans le quartier des Ternes, et dirigée par une association de professeurs et de répétiteurs laïques. Le choix de cette maison neutre, à égale distance du collège catholique et du lycée, avait été arrêté de commun accord entre monsieur et madame de Meximieu. Celle-ci avait elle-même désigné l'Institution Chaperot, dont elle connaissait l'aumônier, externe également et surveillé. Michel partait de bonne heure de la maison paternelle, et rentrait pour trouver sa mère qui s'apprêtait pour sortir, cinq jours sur sept. Le colonel dînait plus tard, ou dînait au cercle. L'enfant avait eu, dès ses premières années, le sentiment qu'il était de trop. Cette pensée continua de peser sur sa jeunesse. À dix-huit ans, la douleur s'était précisée. Au lendemain du baccalauréat, un soir, – comme il se rappelait nettement les détails : l'heure que marquait la pendule de Boulle ; le demi-cercle des sièges orientés par les visiteuses qui avaient défilé toute l'après-midi ; le père debout et appuyé à la cheminée ; la mère assise dans une bergère bleue ! – il avait subi un autre examen plus court, plus dur ; « Eh bien ! Michel, quelle carrière choisis-tu ? Il n'y en a qu'une seule que je t'interdise : l'armée. – Pourquoi ! – Elle n'est plus ce qu'elle était, et puis tu n'es pas taillé pour être soldat. » Un coup d'œil avait complété la pensée, la pensée cruelle. L'enfant n'était pas devenu le demi-dieu qu'on avait rêvé. Il ne semblait pas appartenir à la race légendairement belle des Meximieu ; il ne serait pas le cavalier élégant, l'homme de guerre né, orgueil des soldats et fierté secrète des foules, comme était le général Philippe de Meximieu, comme l'avaient été le grand-père, l'arrière-grand-père, et le maréchal auquel Louis XIV avait dit : « Meximieu, il n'y a qu'une seule des filles d'honneur de la reine qui ait la taille mieux faite que vous ». Michel avait deviné le commentaire. « Rassurez-vous, avait-il répondu, je serai laboureur. »

Il s'y était résolu, bien avant qu'on lui demandât une réponse. Il aimait, d'un amour hérité sans doute de lointains aïeux, de l'amour aussi d'un enfant dont le monde a souri, les bois, les herbages, la solitude que la rencontre des paysans ne détruit pas, le château où survivaient quelques souvenirs du passé familial. Il voulait reprendre la tradition d'une partie des siens, le rôle noble et utile de terrien libéral et savant, refaire les forêts, repeupler les étables, introduire les modes de culture nouveaux, servir la terre et par elle la France. Les seuls beaux jours qu'il se rappelât, c'étaient, au retour de la saison de Trouville, chaque année, les trois ou quatre semaines du début de l'automne passées à Fonteneilles.

Très peu de temps après cette conversation qui décidait de sa vie, Michel partait pour le Nord, et suivait les cours de l'école d'agriculture que dirigeaient les Frères de la Doctrine chrétienne à

Beauvais. L'année suivante, il faisait son service militaire à Bourges. Et enfin, au milieu de novembre 1900, il arrivait à Corbigny. Par un jour languissant et doré, il traversait la forêt de Fonteneilles ; il se découvrait en apercevant les toits du château abandonné ; il écoutait avec ravissement le bruit des contrevents, que la main du garde Renard poussait, l'un après l'autre ; il entrait ; il caressait la pierre des murs ; il était chez lui.

Cinq ans passés ! Que d'efforts ! Que de projets ! Quelle intimité consolatrice entre la terre et l'enfant d'ancienne race qui lui était revenu ! Cinq ans très rapides, très remplis, sans événement, le temps de connaître son métier, de diminuer, chez quelques hommes, les préjugés et les inimitiés grandis pendant l'absence, de préparer des plans d'avenir, de goûter tout le soleil et toute l'ombre de chez soi. Et voici que M de Meximieu menaçait de tout compromettre, avec ses demandes d'argent. C'est le domaine qui aurait eu besoin de ce capital, c'est le château...

La lumière augmentait au-dessus de la forêt, et les franges flottantes de la brume devaient voir déjà le globe rouge de la lune entre les collines. Un chien « criait au perdu », très loin, vers le lac de Vaux. Des vols légers, oiseaux de passage ou de maraude, chuchotaient dans la nuit.

Comment faire, pour obtenir que le général assurât l'avenir de son fils ? Qui pourrait lui parler ? Qui ? Peut-être, tout simplement madame de Meximieu. Elle était bonne cette mère toujours blonde malgré la cinquantaine, très bonne. Sans doute il ne dépendait pas d'elle de constituer en dot la ferme et le château, qui ne lui appartenaient pas. Mais elle ne refuserait pas d'intervenir, de solliciter, de plaider. Elle recommandait habilement les jeunes officiers qui lui confiaient leurs intérêts ; n'était-ce pas le tour de Michel à présent ? Elle ne ferait point d'objections. Elle aimait son fils d'une affection déconcertante et cependant véritable. Longtemps, elle lui en avait voulu de ne pas être une fille, une fille qu'elle eût gâtée, adulée, gardée près de soi. Mais depuis que Michel habitait la Nièvre, elle était venue deux fois à Fonteneilles, par tendresse, par besoin de revoir son fils et de l'encourager. Les forêts ni les prés ne l'attiraient ; elle avait horreur de la campagne : quelles bonnes promenades cependant, quel empressement à s'informer des choses rurales ! « Tu vas me montrer ton bélier de Rambouillet !... Fais-moi voir la différence entre un chêne et un hêtre ?... Peux-tu faire semer du blé devant moi, à la volée ? Il paraît que c'est très joli... »

Oui, elle serait une alliée, à l'occasion. Par elle ou autrement il fallait défendre le domaine et s'y maintenir. Là était peut-être la richesse à venir, peut-être le bonheur ; là était sûrement la vie utile. La vision des bûcherons en troupe, chantant l'*Internationale* et provoquant le général de Meximieu, le chef militaire, le descendant d'une race féodale, le riche, traversa l'esprit du jeune homme. Ses lèvres s'allongèrent, et il regarda dans la nuit, avec un sourire triste, ces fumées onduleuses des futaies paternelles, sous lesquelles avait couru tantôt le chant de la haine.

« Utile à quoi ? murmura-t-il. Je n'ai pas voulu venir ici pour m'y enfermer, y vivre et y mourir pour moi seul ; j'ai voulu, je veux toujours le relèvement de ces hommes de la terre. Quel bien moral ai-je fait jusqu'à présent ? Quelle influence ai-je acquise ? Quelle amitié, d'un seul d'entre eux ?... Ce défilé de ce soir ! Ces mots, si nobles en somme de mon père, et cette réponse de Gandhon, d'un soldat d'hier !... Ah ! je sais bien que ce n'est pas toute la France, que c'est un coin de la France plus travaillé que d'autres par le mal, plus abaissé par la passion jalouse, mais tout de même !... Quelle joie ce devait être, autrefois, de vivre dans une nation saine !... La même foi ! Les mêmes fêtes ! Des mots qui signifiaient pour tous la même chose ! Quelle source d'intelligence et d'amour perdue ! Et ils ne le comprennent pas ! Je les vois avaler le poison, et rire, et chanter, et ils sont déjà tout pâles du voisinage de la mort ! Ah ! les pauvres gens, qui célèbrent leur mal comme une victoire ! »

Michel se redressa, écouta un moment ; quelque chose en lui parlait, et disait :

« Quand même ! Je leur appartiens pour toujours ! Il le faut ! Je les aime ! »

La nuit augmentait de douceur, et une paix inconnue au jour était bue par les champs déserts...

À quelques centaines de mètres de cette fenêtre où Michel songeait, dans un pli d'ombre et de brume, un hameau dormait, les feux éteints : cinq maisons en tout, trois à gauche de la ligne

La marche des bûcherons

forestière et deux à droite. Dans l'une d'elles, un pauvre songeait aussi. C'était Gilbert Cloquet, et le songe qui le tenait était celui de la misère. Couché dans un lit de noyer, entre le mur et l'âtre, il pensait à « ses affaires » qui allaient mal. Il gagnait moins qu'il n'eût fallu. « C'est vrai, disait-il, que j'ai ma suffisance de pain, et même de fricot pour mettre dessus ; c'est vrai que j'achète toujours mon vin à l'éclusier du canal, – l'odeur aigrelette du petit baril, calé dans un coin de la chambre, flottait à travers la pièce, avec un reste de fumée ; – mais mon vêtement des dimanches, il faudrait le remplacer... Je ne peux pas... Le malheur n'est pas grand. Mais le chagrin vient d'ailleurs. Il vient de Marie. Elle est dépensière ; elle est toujours revenue : – Père, je n'ai plus de grain pour la volaille !... Père, le boulanger nous refuse crédit... Nous sommes en retard pour les fermages. Le propriétaire de l'Épine va nous saisir !... Saisir la fille de Gilbert Cloquet ! Non, je ne verrai pas ça... D'abord, j'irai demain porter à Marie la moitié des vingt francs que j'ai reçus, pour mon travail qui n'est pas commencé dans les bois... Et puis, quand l'herbe deviendra haute, j'irai me louer pour les foins chez monsieur Michel... »

Le journalier se retourna dans le lit, essayant de chasser les idées sombres qui le tenaient depuis des heures éveillé... Il entendit le roquet des Justamond, ses voisins, qui aboyait aux feuilles mortes roulées par le vent, ou au passage d'une bête rôdeuse... Un silence absolu suivit... La rosée froide, dehors, relevait les herbes. Le pauvre continua de penser : « Il n'y a personne qui prenne garde à moi, excepté monsieur Michel, qui m'embauche le plus qu'il peut ; et encore, c'est un noble, et ils disent que les nobles ne valent rien. »

II
La vie morale d'un pauvre

Gilbert Cloquet avait été à l'école chez l'instituteur public de Fonteneilles vers 1860, – oh ! que cela était loin ! – il avait appris à lire, à écrire, à compter, et, à cinquante ans passés, aujourd'hui, s'il ne savait plus guère écrire, faute d'usage, il comptait fort bien, lisait les journaux, les affiches et même « l'écriture moulée » sans difficulté, ce qui prouve que l'instruction avait été bonne et solide. Il avait aussi récité le catéchisme, tantôt bien, tantôt mal, à l'instituteur qui se montrait exigeant, pour cette leçon comme pour les autres, et qui aimait qu'on les récitât mot pour mot. Quelques inspections paternelles du curé de ce temps-là, qui interrogeait un peu, encourageait, racontait une histoire, et se retirait en félicitant le maître ; un examen et une courte révision du catéchisme avant la première communion, et Gilbert Cloquet avait été jugé, par les plus hautes autorités qu'il connût, les seules qui se fussent occupées de son âme, suffisamment armé pour vivre honnêtement, résister à tout mal du dehors et du dedans, et conseiller plus tard les enfants qui naîtraient de lui.

– Te voilà grand, mon Gilbert, lui dit un jour la mère Cloquet, tes onze ans sont sonnés, et il faut commencer à gagner ta vie. Nous irons donc à la louée de Bazolles, bien que j'aie le cœur tout en peine de me séparer de toi.

Le dimanche suivant, qui était celui d'avant la Saint-Jean, la louée se tint à Bazolles, selon la coutume, comme elle se tient à Corbigny le jeudi de la Fête-Dieu. La place en pente, la route qui la traverse comme une rivière traverse un lac, étaient pleines de fermiers qui venaient chercher des domestiques, et de jeunesses qui cherchaient à « se louer ». Les jeunes gens en quête d'une place de charretier avaient leur fouet pendu au cou ; ceux qui voulaient s'engager comme laboureurs mordaient une feuille verte ou la portaient à leur chapeau ; les filles tenaient une rose à la main, et elles étaient pauvrement vêtues, de leur plus mauvaise robe, oui, pour qu'on ne les crût point dépensières : mais elles avaient toutes, enveloppés dans une serviette et serrés dans un coin de l'auberge voisine, une robe pour danser et un bout de ruban pour mettre à leur corsage.

Chacun avait amené un parent, la mère, une tante, ou un ami. Et Gilbert avait près de lui, bien inquiète, bien enveloppée dans sa « canette » de deuil, et les yeux rouges, la vieille mère Cloquet qui était connue dans tout Bazolles et Fonteneilles, et même au-delà, pour une femme pauvre mais laborieuse, économe et proprette. Il était assurément l'un des plus jeunes de l'assemblée ; la plupart des domestiques avaient de quinze à vingt ans ; plusieurs même étaient des hommes faits, qui changeaient de ferme pour des raisons d'humeur ou d'argent, et le petit, immobile au bas du perron du débit de tabac, – une bonne place qu'avait choisie la mère Cloquet, – se demandait s'il y aurait maître qui voulût de lui : onze ans, des sabots, une blouse bleue à boutons blancs, une figure de fille blonde et rousselée, mais des yeux vifs, maraudeurs et d'un bleu limpide, sous l'ombre du grand chapeau. Qui viendrait le louer ? Et la mère, chétive, ridée, ratatinée, plus petite que son gars et tremblante pour un geste qui le désignait, qui donc l'aborderait le premier pour discuter avec elle les conditions de la louée ?

Ce fut un des plus gros fermiers de Fonteneilles, M. Honoré Fortier, homme de vingt-six ans, qui venait d'hériter de son père, et qui gouvernait les cent hectares de la Vigie.

– A-t-il déjà gardé les vaches ? demanda-t-il.

– Souventes fois, monsieur Fortier, répondit avec une révérence la mère Cloquet. Il n'a pas peur d'elles, et même son goût serait de charruer bientôt.

– Il n'est pas l'heure, ma bonne femme, mais le gars ne me déplaît pas.

Il regarda Gilbert, comme il eût fait pour un poulain, lui mesura de l'œil la poitrine, lui tâta le bras, lui prit l'épaule et la secoua pour voir si cette jeunesse avait de la défense, puis, brusquement :

– Une pistole par mois, pour commencer, la mère ?

– Ça me va, monsieur Fortier. Ôte donc ton chapeau, voyons, mon gars Gilbert, puisque monsieur Fortier te fait de l'honneur...

Le fermier tira de son gousset une pièce de cent sous, et la mit dans la main de la mère Cloquet, puis, les yeux dans les yeux du blondin qui avait levé son chapeau :

– Écoute bien, berger : deux ans, dix ans, vingt ans chez moi, si tu veux ; tu feras ton chemin ; je n'y mets qu'une condition, c'est que tu obéisses.

Gilbert serra la main de M. Fortier, et quitta Bazolles pour aller quérir ses hardes, car il devait, le soir même, monter à la Vigie.

– Es-tu content ? demanda la mère.

– Assez.

– Tu n'as pas dit mot ?

– Il n'y avait pas besoin, répondit le garçon.

Pourquoi s'étonner ? Il était Nivernais, du pays où les volontés sont fortes, violentes même, mais où le visage est froid et la langue souvent muette.

Depuis lors, la patrie de Gilbert, ce fut la Vigie, ferme posée princièrement à trois cent vingt mètres d'altitude, au sommet d'une colline ronde et sans bois ; ferme autour de laquelle cent hectares de bonne terre coulaient sur des pentes égales ; ferme enveloppée dans le vent comme un phare et d'où la vue est en cercle : au nord on voit Beaulieu, tout blond sur une croupe bleuissante ; à l'ouest et au sud, une vallée d'abord, des herbages et des champs, puis, au-delà de Crux-la-Ville, une forêt qui monte, une vague énorme et longue, et prête à déferler, et qui porte à sa crête les sapins ébréchés d'un vieux parc seigneurial ; du côté de l'orient, un paysage si grand que les yeux mêmes de ses enfants ne l'ont jamais tout connu, des forêts encore, celle de Fonteneilles, celle de Vaux avec son village de Vorroux éclatant comme un coquelicot dans les feuilles, la courbe des grands étangs cachés par les futaies et, au-delà, une conque verte et prodigieuse, une succession de houles qui semblent n'être que des bois, et qui s'élèvent d'étage en étage et de douceur verte en douceur bleue, jusqu'aux monts du Morvan, arrondis, transparents, changeant de reflets tout le jour au bord du ciel.

Cette beauté du pays ravissait mystérieusement le pâtour de la Vigie, le petit Cloquet dont la dent poussait, dont l'œil s'aiguisait au plein air et découvrait un tiercelet planant à mi-chemin de la Collancelle. Il eut vite fait d'apprendre son état et d'en souhaiter un autre, le métier que font les jeune gens : conduire les chevaux, fouailler en chantant à la tête du harnais de labour, quand les bœufs blancs, Griveau, Chaveau, Montagne et Rossigneau, mollissent

La vie morale d'un pauvre

sur la chaîne ; herser, couper les fourrages verts et faire sa partie dans la moisson d'été. Il monta en grade et fut payé plus cher. Il fallait travailler dur, pour que M. Honoré Fortier pût s'acquitter de son fermage, qui était de dix mille francs. Et nul n'y manquait. Le patron était rude et toujours présent. Il gouvernait, avec madame Fortier qui lui ressemblait pour le sérieux et l'exactitude de l'humeur, un personnel nombreux : le ménage des bassecouriers, dont le mari était une sorte de contremaître et présidait la table des serviteurs, quatre domestiques de ferme, un berger, une servante, sans parler des journaliers qu'on embauchait au temps des grands travaux. Pendant dix heures, douze heures, quatorze heures même, la terre buvait la vie du corps et la pensée des hommes. Comment n'aurait-elle pas donné de moisson ? Aux repas, qui se prenaient dans la cuisine attenante à la chambre du patron, Gilbert écoutait en silence les serviteurs. Ils parlaient du travail, du prix du foin et des cours des foires, des histoires scandaleuses ou seulement grossières, ou même drôles, qui couraient le pays, et rarement, en ce temps-là, de la politique. Les plus âgés, anciens soldats, ne se gênaient guère dans leurs propos. Jamais un mot ne venait relever, guider, rafraîchir l'esprit de ces hommes ou apaiser les jalousies qui les divisaient : rien que des ordres, une discipline, une surveillance tout extérieure et l'intérêt que chacun croyait avoir à ne pas quitter la Vigie. Le dimanche, ceux qui descendaient à Fonteneilles ne le faisaient guère que dans l'après-midi.

Seules, les deux femmes qui commandaient à la ferme, celle du patron et celle du bassecourier, descendaient le matin, pour assister à la messe. Les communions étaient finies, n'est-ce-pas, et les hommes, à Fonteneilles, s'ils n'étaient pas antireligieux, ne se montraient plus guère aux offices après cette date-là, sauf à Pâques, à la Toussaint, aux jours d'enterrement, et quelquefois le 3 mai, jour de l'Invention de la Sainte-Croix, où le curé bénit les « croisettes » qui protègent les « héritages ». M. Fortier, lui, le dimanche, inspectait ses terres, fumait des pipes et faisait ses comptes, ou bien il attelait sa jument à la carriole jaune, et allait rendre visite à quelque fermier ou marchand de bœufs des environs. Gilbert, dans les commencements, prenait assez souvent ses beaux habits, au premier son de la grand-messe, et courait rejoindre la mère Cloquet dans les derniers rangs, près du bénitier ;

il aimait même à la prévenir quand passait le sacristain, et à payer les deux chaises, en garçon qui gagne sa vie et qui a du cœur. La mère Cloquet le trouvait dévot, à cause de cela. Elle craignait bien pour l'avenir, sachant que les jeunes gars ne sont guère sages ; qu'ils échappent aux mères qui veillent de près sur eux, et qu'ils peuvent donc tromper les mères qui sont au loin. Mais elle ne montrait son inquiétude que par de petits mots, dits bien bas à Gilbert, et par ses yeux ridés qui se troublaient, quand elle avait fini de lui sourire. Sa manière était l'*Ave Maria*, qu'elle récitait ici et là, éveillée ou demi-sommeillante, et toujours avec la même vision de l'enfant grandissant et aventuré. « Heureusement qu'il m'aime ! » pensait-elle. Son mari aussi l'avait aimée. Cela lui donnait un peu de confiance dans les hommes de chez elle.

À la Vigie, les saisons passaient vite et repassaient, mêlant tour à tour, sur les flancs de la colline, au vert des pâturages, le violet des guérets nouveaux, le blond pâle des avoines, et l'or roux du froment. À l'aube, M. Fortier, debout dans la cour, parmi les domestiques et les attelages, disait quelquefois :

– Eh bien ! enfants, une forte journée devant nous ! Si l'héritage est tout labouré ce soir, je paie une tournée de vin rouge !... Qui va me rentrer mes foins avant l'orage ?... Qui portera le plus de sacs au grenier ?... Qui est assez brave pour monter à la fine pointe du châtaignier et gauler les châtaignes ?

En pareil cas, Gilbert était le premier à partir, à revenir, à se proposer, l'un des plus adroits et des plus résistants. Le blondin était devenu un grand jeune homme blond, grave, un peu distrait de regard à l'habitude, mais dont les yeux s'éveillaient dès que l'émotion, une plaisanterie, un défi, un ordre, rapprochait les sourcils et relevait aux deux coins la lèvre toute dorée par la barbe nouvelle. Quand il se couchait le soir, sur la paille, dans « sa bauge », dans l'ancien coffre de carriole placé à gauche de la porte de l'étable, il ne rêvassait guère. La fatigue l'empêchait de causer avec le compagnon plus âgé qui couchait de l'autre côté de l'entrée ; elle le terrassait, et ni le bruit des chaînes, que les vaches tiraient ou laissaient retomber sur les planches des auges, ni leurs meuglements, ni les coups de pied des chevaux dans l'écurie voisine, ne rompaient le sommeil de ce jeune gars de la Vigie. Il était sobre, un peu par économie, un peu parce qu'il avait de l'ambition, et qu'on remarque vite, dans les villages, les hommes que le vin ne fait jamais déraisonner. Faute d'occasion, et grâce aussi au dur métier qu'il faisait, il était chaste. Il grandissait, en somme, à peu près droit, sans que personne pût dire : « C'est par moi qu'il est meilleur que d'autres. »

Jusqu'à l'époque de sa majorité, Gilbert salua souvent le curé de Fonteneilles, mais il ne le vit qu'une seule fois monter à la Vigie et parler aux hommes rassemblés. Ce fut pendant la guerre. L'abbé apportait aux habitants de la ferme la lettre d'un ancien domestique, mobilisé de la Nièvre, qui écrivait, en quelques lignes, des nouvelles tristes. Il arrivait à la ferme un des soirs de ce dur hiver où les soleils couchants avaient tant de rouge que les mères en prenaient peur, et il rencontra, dans le petit chemin qui conduit de la route au domaine, Gilbert Cloquet, qui ramenait le harnais de labour.

– Eh ! te voilà, Gilbert, ça va bien, à ce que je vois ? Comme tu es grand ! Dommage qu'on te rencontre si rarement à Fonteneilles !

Si le curé avait ajouté : « Viens donc causer avec moi ? Je suis un ami, je t'assure, et toi tu es une âme, un cher enfant qui m'est confié, et qui n'aura bientôt plus de religion que la semence de son baptême : viens me voir ! » peut-être le jeune homme serait-il allé au presbytère de Fonteneilles. Gilbert ne descendait guère au village, et quand il y faisait une apparition, c'était au cabaret, pour y boire un seul verre, avec les camarades, ou, quelquefois, les jours d'« apport » qui sont les fêtes du pays, dans les salles de danse ou sur les parquets dressés devant les maisons, et où les filles de Fonteneilles, de Bazolles, de Vitry-Laché venaient danser.

On aurait aisément compté, de même, les circonstances où il s'était trouvé en présence des gros propriétaires de la région. Une fois, étant tout jeune encore, il avait été livrer une taure au château de la Vaucreuse. La date, il se la rappelait bien : un 3 mai, jour de l'Invention de la Sainte-Croix. Madame Fortier, sitôt la soupe du matin mangée, avait fait venir le nouveau bouvier. « Tu vas partir pour la Vaucreuse, Gilbert. Passe donc, en descendant, par la chaume des Troches ; façonne-moi une douzaine de croisettes, bien solides, dont une plus belle pour la chenevière, et tu me les rapporteras au retour. Pendant que tu les feras bénir, tu trouveras bien un gamin pour garder la taure. Mais ne te fie pas à tout le

monde. – Il n'y a pas de danger, madame Fortier, » avait répondu
le bouvier. Et il était parti, vêtu de sa meilleure blouse, conduisant
la taure blanche, et frottant avec une pierre, pour l'aiguiser, la lame
de son couteau. Dans « la chaume », il avait cueilli douze brins
de noisetier, – le noisetier est sacré, depuis qu'il servit de bâton
à saint Joseph en voyage, – il avait fait onze croix petites, et une
grande qui portait encore un plumet de feuilles au sommet. Et
il était entré dans l'église, comme avait dit madame Fortier, puis,
tenant ses croisettes bénites par le curé, attachées en faisceau et
légères sur l'épaule, il avait continué la route vers la vallée de l'Aron
où le château de la Vaucreuse se voit de loin, tout blanc parmi les
prés. La châtelaine n'était jamais absente quand on avait besoin de
lui parler. C'était la vieille madame Jacquemin, marchant doux,
parlant doux, et plus volontaire que dix hommes ensemble. Quand
Gilbert longea les murs des étables, avant même qu'il l'eût vue
venir, elle était là, examinant la bête qu'on lui livrait et la figure du
bouvier. Quand elle eut bien regardé et palpé la taure, immobile
dans la cour pavée, en vue du château, elle leva sa petite tête de
chef, gloussa un moment, ce qui était sa façon de rire et dit :

– Mais, te voilà fleuri comme un genêt, Gilbert Cloquet ! Seize
ans ! C'est l'âge où vous commencez à être des petits hommes,
c'est-à-dire pas grand-chose de bon. Heureusement tu ressembles
à ta mère, toi, mon garçon. Tâche de lui ressembler complètement,
car c'est une honnête créature, bien près de Dieu, travailleuse et
délicate pour tous ceux qui ne le sont pas.

Elle avait ensuite tapé sur la croupe de la taure :

– Mène-la à l'étable, à présent. Au revoir ! Gilbert était resté sans
répondre, car les paroles lui remuaient trop le cœur, et il regardait
s'en aller la dame fluette, tout en noir, et qui avait la figure aussi
nette et aussi blanche qu'un osselet.

À quelques années de là, – il allait prendre ses vingt ans, – s'étant
rendu à la grande foire du 11 novembre à Saint-Saulge, la foire aux
veaux, celle dont les marchands de bestiaux ont coutume de dire :
« Il n'y a en France qu'une Saint-Martin », il avait rencontré, au
détour d'une rue, le marquis de Meximieu qui arrivait en voiture.
Le marquis, alors lieutenant de dragons, élégant, taille fine, épaules
d'athlète, lui avait jeté les guides et dit, avec ce sourire qui ajoute

tant aux paroles, et qu'ils ont tous chez les Meximieu :

– Garde ma jument, Gilbert, veux-tu ? Je n'ai confiance qu'en des hommes comme toi, qui sont de chez nous. Je te retrouverai en face de l'hôtel Touchevier.

En face de l'hôtel Touchevier, près de la vieille église gothique tout incrustée de boutiques borgnes, Gilbert avait attendu, tenant la bride de la jument. Et après une heure, « Monsieur Philippe », comme on disait à Fonteneilles, était revenu et avait donné cent sous au gars de la Vigie, cent sous avec une poignée de main et un regard de bonne humeur qui valaient bien cent autres sous. Malheureusement, le marquis n'habitait pas le pays, et ne s'occupait que de toucher les fermages et le prix des coupes de bois : il était officier, en garnison, loin, très loin.

Et ç'avait été toute la part que Gilbert avait prise à la vie des « autorités » de la paroisse, et toute la lumière directe qui lui permettait de les juger. Heureusement pour lui, il n'avait pas eu le temps de lire, car n'ayant aucun guide, ni aucun moyen de choisir, il aurait eu toute chance de gâter sa raison, qu'il avait saine et point fumeuse.

À cette époque et depuis un an déjà, il était premier domestique de la ferme de M. Honoré Fortier, sous les ordres du bassecourier. Sa moustache blonde et relevée en croc ; ses yeux bleus dans lesquels il n'y avait point de peur, ni des hommes, ni des choses ; son visage aux joues plates et rousselées comme un pampre mûr ; sa haute taille ; sa jeunesse peu causante, qui s'exprimait en force, dans la hardiesse de la marche, dans le port de la tête bien droite sur les épaules, dans le geste sûr des deux mains saisissant les bras de la charrue, ou levant, à bout de fourche, une double gerbe de blé comme un paquet de jonc creux, sa gaieté calme, quand, au repos, il observait l'herbe drue dans les héritages de la Vigie ; sa réputation de garçon rangé, bien payé, et qui avait su faire de grosses économies ; son habileté de braconnier, peu soucieux des gardes et qui offrait un lièvre aux plus jolies danseuses, au lendemain des apports ; tout cet ensemble d'énergie, de santé et de succès plaisait aux filles de Fonteneilles et des villages voisins.

Plus d'une déjà l'avait laissé voir, et souvent, quand il s'en allait, à la brune, le corps penché en avant, les pieds raidis par le charruage, suivant le harnais qui rentrait et longeait les « traces » : « Bonsoir, disaient-elles, monsieur Gilbert ! Viendrez-vous dimanche à Fonteneilles ? – Ça dépend », disait-il. De quoi ? Il ne le disait pas. Et par-dessus les épines, les coiffes blanches suivaient le harnais qui s'en allait, le gars songeant comme ses bœufs.

Gilbert, quand les hommes causaient autour de lui, continuait de se taire, à moins que la conversation ne portât sur les choses du métier, car on le voyait alors âpre et bien parlant. Mais ce qu'il entendait dire de la religion, de la morale, ou des riches, ou de la politique, le gênait dans son honnêteté ignorante. Il abandonnait peu à peu des habitudes ou des idées qu'il avait eues, sans éclat, et sans se vanter comme d'autres du changement, car il n'était pas sûr de bien faire en changeant de la sorte. Sa bonne foi était grande. Il cédait à de petites raisons et à l'universel entraînement, parce que son esprit n'avait que peu d'amour, et que sa force était sans direction. C'est ainsi qu'il avait d'abord espacé ses visites, puis tout à fait quitté son ancienne coutume de descendre à Fonteneilles le dimanche matin, pour la messe. La petite mère Cloquet, debout sur la haute marche de l'escalier de l'église, tournée vers la place, attendait vainement, chaque dimanche, jusqu'au dernier son mourant de la cloche. Elle priait, elle vieillissait, et Dieu sans doute pourvoirait. Gilbert ne craignait pas les gardes-chasse, mais il redoutait tout l'appareil de l'État inconnu, invisible, présent par les affiches, la conscription, les gendarmes, le percepteur qui s'arrêtait une fois par mois à l'auberge de Fonteneilles, et par les nouvelles qui venaient jusqu'à la Vigie. Les journaux, achetés irrégulièrement, les jours de foire, ou à des colporteurs, ou au bureau de tabac, étaient lus d'abord par M. Fortier, par madame Fortier, par la servante, puis par le ménage des bassecouriers auxquels on les passait ; enfin, réduits à l'état de chiffons et les lettres toutes estompées par le frottement des mains, des tables, ils étaient emportés, le soir, dans les bauges, et lus à la lueur des lanternes rondes, par les domestiques, qui lisaient surtout le feuilleton, à cause des histoires de femmes, et les faits divers de la région. Le reste n'était que parcouru, et il n'en demeurait, dans l'esprit des hommes, qu'une espèce de brume ardente, un sentiment de mécompte, et l'envie du changement. Une seule notion subsistait dans l'esprit anémié de Gilbert : l'idée de justice. Il ne l'étendait qu'au monde bien borné que ses yeux pouvaient

La vie morale d'un pauvre

voir ; mais, dans ses relations d'homme à homme, dans sa conduite quotidienne, et dans sa manière de juger les autres, il montrait une sorte de passion pour elle. Plusieurs morts de sa race l'avaient sans doute aimée : il l'avait dans le sang, cette soif de l'équité qui s'exaltait parfois jusqu'à la révolte. S'il voyait un de ses camarades faire un mauvais labour, il devenait rouge de colère, et remettait lui-même les bœufs dans le sillon. S'il entendait les journaliers de la Vigie, ou les hommes de Fonteneilles, tous bûcherons aux mois d'hiver, se vanter d'avoir triché dans le façonnage du bois, – les fraudes étaient nombreuses, mauvais empilage de la moulée, baliveaux réservés dont l'ouvrier efface la marque rouge, bois qu'on n'« énote » pas, cordes bourrées d'éclats de bois, bottes d'écorces garnies à l'intérieur de pelures d'arbres coupées à la serpe ; – il disait tout haut : « Celui qui a fait cela est un mauvais ouvrier. » Et ni les ricanements, ni les grognements, ni les injures ne le faisaient se déjuger. Quant aux menaces, il ne les entendait jamais, tant elles étaient dites à voix basse, car il avait des poings dont on avait peur, et une manière de regarder en face qui promettait une suite à toute provocation.

Cette humeur rude et combattive le mit aux prises, plus d'une fois, avec le patron, qui commandait brièvement et n'admettait pas de discussion. Les domestiques plus jeunes que lui, dans ces occasions, ne manquaient pas d'insinuer : « Pars donc, Gilbert, fais régler ton compte et va-t'en ! » Et trois fois au moins il avait dit : « Je partirai. » Mais, à chaque fois, l'amour obscur et profond qu'il avait pour la Vigie, et aussi la pensée que ce maître autoritaire était juste habituellement, l'avaient fait rester. M. Honoré Fortier, s'il ne l'exprimait pas, prouvait cependant, en toute occasion, la confiance qu'il avait dans l'expérience et dans la probité de son premier domestique. Quand il devait expédier des bœufs à Paris, il les faisait accompagner par le toucheur bien connu dans la contrée, le père Toutpetit qui, deux fois par semaine, de juin à fin novembre, conduisait à la Villette des wagons de bestiaux, et rapportait le prix aux éleveurs dans de petits sacs de toile cachetés avec de la cire rouge. Mais, quand l'acheteur demandait la livraison sur un autre point de la France, et qu'on n'avait pas de toucheur disponible, M. Fortier disait, sachant qu'il plaisait à Gilbert : « J'ai quelqu'un. » Et Gilbert Cloquet fit le voyage de Lyon deux fois, celui de Belfort, celui de Nancy et d'autres encore. Le jeune homme acquérait ainsi plus d'initiative que ses compagnons, plus d'autorité, et quelque notion de la variété du monde.

À vingt-quatre ans, – comme fils de veuve, il avait été dispensé du service militaire, – Gilbert passait déjà pour un homme riche. Touchant de gros gages, cinq cents francs depuis l'âge de dix-sept ans, ne dépensant rien, ayant hérité, en outre, d'une petite somme, à la mort d'un oncle, ancien domestique de ferme et journalier à Crux-la-Ville, il avait le droit de choisir parmi les meilleures filles du pays. L'étonnement fut grand, lorsqu'on apprit que Gilbert « causait » avec la fille d'un petit boutiquier de Fonteneilles, marchand de sucre d'orge et de quincaillerie, de drap et de vaisselle blanche. Elle n'était pas riche ; elle avait pour père un alcoolique ; on savait qu'elle avait plus de goût pour la toilette que pour le travail ; mais, quand elle avait passé sur la place, le dimanche, habillée comme une dame, les cheveux relevés, les yeux brillants tout cerclés d'ombre et les lèvres ouvertes, laissant voir ses dents blanches, tous les jeunes gens du bourg disaient en riant : « Est-ce toi, Baptiste ? Est-ce toi, Jean ? Est-ce toi, François ? » Un jour, Gilbert, qui ne plaisantait pas souvent et se contentait de rire en mordant ses moustaches blondes, se leva au milieu du cabaret où buvaient trente compagnons, et dit : « C'est moi ! » Et aussitôt il traversa la route, et salua la jolie fille. Et on les vit, tous deux, descendre en « causant ». La mère Cloquet eut de la peine quand elle apprit que son Gilbert avait choisi « une moindre que lui ». Elle essaya de lutter ; mais elle était devenue si vieille qu'elle n'avait plus que la force de dire non une fois, pour dire oui ensuite et pleurer en se cachant.

Elle aurait voulu que le mariage eût lieu dans le mois de mai, car elle était dévote à la Vierge. Mais des parents de la fiancée intervinrent : « Les filles qui se marient en mai, disaient-ils, ont trop d'enfants. » Et ce fut au commencement de juin, par une journée éclatante et bonne pour la moisson, que Gilbert Cloquet mena à l'église la belle Adèle Mirette, la fille de l'épicier de Fonteneilles. Tout le village était sur les portes, pour voir ces deux mariés, les plus beaux de l'année, et le cortège qui s'allongeait sur les bosses du chemin montant. On avait mis en tête un couple d'enfants tout petits, qui chassent le mauvais sort et préservent les époux, puis venait le violoneux, puis Gilbert, superbe, donnant le bras à la mère Cloquet qui essayait de rire et n'y réussissait guère. Les pauvres, selon l'usage, avaient disposé, sur le passage des gens de la noce, des chaises couvertes d'un linge blanc et ornées d'un bouquet. Et tout le monde remarqua que la mère Cloquet, la pauvre vieille qui avait tout juste de quoi vivre, déposait une pièce blanche sur chacune des chaises des pauvres. Elle avait, sous son rire forcé, le cœur plein de chagrin.

La mère Cloquet ne put porter longtemps une peine qui s'ajoutait à tant d'autres. Moins de deux mois après le mariage, elle mourut, persuadée que son fils serait malheureux en ménage. Elle se trompait à moitié. La jeune fille coquette fut une femme de bonnes mœurs, et dont on ne parla pas. Elle avait aimé la toilette, comme un moyen surtout de se faire aimer. Son mari n'eût pas supporté les galanteries d'un rival. Peut-être, d'ailleurs, fut-ce par esprit de précaution autant que d'économie, qu'ayant à louer un logement, il choisit le hameau du Pas-du-Loup, situé en plein bois, à huit cents mètres du bourg. Il resta domestique à la Vigie, mais il quitta la bauge où, pendant treize ans, il avait dormi dans la paille, et vint habiter la dernière des maisons du hameau, la plus enfoncée dans la forêt, à gauche. Chaque matin, dès l'aube, il partait et montait à la Vigie ; à la brune, il descendait. Personne n'aurait pu dire s'il était heureux ou malheureux. On remarqua seulement qu'il rentrait souvent très tard, puis, après un peu de temps, qu'il avait acheté, ou reçu en cadeau, on ne sut jamais lequel, un chien nommé Labri, chien de berger, poil de limaille, yeux de charbon ardent, qui ne le quittait plus. « C'est à lui qu'il dit ses secrets », murmuraient les voisines.

La vérité, c'est que la Cloquette n'avait rien d'une ménagère. Elle était de santé délicate, et cela lui servit longtemps d'excuse quand la soupe n'était pas prête, quand le mari trouvait la maison en désordre, le linge, le « butin » mal rangé dans l'armoire, et les hardes de travail non réparées après deux ou trois jours. Il l'aimait, de toute la force de sa jeunesse intacte, et elle aussi l'aimait à sa façon, fière de se montrer, le dimanche, près du plus bel homme du pays, d'aller avec lui aux noces, aux apports, aux foires quelquefois, lorsque M. Fortier y envoyait son domestique. Elle avait les goûts de sa petite enfance, qui s'était passée dans une boutique de village, à vendre et à bavarder. Ni l'habitation dans la forêt, ni les travaux de la maison ne lui plaisaient, et les poules de son poulailler n'avaient pas, il s'en fallait, la crête nourrie, la plume luisante et le jabot renflé de celles de la voisine, la Justamonde.

– Que veux-tu, finit-elle par dire à Gilbert qui se plaignait, je n'ai l'esprit à rien, parce que tu n'es jamais là. Encore si tu allais à la journée, comme font presque tous les hommes mariés de ton âge, j'aurais plaisir à travailler avec toi au jardin, les jours de chômage, et à tenir la maison en ordre ; mais monsieur Honoré Fortier ne te laisse pas une heure ; il te prend même souvent le dimanche, parce qu'il dit qu'il a confiance en toi pour garder la Vigie. Tu crois que c'est drôle pour moi ! À quoi te sert-il, ton argent ?

Gilbert n'avait pas l'air d'entendre la Cloquette ; il remontait à la Vigie, avec son chien aux yeux de braise. Adèle Mirette n'était pas méchante. Elle était ce qu'on l'avait faite : une fille qui ne savait rien de son état. En revanche, elle croyait tous les contes superstitieux des campagnes voisines. Pour toute la fortune de M. le marquis, on ne l'aurait pas vue coudre entre Noël et le premier de l'an, ni contrainte de laver « un jour de bonne Dame », elle qui travaillait souvent le dimanche. Les sorts et les sorciers lui faisaient peur, et, quand elle rencontrait le Grollier, elle lui souriait, en se signant secrètement, pour combattre, de deux manières, le mauvais œil du chemineau.

L'eau creuse la pierre et le vent la ronge. Les plaintes de la Cloquette pliaient lentement, et sans qu'il y parût, la volonté de l'homme. Il savait bien qu'il aurait tort de quitter la ferme où il travaillait depuis si longtemps, dont chaque motte avait été foulée par ses sabots et remuée par ses mains. Les mots d'une femme qu'il aimait et qu'il plaignait silencieusement, des propos d'hommes d'une génération nouvelle, et qui commençaient à élever la voix dans les auberges, changeaient le cœur du tâcheron. En 1883, vers le milieu de la fenaison, qui eut lieu de bonne heure, Gilbert eut une discussion avec son patron ; il dit, en passant devant une ancienne pâture devenue prairie, et qui se nommait la Chaume basse :

– Vous voulez que je coupe l'herbe, patron ; elle n'est pas mûre !

– Elle l'est. Je sais ce que je dis, Gilbert, et c'est moi qui commande ici.

– Moi aussi, je sais ce que je dis, et je ne couperai pas de l'herbe qui n'est pas mûre. Ça me dégoûte !

M. Honoré Fortier n'avait peut-être jamais été aussi patient : il ne répliqua pas, et laissa Gilbert monter, avec trois domestiques jeunes et qui avaient entendu, vers un pré plus haut, et où la graine perlait en rosée grise au bout des herbes drues. Mais le soir, comme il revenait, le long d'une trace, tirant le jarret, il fut rejoint par Gilbert Cloquet qui montait vite, la faux sur l'épaule.

– Tu as chaud, à ce que je vois, Gilbert !

– Et autre chose.

– À savoir ?

– Que je vas quitter la Vigie à la Saint-Jean.

M. Honoré Fortier s'arrêta. Sa forte face rasée, sculptée par la colère soudaine, devint plus vieille de dix ans.

– Voilà quatre fois que tu le dis, Gilbert. C'est assez. Pourquoi t'en vas-tu ?

– Pour être mon maître.

– Sois donc ton maître ! Je ne suis plus le tien ! Crève de misère si tu veux ! Seulement, rappelle-toi bien ce que je vais te dire : ni à présent, ni quand tu seras vieux, jamais je ne te reprendrai.

– Je n'y reviendrai pas, monsieur Fortier.

– Quand même tu te mettrais à genoux, là, sur la terre !... Rentre à la Vigie : je vas régler ton compte. Et pas à la Saint-Jean : tout de suite !

Gilbert passa devant son patron, et, tandis qu'il s'éloignait, raccourcissant les enjambées pour montrer qu'il n'avait pas peur, il entendit rouler sur les sillons :

– Dix-neuf ans d'amitié ! Dix-neuf ans de bonne paie ! Tu regretteras ton maître, Gilbert Cloquet !

Un peu plus loin, il entendit encore :

– Tu me fais tort, tu manques à la justice !

Alors, Gilbert tourna la tête, furieux :

– Je vous défends de dire cela ! cria-t-il. J'use de mon droit ; je ne vous fais pas de tort ! Vous me remplacerez !

Mais la voix répliqua, d'en bas :

– Au jour d'aujourd'hui, les bons domestiques ne peuvent être remplacés. Oui, tu me fais grand tort, et, parce que tu t'en vas sans raison, tu manques à la justice !

Au-dessus des sillons, les mots s'éparpillèrent, et les hommes ne se parlèrent plus.

Ce soir-là, Gilbert fit, pour la dernière fois, le chemin qui mène de la ferme au village. Le cœur lui battait quand il approcha du Pas-du-Loup. Il y avait, après le chaud du jour, un engourdissement de toute la terre. Les feuilles de tremble elles-mêmes étaient en paix. L'homme descendait, dans une joie d'orgueil, ne regrettant rien, saluant la maison invisible, enveloppée par les futaies. « Je verrai donc grandir ma petite », disait-il. Une petite fille lui était née, quatre ans plus tôt. Il l'aimait passionnément, mais, de toute la semaine, ne la voyait guère qu'endormie, partant trop tôt, rentrant trop tard pour trouver éveillés les yeux de la petite Marie. Elle avait été l'une des raisons, la seule qu'il s'avouât à lui-même, de la résolution qu'il venait de prendre. Quand il arriva dans la futaie, la petite jouait sur le pas de la porte. Elle tournait le dos. Le père l'enleva dans ses bras, effarouchée, et la baisa bruyamment.

– Petite Marie, c'est un journalier qui t'embrasse ! Tu me connaîtras, à présent ! »

Une ère nouvelle commença donc pour Gilbert Cloquet. Il avait trente ans. Sa force était connue, sa probité de travailleur aussi : on le demanda tout de suite, dans les fermes, dans les bois. Il eut plus de journées que n'importe lequel de ses nombreux compagnons qui louaient leurs bras. Le régisseur de M. de Meximieu l'engagea pour les foins ; d'autres le louèrent pour la moisson. Il fut « son maître » ; du moins il crut l'être, et il peina durement, mais plus joyeusement qu'à la Vigie. Le mauvais côté de ce métier de travailleur à la journée ou à la semaine, ce n'était pas le perpétuel changement de travail et de cantonnement, – Gilbert aimait la comparaison qu'il faisait ainsi entre les gens et entre les terres du pays, – c'étaient les chômages, et ce fut aussi, bien vite, le prix trop bas de l'embauchage. Du 15 novembre au milieu de mars, bon ouvrier comme il l'était, il trouvait bien cinquante journées à faire dans les bois. En avril, on le louait dans les fermes, pour aider aux labours de printemps et au cassage des mottes, mais c'était un mauvais mois. En mai, il retournait en forêt, avec sa femme quand elle voulait bien le suivre, pour l'abatage et l'écorçage des baliveaux de chêne ; puis venaient les grandes semaines des récoltes, les foins en juin, les blés et les avoines en juillet ; puis des temps d'accalmie et de repos forcé ; et en cherchant, en se proposant çà et là pour la récolte des pommes de terre et pour les semailles d'automne, il gagnait la Toussaint, la saison où, avec ses compagnons, il s'enfonçait de nouveau dans le bois. Saison dure, mais où l'on vivait avec les compagnons, et que Gilbert aimait.

Il fallait faire souvent trois ou quatre kilomètres, matin et soir, pour gagner le chantier et pour en revenir. Quand le père rentrait, dans la nuit toujours, car on finissait le travail vers cinq heures, un peu avant le coucher du soleil, l'enfant disait :

– Vous aimez trop le bois, papa !

Il l'enlevait à bout de bras, la tournait vers la flamme de l'âtre, afin de voir la joie jeune au fond des yeux que l'enfant avait bridés, vivants et couleur de hêtre en automne, et il répondait en riant :

– C'est pour que vous ne travailliez ni l'une ni l'autre que je travaille dur, ma petite Marie !

Dans la pièce unique qui occupait tout l'espace entre les quatre murs de la maison, – deux lits au fond, une grande cheminée dans le mur de droite, une grande armoire montant en face jusqu'aux solives, une porte et une fenêtre sur la route forestière, quelques ustensiles de ménage pendus à des clous, une huche où l'on serrait les provisions de bouche, un baril de vin calé sur deux bûches fendues, – l'homme ne demeurait jamais longtemps. Le travail l'attirait au loin, et aussi la vie entre hommes, qui devient une habitude, une école et vite une tyrannie.

On causait, en se rendant au travail, par les lignes des bois, en revenant le soir avec la lance sur l'épaule, et aussi à midi, quand tous les bûcherons de la coupe se réunissaient par groupes à l'abri des cordes de moulée, et ouvraient les gibecières pour déjeuner. Gilbert, qui avait le prestige de la taille et la réputation d'un caractère indépendant, était très écouté. On le prenait pour juge, souvent, dans les contestations entre les ouvriers et les commis assermentés qui les surveillaient au nom des marchands de bois.

Il se plaignait tout haut, – les autres le faisaient tout bas, – que le salaire fût insuffisant. Un franc cinquante par jour, c'était trop peu, c'était injuste. Et cela encore lui donnait un ascendant sur ses compagnons. Il ne gagnait pas plus que chez M. Fortier, mais la liberté de la vie, et la variété du travail, enlevaient le regret du passé à ce grand bûcheron qui sentait sa jeunesse sûre du lendemain et influente dans le domaine des égaux.

La santé de la Cloquette, qui n'avait jamais été bonne, empirait assez vite. La pauvre femme, minée par un mal sournois, devenait pâle et mince comme un cierge. Elle perdait ses cheveux, ses dents qui lui donnaient son éclatant sourire, et jusqu'au goût de la toilette. La petite Marie, au contraire, plus jolie encore que n'avait été sa mère, élancée, blonde, fraîche avec des yeux vite irrités et charmants quand ils étaient doux, poussait comme un chêne de bordure. Le père ne connaissait rien d'aussi beau qu'elle. Il était, lui si rude avec les hommes, la faiblesse même devant elle. Il la gâtait. Il disait pour s'excuser :

– Je suis trop souvent dehors, pour avoir le droit de la faire pleurer quand je la vois. Tu as tout le temps de te faire aimer d'elle, toi, la femme ; moi, je n'ai que l'heure de mon souper.

Quand elle eut dix ans, elle fit, avec les autres enfants de son âge, la première communion. Ce fut une grande fête, et une grande dépense pour les Cloquet. Gilbert avait voulu que Marie fût la mieux habillée du bourg, et la Cloquette avait fait travailler les lingères de Corbigny.

Le matin de la fête, au premier son qui partit du clocher de Fonteneilles et déferla sur la forêt, les quatre voisins des Cloquet, leurs femmes et leurs enfants, c'est-à-dire les Justamond, le père Dixneuf, les Lappe et les Ravoux, sortirent dans le chemin pour contempler Marie en blanc. Ils dirent tous : « Elle est mignonne », mais il n'y eut que la mère Justamond qui l'embrassa avec l'émotion que donne l'intelligence de la religion. Elle murmura quelque chose à l'oreille de l'enfant, qui répondit oui, discrètement. Marie était tout occupée à relever son voile et sa robe, et à marcher bien droit, pour ne pas mettre dans les ornières ses pieds chaussés de souliers blancs. La mère, tous les dix pas, recommandait : « Va pas te salir, Marie ! » Il avait plu pendant la nuit. Des gouttes en retard tombaient, de grosses gouttes paresseuses, sur le voile et sur les cheveux ondulés avec peine. Entre les deux falaises de futaies, Marie marchait devant ; le père et la mère suivaient, l'un à droite, l'autre à gauche, endimanchés. Gilbert avait même pris le haut de forme qu'on ne met que dans les solennités. Et on aurait dit des chrétiens, dans l'église, un peu plus tard, à les voir silencieux, graves, émus même et regardant souvent la petite, qui était à la seconde place du premier rang, derrière son cierge ; mais l'émotion était toute paternelle, maternelle, humaine, et pareille à celle des parents qui conduisent leur fille à son premier bal. Après la messe, et quand le curé, un vieillard courtois et timide, gagné à l'inertie par le désespoir de la vaincre, rentra au presbytère, il trouva dans l'allée sablée la famille Cloquet, qui venait lui offrir ses hommages et des brioches commandées au boulanger du pays. Les brioches lui parurent si grosses qu'il s'en réjouit d'abord, comme d'une preuve de dévotion. Il remercia.

– C'est que, voyez-vous, monsieur le curé, dit Cloquet en caressant sa barbe blonde, nous n'avons jamais eu à nous plaindre de vous ; et j'ai voulu vous le marquer. C'est mon habitude de ne point être en retard avec ceux qui sont de nos amis.

– Je n'en suis pas assez, de vos amis, Gilbert Cloquet, mais la pensée est bonne quand même. Merci !

– Au plaisir, monsieur le curé.

– Ramenez la petite pour les vêpres, bien exactement, à deux heures et demie.

Et ce fut tout. La mère et la fille revinrent à deux heures et demie. Elles étaient rouges. On avait beaucoup mangé. Cloquet s'était mis à affiler sa faux, car la saison des foins était venue, et la veille, le garde du château de Fonteneilles avait embauché les faucheurs.

Deux ans plus tard, la Cloquette mourut. Sa fille n'avait pas douze ans. Ce fut un chagrin et une cause de longue inquiétude pour le journalier. Si peu ordonnée, si médiocre ménagère que fut la Cloquette, elle l'était plus encore que sa fille. « Ma petite n'a pas l'âge de se donner tant de mal », disait-elle. L'enfant n'avait pas même appris le peu de cuisine et de couture que la mère aurait pu lui enseigner. Quand la mère fut partie, le père resta huit jours chez lui sans rien faire, comme cela se doit, entre la messe de mort et la messe de service, près de Marie, tâchant de la connaître, de la conseiller, de lui commander quelque travail. Car la fille eût été de force à faire le ménage, si elle avait voulu : elle paraissait avoir quatorze ans, et d'autres disaient seize, tant elle était grande et déjà femme de corps et de manières. Il ne réussit pas. Il se heurta à des caresses, puis à un refus, puis, comme il insistait, à une colère boudeuse, sombre, persévérante comme l'ingratitude. Comme le huitième jour finissait, Cloquet, qui était en train d'enlever les nœuds de crêpe attachés, selon l'usage, à la paille de ses ruches, vit s'approcher la grosse mère Justamond, sa voisine.

– Père Cloquet, dit-elle, j'ai déjà cinq enfants à garder, avec votre fille, ça fera six. Ne vous faites pas de tourment.

Et Marie continua de jouer avec les petits Justamond, et de paresser, en attendant qu'elle eût l'âge d'entrer en apprentissage. Elle voulait être lingère, pour voir du monde et quitter la forêt.

Gilbert fut donc plus mal servi, plus isolé, plus malheureux chez lui qu'autrefois. Il se rejeta entièrement du côté des compagnons de travail, les uns journaliers de toute l'année qu'il rencontrait dans les fermes, les autres, rouliers, maçons, petits propriétaires, retraités, artisans qui, pendant la saison d'hiver allaient au bois avec la cognée, ou avec l'écorçoir au temps de la sève montante. L'obscure tendresse que développe le métier, le besoin d'être plusieurs qui pensent de même et qui s'entraident, le fit se louer souvent dans des fermes lointaines, et revenir tard parce qu'on allait boire entre amis, et quelquefois coucher hors de la maison. Ses vêtements étaient en mauvais état, sa barbe s'allongeait, les chiens aboyaient après lui, quand il réapparaissait au hameau. Les voisins disaient : « Gilbert Cloquet s'ensauvage. » Oh ! non, il vivait plus complètement, d'une vie passionnée, heurtée, généreuse et inquiète ; il vivait pour d'autres et avec d'autres de son métier, dans la corporation renaissante. Et sa nature généreuse s'emplissait d'illusions, de colères et de joies mêlées.

En cette année 1891, et dans les deux qui suivirent, les bûcherons de la Nièvre se liguaient pour obtenir le relèvement des salaires insuffisants. Dans les bois, aux heures de trêve, dans les cabarets, les dimanches, et dans les fermes où les machines, remplaçant les rouleaux et les fléaux, groupaient les hommes par bandes nombreuses, les ouvriers de la terre discutaient les intérêts du métier. Des mots qu'on n'avait point entendus depuis plus d'un siècle montaient sous les taillis ou entre les haies. Quelques très vieux arbres avaient frémi, jadis, au passage de mots semblables. On disait : « Les intérêts communs des ouvriers ;... plus d'isolement, les individus sont faibles ;... groupons-nous pour soutenir nos droits ;... formons une caisse, nous abandonnerons chacun une part de nos salaires. » Les plaintes abondaient, s'exaspéraient l'une par l'autre : « On ne peut vivre ! Les marchands nous exploitent ! Plus de prix de misère !... Est-ce que cela suffit, un salaire de un franc vingt à un franc cinquante ! Et la femme ? Et les mioches ? Et les chômages ? » Vivre, la vie, l'enfant, la maison, ces mots premiers et pleins gonflaient le cœur des hommes, et quand on avait parlé de la misère, on jetait la menace et le défi aux exploitants qui étaient à Nevers, ou dans les petites villes, ou parmi les campagnes, dans les maisons bâties avec la sève des bois abattus. D'autres mots étaient prononcés, et c'étaient les rêves, auxquels tous ne croyaient pas également, mais qui se mêlaient cependant au sang de tous, car ils étaient dans l'air qu'on respirait, avec l'odeur des bourgeons jeunes et des herbes neuves. On disait : « L'avenir est au peuple. La démocratie va créer un monde nouveau... Le droit au pain, le droit à la retraite, le droit de partager... » Toute la forêt s'agitait cette année-là. Les taillis toujours coupés murmuraient sous les chênes, et disaient : « Nous avons, comme les futaies, le droit au vent du large. »

Gilbert Cloquet, avec sa passion pour la justice, fut des premiers à demander le syndicat. Il parlait sans art, avec une force contenue, et, dans les commencements, avec un peu de bégaiement qui donnait une soudaineté à ses phrases. Mais il savait bien les choses de la contrée, et il avait l'autorité de la réputation parmi les camarades. Il voyagea dans tout le département, pour s'entendre avec les syndicats voisins. Il rédigea des statuts. Pendant des mois il vécut, comme il disait avec orgueil, « pour la justice de tous ». L'instituteur de Fonteneilles répétait : « Ce Cloquet doit avoir eu des ancêtres parmi les communistes du Nivernais. » Et il voulait parler de ces communautés paysannes, consacrées par l'ancien droit coutumier, et qui groupaient, au XVIᵉ siècle, les familles de laboureurs et de bûcherons, travaillant sous un chef et héritant entre elles.

Gilbert eut même son heure de célébrité.

Il assistait à la réunion de marchands de bois et d'ouvriers, convoquée par le préfet, à Nevers, le 4 février 1893, et où étaient représentés les syndicats de bûcherons de Chantenay-Saint-Imbert, Saint-Pierre-le-Moutier, Neuville, Fleury, Decize, Sémelay, Saint-Benin-d'Azy, la Fermeté, Molay et d'autres encore. Quand on demanda aux bûcherons d'exposer leurs prétentions, plusieurs voix crièrent : « Cloquet ! Cloquet ! – Monsieur Cloquet est-il ici ? » dit le préfet. « Le journalier Cloquet, présent ! » répondit Gilbert. Et ce fut l'occasion d'un premier succès. Puis le grand bûcheron, debout, pas gêné, soutenu par la passion vivante dans tous les cœurs et dans tous les yeux, continua :

– On veut vivre. C'est pas la fortune qu'on demande ; c'est du pain, et, à condition de se priver de lard, un bout de ruban pour nos filles. Moi, j'en ai une qui grandit. On demande que les marchands acceptent le nouveau tarif : et d'une. Et puis que la corde de moulée ne dépasse pas 90 centimètres de haut. Si les marchands accordent ça, nous rentrons tous au bois ; sinon, non. Il nous faut la justice, qu'on a chassée de la forêt.

On l'applaudit pour l'ampleur de sa voix, sa force, sa taille et son absence de peur. Ce fut un triomphe. Ses camarades le reconduisirent, chantant la *Marseillaise*, jusqu'à la maison du Pas-du-Loup, au seuil de laquelle se tenait, pâle, la grande et belle Marie accourue au cantique. Un des bûcherons, un jeune, passa devant, et dit :

– Il a rudement parlé, le papa. Vive Marie Cloquet ! Vive le père Cloquet !

C'était la deuxième fois qu'on l'appelait le père Cloquet. Il n'y fit pas trop attention, étant un peu ému de vin et de gloire ; il dit seulement :

– Lureux, parce que tu es jeune, il ne faut pas plaisanter. J'ai fait ce que je devais. J'espère que nous allons réussir. Donne un verre de vin aux amis, Marie, et embrasse-moi.

Et Marie l'embrassa, Marie aux yeux de chèvre, longs, ardents et dorés.

La vie morale d'un pauvre

Longtemps après que les hommes eurent bu, et qu'on les eut vus disparaître dans les chemins de la forêt, le père et la fille restèrent sur le pas de la porte, écoutant les voix qui chantaient en chœur, et qui criaient, de plus en plus lointaines : « Vive le camarade Cloquet ! »

La gloire fut courte. Déjà dans les premières grèves, Gilbert avait dû réprouver les violences de quelques jeunes. Quand plusieurs bûcherons, au soir d'une discussion de tarifs avec M. Thomas, le gros marchand de bois, avaient proposé d'aller saccager la maison de l'« exploiteur », il avait pris parti contre eux, et fait rejeter leur vengeance. Une autre fois, sommé de se joindre aux compagnons du syndicat, qui avaient résolu de pénétrer dans un chantier et d'en chasser les non-syndiqués, il s'était refusé à quitter sa maison. « Ce n'est pas bien, avait-il dit : ceux qui ne sont pas avec nous ont des femmes et des enfants comme nous, laissez-les venir, et ne les forcez pas à chômer. C'est dur, d'être sans travail. » Une troisième fois, il s'était mêlé au cortège des grévistes, pour voir. Et il avait vu, au milieu de la forêt, une coupe envahie par une bande hurlante et six hommes de Fonteneilles entourés, frappés, et obligés de marcher en tête des grévistes, à travers bois, puis sur les routes. On passait dans les villages. On récoltait des lâches, qui se mêlaient à la troupe. Les prisonniers épouvantés, blessés par leurs sabots, demandaient grâce. « Marchez toujours ! » Et ils marchaient suppliants, insultés, dans la clameur des voix qui étouffaient leurs plaintes. Deux d'entre eux finirent par tomber sur le chemin. Alors, dans le crépuscule, il y eut une lutte sauvage. Un homme, un seul, se battit contre dix. Des cris s'élevèrent au bord de l'étang de Vaux, cris de mort, cris d'horreur, si aigus que les maisons cachées sous les arbres entendirent, et fermèrent leurs volets. Cette nuit-là, Cloquet rentra très tard chez lui, les habits déchirés et la mâchoire en sang. Et comme Marie, tremblante, questionnait le père :

– Ne t'émoye pas, dit-il : les autres ont plus de mal que moi.

Depuis lors, il eut, dans la forêt, d'implacables ennemis. Ceux qui l'aimaient le défendirent mal, quand un des meneurs, Supiat, proposa de lui enlever la présidence du syndicat des bûcherons. À la place de Gilbert, le fondateur du syndicat, le porte-parole des ouvriers des bois et des champs de la Nièvre à la réunion de Nevers, on élut son voisin, son vis-à-vis, Ravoux, un chef moins beau, plus jeune et plus fermé, qui dominait les meneurs parce qu'il ne parlait presque pas, et que ses yeux ne décoléraient point. Gilbert continua d'assister aux réunions dans les cabarets de Fonteneilles ou des villages voisins ; on l'écoutait, mais on votait contre lui. Les jeunes disaient : « Tu peux remiser, Gilbert ; maintenant que la machine est lancée, ne tire pas en arrière. » Beaucoup l'estimaient et n'osaient plus le suivre. Et lui, qui avait le cœur tout simple et fraternel, il souffrait moins d'être relégué au second rang que de ne pouvoir approuver des projets, des mots ou des actes qui offensaient son idée de justice. « Une si belle cause, disait-il, notre pain, notre défense, et ils ne l'aiment pas comme moi ! Pas autant ! »

Les mois et les années passaient. Marie devenait une femme. Elle allait « à ses journées » dans le bourg et dans les fermes. Elle était grande et toujours plus jolie que n'avait été la mère, bien qu'elle n'eût pas la même douceur de traits ni de manières. Ses pratiques la trouvaient brusque, capricieuse, tantôt « avantageuse à l'ouvrage », tantôt molle et si revêche d'humeur qu'on ne pouvait obtenir d'elle une réponse.

Le père la jugeait de même. Il avait peur d'elle et pour elle. Il songeait au loin, en fauchant le blé, en mordant, au coin d'une haie, le pain apporté de chez lui : « Que fait-elle ? Je ne sais d'elle que ce qu'elle veut bien m'apprendre. À son âge, les filles ont des secrets. Quelle pitié, quand les mères ne sont plus ! » Mais elle était si tendre avec lui quand il essayait de la gronder ! Attentive et inquiète d'abord, elle s'apercevait vite qu'elle n'aurait pas de peine à se défendre contre des commérages sans précision. Elle disait : « Les filles d'ici sont jalouses de moi ; comme les gars autrefois étaient jaloux de vous. » Ces soirs-là, elle soignait la soupe, elle tirait de la huche un morceau de lard ou une boîte de sardines conservées, régal des habitants de Fonteneilles. Puis, après le souper, elle s'asseyait près du père, devant le feu, ou derrière la maison où il y avait un verger pas plus long qu'une meule de foin, avec trois pommiers, des groseilliers, un romarin bien vieux, des ruches d'abeilles, et la forêt levée tout autour. Marie caressait le père et se faisait petite à côté de lui très grand. Ils s'asseyaient sur un madrier, qui pourrissait depuis vingt ans le long du mur. C'était rude parfois, de dérider le père. Marie presque toujours y réussissait. « Pourquoi as-tu perdu la pratique des deux sœurs de Durgé ? Il paraît que tu as refusé de coudre des sacs, parce que c'était trop dur ? Pourquoi m'as-tu laissé tout seul dimanche, jusqu'à cinq heures ? Est-ce vrai que tu te laisses faire la cour par ce Lureux, qui n'est pas un travailleur, Marie, pas un homme bien rangé, non plus ? » Elle riait si bien que les voisins enviaient la demi-heure de joie que passait Gilbert Cloquet. Lui, il ne croyait pas tout à fait ce qu'elle disait ; il se laissait tromper juste assez pour cesser de se plaindre et de parler du passé. « Allons ! Marie, il faut me faire honneur, il faut marcher droit, sagement, c'est ce que t'a dit bien des fois l'institutrice, n'est-ce pas ? Elle avait raison... Et puis tu me ferais tant de peine si je te voyais mal famée dans la région ! » Il avait le sentiment que ses conseils étaient sans force. Il haussait les épaules et demandait : « Apporte-moi ma pipe. Elle m'écoute toujours quand je parle. » La petite fumée bleue montait. Marie se levait pour aller fermer à clef la cabane des poules. Et les étoiles passaient au-dessus d'une maison rétablie dans le silence, mais non point dans la paix.

Un soir, au temps de la récolte des pommes de terre, en septembre 1898, il avait soupé avec le patron de la ferme qui est sur le coteau, en face de la grande digue des étangs ; puis, las de la journée, il s'était couché dans un lit depuis longtemps inoccupé, et dont le bois pourrissait au milieu des piles de sacs, des pommes de terre amoncelées, des liens de paille, des vieux harnais qui couvraient presque tout le pavage de la décharge. L'odeur de la terre, son odeur de levain qui s'élève des guérets ouverts, sortait des mottes attachées aux racines et aux lames des outils, et se mêlait à celle des vieux cuirs cirés et moisis. Gilbert Cloquet songeait, sans doute à cause de cela, aux labours qu'il devait faire, prochainement, dans une vallée où la charrue ne rencontrait pas de pierre, et où le froment levait volontiers. Il avait toujours l'esprit préoccupé du travail ou du chômage prochain. Quelqu'un frappa à la porte et entra.

– Ce n'est pas une heure pour déranger le monde, dit rudement Gilbert. Qu'est-ce qu'on me veut ?

Il s'assit sur son lit, sa chemise ouverte sur sa poitrine velue.

– Faites excuse, dit un jeune homme qui entra lestement et resta debout au pied du lit ; je me suis dépêché, mais je n'ai pas pu arriver plus tôt : je viens de par delà Saint-Révérien, et je vais aller coucher ce soir à la Vaucreuse, où je suis embauché.

– C'est un pays qui m'est ami, dit Cloquet, mais ça ne m'explique pas, Lureux, pourquoi tu viens ?

– Vous ne devez pas rentrer de la semaine au Pas-du-Loup, monsieur Cloquet, et votre fille Marie m'a bien recommandé de vous parler au passage.

– Ma fille ?

– Oui, dit le gars dans l'ombre, nous nous sommes entendus : elle veut bien de moi, et moi, j'ai mon idée devers elle.

Gilbert ne répondit rien pendant plusieurs minutes. Beaucoup de choses qu'il avait entendu dire contre ce garçon lui revenaient en mémoire. Il eut envie de se lever, en chemise, de le chasser, de lui crier : « Va-t'en, et cherche ailleurs que chez moi ! »

Mais l'image de Marie se dressa aussitôt devant lui, de Marie mécontente, froissée, à jamais divisée d'avec lui ; il eut peur de la dernière solitude, puis, reportant les yeux sur cet homme attentif, penché un peu, et dont les yeux luisaient d'inquiétude jeune, dans l'ombre de la décharge, il sentit de la compassion pour celui qui, comme lui, gagnait difficilement le pain, au bois, aux prés, au froment, pareil aux oiseaux et, comme eux, changeant de grenier avec les saisons.

– Je ne t'aurais pas choisi, Lureux, parce qu'on te dit dépensier.

– Monsieur Cloquet, je ne bois pas...

– Tu ne bois pas, peut-être, mais tu as le goût de la dépense ; tu paies à boire aux autres, et tu joues ; il faudra te ranger. Écoute : si, comme tu le dis, Marie est consentante, je le saurai, je ne la contrarierai point. Tu lui feras dire par quelqu'un de tes parents que, pas plus tard que jeudi, après les pommes de terre finies, j'irai causer avec elle.

Quelquefois, il avait rêvé que le gendre futur, l'homme de qui renaîtrait sa race, se jetterait à son cou et le serrerait dans ses bras : et, en ce moment, il eut au cœur la morsure nette de la déception. Non, cela ne se pouvait : plus tard, peut-être, l'amitié viendrait. Il tendit la main à l'homme, qui avait fait le tour du lit et qui s'était approché.

– À présent, mon garçon, dit-il, ne va pas trop vite en amitié avec Marie, et n'entre pas chez moi avant que je n'y sois rentré,... parce que, tu me connais, ce n'est pas un mariage qu'il y aurait, c'est un coup de fusil au coin d'un chemin.

Un rire contenu lui répondit.

– Je ferais comme je dis, Lureux !

– Que pensez-vous là, monsieur Cloquet ?... Allons, merci, j'ai de la route à faire dans la nuit ; oui, j'en ai... il faut que je parte.

– Tu promets de ne pas t'arrêter au Pas-du-Loup ?

– Oui.

La porte se referma, et Gilbert ne dormit pas, car il avait pris trop dur sur lui-même, pour ne pas faire pleurer Marie : et ce fut lui qui pleura.

Il songea qu'il avait toujours été seul, que personne dans le monde, sauf la vieille mère et un peu Adèle, qui étaient mortes toutes les deux, n'avait aimé le pauvre remueur de terre et faucilleur de blé qu'il était. Il pensa : « Pour quoi vais-je vivre maintenant ? pour qui ? pour moi tout seul ? oh ! que ça n'est guère ! » Le monde, pour lui, finissait là, depuis que les compagnons rejetaient Gilbert Cloquet.

Dans cette même nuit, le cœur battant d'orgueil, de vie et d'amour, Étienne Lureux prenait la traverse, descendait la colline, passait sur la levée, entre les étangs clairs sous la lune, et entrait dans la forêt, pour arriver plus vite au Pas-du-Loup. Il galopait sur le sol bourré d'herbes ; il riait ; il regardait, au-dessus des taillis, les nuages passer sur la lune et s'emplir de lumière. Puis, dans la grande solitude, s'arrêtant pour souffler, deux fois il cria : « Vive Marie Cloquet ! Vive la plus belle fille de Fonteneilles, de Corbigny, de Saint-Saulge et de toute la terre ! »

Enfin, les pieds blancs de poussière et de boue, il arriva au hameau. Les cinq maisons, enveloppées par les bois, aux bords du chemin forestier, dormaient. Il s'approcha d'une fenêtre et dit tout bas : « Marie ? » Il ne voulait pas que, de la maison en face, Ravoux pût le surprendre. Son visage devint tout pâle, et sa pensée d'angoisse y sculpta un autre visage. « Où est-elle ? Morte ?

Échappée ? Marie ? » Puis tout à coup, la jeunesse y reparut ; les traits se détendirent dans la joie ; le contrevent s'ouvrit, et la tête décoiffée de Marie, aux yeux fermés par la demi-lumière de la nuit, se tendit au baiser de l'homme.

– Marie, j'arrive de la ferme de Vaux !

– Tu l'as vu ?

– Il n'a pas osé dire non...

– Ah ! quelle chance, mon petit Lureux !

Elle demanda, souriant dans le sommeil :

– A-t-il promis de la galette ?

– Je n'y ai pas pensé.

– T'es bête, mon pauvre garçon, il en a !

Il causa deux minutes, et, comme il avait promis de ne pas s'arrêter, voulant ne pas trop longtemps mentir à sa promesse, il embrassa de nouveau la jeune fille ardemment, reprit la gibecière qu'il avait déposée à terre, sauta d'un bond jusqu'au milieu du chemin forestier, et s'échappa. Marie, la tête dans l'ouverture des contrevents, les yeux grands, les lèvres rieuses, le cœur gonflé d'orgueil, regardait l'homme qui l'arracherait à la vie dépendante et à l'ombre de ces bois où il disparaissait.

Peu après, Étienne Lureux épousa Marie Cloquet. Le père, voyant sa fille éprise de ce joli homme, ne sut rien refuser. Il céda à cette sorte d'éblouissement où le bonheur des enfants jette parfois les mères ; il crut tout ce qu'elle affirmait ; il voulut tout ce qu'elle demanda. Pour qu'elle fût plus heureuse qu'il n'avait jamais été, il lui prêta tout son argent, quatre mille francs qu'il avait, en se privant toute sa vie, économisés et placés. Le rêve du père fut réalisé par la fille. Marie prit à bail une petite ferme de douze hectares nommée l'Épine, toute proche de la forêt, enclavée presque entièrement dans le domaine de Fonteneilles, et qui, vendue en justice, après la mort d'un paysan propriétaire de Crux-la-Ville, avait été achetée tout récemment par le principal créancier hypothécaire, un négociant d'Avallon. Elle eut une domestique, qui faisait tout le gros ouvrage, un mobilier neuf, des vaches, des brebis, deux juments, des bijoux lourds et peu titrés, et le droit de regarder de haut ses anciennes compagnes les lingères, coureuses de journées.

La vie morale d'un pauvre

Il est vrai qu'elle devait beaucoup d'argent dès son entrée en ferme, sans compter l'emprunt fait au père. Mais Lureux jurait qu'en moins de cinq années, il se faisait fort de ne devoir plus rien à personne. En vain la mère Justamond, matrone qui parlait franc, avait dit à son voisin, la veille de la signature de l'acte : « Excusez-moi si j'ai l'air de m'occuper de vos affaires, Gilbert Cloquet, mais faut pas tout donner aux enfants. Ils prennent ce qu'on leur donne, comme si c'était leur dû. Ils promettent de la reconnaissance, mais c'est une graine qui ne lève guère souvent. » Il avait répondu : « Mère Justamond, j'ai travaillé pour ma femme, et elle est morte. J'ai travaillé pour les camarades, et ils commencent à me lâcher. J'essaie à présent d'avoir l'amitié de ma fille et de mon gendre : faut me laisser faire. »

Depuis lors, plus de sept années s'étaient écoulées, et bien des choses, autour de Gilbert, avaient changé.

La Nièvre, tout au moins dans la partie vallonnée de Corbigny, de Saint-Saulge et de Saint-Benin-d'Azy, était devenue un grand pays d'élevage. Les bœufs blancs, les vaches blanches, les chevaux de trait, au poil noir, erraient en troupes deux fois plus nombreuses dans les pâturages. Et les pâturages, pour les nourrir, s'étaient multipliés. L'herbe avait monté du creux des vallées sur le flanc des coteaux. Elle remplaçait les froments et les seigles ; elle mordait les héritages de tout temps réservés aux chenevières. Le beau mamelon de la Vigie, au sommet jadis labouré chaque année, était maintenant tout en haut lisse et vert comme une émeraude, et plus de la moitié des terres qui couvrent les pentes portaient la même verdure sans cesse remontante, et qui n'est ressemée qu'après un temps bien long. Tout ce massif nivernais ressemblait à un parc. Le silence augmentait dans la campagne moins travaillée. Quelque chose de primitif et d'apaisé y rentrait, avec l'ombre des bois tournant sur les prairies. On voyait, aux foires de Corbigny ou de Saint-Saulge, plus de deux mille têtes de bétail rassemblées. Les marchands de toute la France et de l'étranger affluaient. Les fermiers devenaient riches. Mais les journaliers se plaignaient, car il y avait moins de mottes à remuer, moins de moissons à couper. Les machines aussi leur volaient des journées, par centaines. Depuis longtemps on ne battait plus au rouleau, et les fléaux, à cheval sur les solives, ne remuaient plus qu'au vent qui passe entre les tuiles. C'étaient maintenant le semoir, la faucheuse, la faneuse, la moissonneuse, qui faisaient la besogne antique des hommes.

La forêt elle-même ne donnait plus le travail assuré qu'on y trouvait jadis. Après des années d'efforts, d'insuccès, de recommencements, de grèves légitimes et de violences injustes, les bûcherons avaient obtenu une augmentation sensible des salaires. La journée était bien payée. Mais des gens de partout, du Morvan et du Cher, de l'Allier ou des parties de la Nièvre éloignées de Fonteneilles, des hommes souvent qui n'étaient pas du métier, se faisaient inscrire au syndicat et réclamaient le droit au travail. On ne leur demandait pas : « Qui vous amène ? » On supposait, avec raison, que c'était la faim. On ne leur disait pas : « Avez-vous manié la cognée ou la scie ? » On les laissait entrer. Ils encombraient les coupes. Ils considéraient que, suivant l'ancien usage, « toute coupe embauchée est banale », dès qu'un marchand de bois l'a déclarée ouverte. Le nombre des ouvriers diminuait donc le gain de chacun, et le profit de l'année ne se relevait point, comme les journaliers de Fonteneilles l'avaient espéré.

Gilbert souffrait cruellement de cette incertitude du lendemain. Il avait cinquante-deux ans. L'habitude du travail, l'air des champs, la vie pauvre l'avaient maintenu en belle santé. Sa force et la justesse de son coup de cognée étaient celles d'autrefois. Il bêchait comme un jeune. Il avait toujours cette marche aisée qu'ont les hommes parfaitement sains de corps, dont les muscles se tendent et se détendent en même temps, sans qu'un seul soit en retard. Sa barbe demeurait blonde. Il fallait être tout près pour compter quelques poils blancs dans cette fourrure de renard qu'il avait au menton. Quand, le dimanche, bien brossé, ayant bu un coup de vin, il dévalait le chemin qui va du bourg au Pas-du-Loup, plus d'un de ses compagnons, plus d'une des filles de Fonteneilles s'y trompaient et demandaient : « Quel est donc ce jeune gars qui rentre de si bonne heure ? » S'il riait, ses yeux devenaient clairs, comme ceux d'un enfant qui croit à la joie.

Mais il riait rarement, à cause des chômages, à cause des compagnons qui l'abandonnaient en l'estimant tout de même, et à cause de Marie, qui ne faisait pas de bonnes affaires dans la ferme de l'Épine. Les promesses de Lureux n'étaient que vantardise. Il

La vie morale d'un pauvre

travaillait sans goût, sans suite et dépensait beaucoup, bien que le ménage n'eût pas d'enfants. Chez lui, les camarades trouvaient toujours table ouverte. La route était tout près et fréquentée. On s'arrêtait chez les Lureux pour rire un peu et pour boire. Et le vin que le maître de l'Épine faisait venir du Midi, par les bateliers du canal, n'avait jamais le temps de vieillir. « Il faut que jeunesse se passe », disaient les gens. « Elle est passée », répondait Gilbert. Il entendait raconter, de temps à autre, que les dettes s'accumulaient, non point chez les fournisseurs du bourg que l'on finissait par payer, mais chez le notaire où l'on devait trois fermages au moins, chez des prêteurs de Corbigny ou de Nevers. Marie avait nié longtemps ces dettes. Elle commençait à les avouer, en venant quêter le père, presque chaque semaine. Il donnait, osant à peine faire un reproche à sa fille, qui menaçait de rompre, au moindre mot. Le lendemain, elle allait à une foire, à un apport, à une noce, endimanchée, laissant la maison à la garde de la domestique ou d'un berger d'occasion. Plusieurs fois, Gilbert s'était offert pour soigner les bêtes et veiller aux héritages à la place de Marie. Mais les enfants ne se souciaient pas qu'il vît de trop près le désordre de la ferme. Il ne se rendait à l'Épine que si on l'en priait. Et les invitations étaient rares.

Voilà ce qui empêchait de dormir Gilbert Cloquet, ce soir de mars où Michel de Meximieu songeait, de son côté, accoudé sur l'appui de la fenêtre. Le bûcheron pensait à de très anciennes choses. Il se disait aussi qu'ayant reçu vingt francs d'acompte sur le travail du lendemain, il irait de bonne heure, avant de commencer, en donner la moitié à Marie, qui serait contente.

Et qui sait ?

III
La lecture en forêt

Pour aller voir sa fille, Gilbert Cloquet n'avait pas un long voyage à faire : un sentier conduisait sous bois jusqu'à la pointe de l'étang de Vaux, qui est toute voisine du hameau du Pas-du-Loup, contournait la berge parmi les prés marécageux, et se perdait en montant vers le milieu du premier champ. Ces champs, sur la « bordée » de la forêt, comme disait Gilbert, ces douze hectares divisés en une quinzaine de parcelles, la maison située à mi-côte, et qui formait l'extrême limite de la commune, c'était le domaine de l'Épine, que les Lureux avaient pris à ferme, grâce à la générosité de Gilbert.

Il était de bonne heure ; on entendait encore, tant le silence était grand, le bruit de l'eau qui rencontre une pierre dans les fossés. Gilbert avait sa cognée sur son épaule, et il mettait sur le manche tantôt la main gauche et tantôt la main droite, à cause du froid. Dans le pré qui commençait à la lisière de la forêt et qui était traversé par une rigole, il s'arrêta, pour compter les vaches blanches ; dans l'héritage au-dessus, labour où poussait du blé, il jeta un coup d'œil aux planches de terre, pour juger de la main du laboureur et du semeur ; et quand il entra dans la cour, il trouva Marie qui venait de tirer un seau d'eau, Marie en jupe courte, les cheveux non peignés et seulement tordus en arrière. En voyant son père entrer, elle déposa son seau sur le fumier, à côté du puits, et s'avança contente et faisant la douce.

– Comment ! c'est vous, le père ?

Il la regardait venir, nonchalante et portant déjà son baiser au bout des lèvres tendues. Elle avait toujours ses yeux jeunes, ses yeux luisants, – si durs quand elle ne riait pas, – mais les joues étaient plus pâles qu'autrefois, les traits épaissis. Gilbert se laissa embrasser.

– Alors, ça va bien ? demanda Marie. Où allez-vous donc avec votre cognée ? Lureux ne doit pas finir avant ce soir, à ce qu'il m'a dit.

– Moi, j'ai quitté mon atelier parce que j'avais fini, dit sentencieusement le père... Et à présent, j'ai autre chose à faire, et je vais où j'ai du travail.

– Tant mieux qu'il y en ait pour vous ! Il n'y en a pas toujours pour les autres, dit Marie, piquée.

– Ah ! Marie, comment peux-tu te plaindre encore ? Si j'avais eu une belle ferme comme la tienne, moi, d'abord, je n'en serais pas sorti ! Je l'aurais bêchée, je l'aurais fumée, je l'aurais sarclée. Pourquoi va-t-il au bois, ton homme ? Est-ce que c'est la place d'un fermier ?

– Trois ou quatre jours par ci, par là, en voilà un crime !

– Il ferait mieux d'aimer sa maison.

– C'est qu'on doit de l'argent, mon père ! On n'arrive pas à payer le propriétaire !

– Ah ! vraiment, il n'est pas payé ! Et le marchand de vin non plus ?

– Non.

– Et le charron qui t'a vendu ta carriole jaune ?

– Non plus, et bien d'autres ! Ça n'est pas la peine de vous le cacher à présent.

– Il mentait donc, ton Lureux, quand il me disait que vous ne deviez presque plus rien ; que, si je l'aidais, il paierait tout ?

Elle tourna la tête, comme si elle entendait du bruit du côté de la maison, mais en réalité pour éviter de répondre.

Gilbert déposa sa cognée, qui se tint toute seule en équilibre, le manche en l'air.

– C'est donc la ruine qui vient, Marie ? Pour vous deux et pour moi aussi ?

– Peut-être bien, mon père, à moins que vous ne soyez plus donnant que vous ne l'êtes !

Le grand bûcheron fit un mouvement en avant, comme s'il voulait foncer contre elle, tête baissée.

– Ah ! sans cœur ! cria-t-il.

Et la femme se rejeta en arrière, la taille cambrée, et le visage si dur que rien n'y restait plus de sa beauté.

– Sans cœur ! Voilà ton remerciement ! J'ai donné pour vous tout le travail de ma vie et le tourment de mon esprit. Et ce n'est jamais assez ! Mais travaillez donc, paresseux que vous êtes ! Gênez-vous !

– Est-ce que ma mère se gênait ? Dites-le donc un peu ? Est-ce qu'elle travaillait ? Pas tant que moi !

– Elle se peignait, en tout cas, avant de faire son ménage !

– Merci, papa !

– Elle n'aurait jamais posé un seau d'eau sur le fumier : elle avait du soin ; elle avait de l'honneur.

– Merci encore !

– Et le dimanche, elle ne faisait pas la dame avec des dentelles et des robes de la ville !

– On n'est-il pas autant que les dames ! Pourquoi donc ?

– Pas si riches, en tout cas ! Et pendant ce temps-là, tu n'as que huit vaches, – et maigres encore...

– Elles ont pourtant de quoi manger.

– Tu devrais en avoir une douzaine.

– On a des brebis, père.

– Oui, et des nourrins ? Tu m'as demandé de l'argent pour en acheter, où sont-ils ?

La fille se rapprocha, et essaya d'adoucir le père dont la colère grandissait. Mais le cœur n'y était pas, et c'est à peine si les yeux parvinrent à mentir un peu.

– On est malheureux, je vous assure ; tout le monde est après nous... L'huissier parle de venir...

– L'huissier !...

La femme se mit à pleurer. Gilbert prit, dans son gousset, deux écus de cinq francs, et, d'un geste brusque, les mit dans la main de sa fille.

– Je suis bien pauvre, à présent, Marie, mais je ne veux pas voir l'huissier chez vous ! Dis à Lureux que je te donne le prix d'un travail qui n'est pas encore fait !

La femme regarda les deux pièces blanches, et les fit glisser dans sa poche.

– Dis-lui qu'il n'y a pas assez de bétail dans ses pâtures.

La lecture en forêt

– C'est facile à dire !

– Pas assez de fumier dans ses terres !

– On ne vous demande pas d'y aller voir !

– Et pas d'enfant dans la maison.

Cette fois, la femme, toute rouge et la lèvre frémissante de colère, répondit :

– Pas d'enfant ! C'est notre affaire ! Et vous, le père, pourquoi donc que vous n'en aviez qu'un ?

Le père ne répondit pas. La fille eut le sentiment obscur du sacrilège qu'elle venait de commettre. Elle rougit. Ils se considérèrent l'un l'autre, gênés par le reproche et par l'aveu que leur silence prolongeait... Alors Marie alla reprendre son seau d'eau, pour le porter à la maison. Et le père la laissa s'éloigner. Quand elle fut sur le seuil :

– Marie Lureux, cria Gilbert, tu es une fille qui vas à ta ruine ; je ne t'ai que trop chérie, et ç'a été ta perte ; je t'ai trop donné et tu es devenue la paresseuse que tu es... À présent, tu n'auras plus rien de moi. C'est fini entre nous. Dis-le encore à Lureux pour qu'il ne revienne pas !

Elle cria, détournée à demi :

– Vous ne le verrez pas ! Ah ! bien, non ! Et tant pis pour ce qui arrivera !

Le bûcheron reprit sa cognée et se dirigea, en biais, vers l'angle des étables, afin de tourner la maison et de rejoindre la route. Confusément il triait les mots qu'il avait dits, les bons et les mauvais, comme des châtaignes qu'épluchent les enfants, et il murmurait, tout secoué par la colère :

– Quand je pense que c'était Marie, autrefois ! Marie !... Celle que je faisais sauter sur mes genoux !

Avant d'arriver à la route, d'où il descendrait vers la forêt, il y avait un point d'où l'on apercevait, bien au-dessus du village et un peu sur la gauche, la colline de la Vigie, les toits de la vaste ferme assise sur le tertre, et le frêne rond qui commandait l'entrée. Gilbert s'arrêta. Comme toujours, il se retrouva en esprit dans cette cour où si souvent il avait dételé ses bœufs ; puis il regarda les champs qui coulaient de là, tout verts et frais dans le matin. Gilbert Cloquet ne pouvait voir ce beau sommet de la région sans songer qu'il était monté à la Vigie, à l'âge où les petits gars, la culotte courte pendue aux épaules par de larges bretelles, commencent à avoir envie de faire peur aux grosses bêtes, et tapent dessus avec des branches feuillues, et qu'il ne l'avait quittée qu'après son mariage, parce que sa femme le voulait.

– Toujours les femmes, qui m'ont jeté d'une misère dans l'autre ! murmura-t-il. J'en ai eu là-haut de la misère, oui, je peux le dire. Et depuis ! Et à cette heure ! Allons, va au bois, mon pauvre Cloquet ! Va te cacher, père de faillie ! Quinze jours de moulée, c'est bon à prendre.

Il cessa de regarder là-haut, sauta sur la route, et, par l'avenue du château, descendit vers les grands bois...

Il était plus de midi. Les bûcherons dînaient dans la grande coupe de Fonteneilles, près de l'étang de Vaux, et loin de l'endroit où travaillait Gilbert. Ils formaient des groupes, çà et là, dans la clairière dévastée, voisins d'ateliers qui se réunissaient pour manger, causer et faire un moment de sieste. Assis sur leurs talons, et le dos appuyé sur les jonchées de ramilles abattues qui pliaient comme des ressorts, ou bien couchés sur le côté, ils mangeaient le croûton de pain tiré de la carnassière, en ayant soin d'ajouter à chaque bouchée, coupée dans la partie inférieure, une petite tranche du morceau de fromage ou de lard qu'ils tenaient sous leur pouce gauche. Chacun avait près de soi son litre de vin débouché, enfoncé dans les copeaux ou les feuilles. Il faisait chaud à l'abri et froid dans le vent. Les hommes parlaient peu, mais ils se sentaient vivre ensemble, et ils riaient pour peu de chose. La fatigue s'en allait, avec des picotements, de leurs jambes et de leurs bras au repos. Leur chapeau, rabattu sur le front, les protégeait contre le soleil, qui était vif dans l'air dur.

Le groupe de Ravoux était le plus proche de l'étang, sur la gauche de la coupe.

Le président du syndicat avait déjà fini de dîner. Assis sur un tronc de charme, il avait tiré de sa poche un papier, et lisait tout bas, avec des grimaces nerveuses qui agitaient sa barbe noire et tiraient la peau sèche des pommettes. Autour de lui, huit

La lecture en forêt

ouvriers étaient rassemblés. Entre eux, depuis le commencement du repas, trente mots peut-être avaient été échangés. L'un des travailleurs avait dit seulement : « Le travail sera fini ce soir. Je ne sais pas quand j'en retrouverai », et un autre : « V'là les merles qui chantent ; ça sent le printemps. » Des yeux se fermaient et des bouches demeuraient entrouvertes, béatement. Des poitrines, des hanches, des cuisses, des dos cherchaient le soleil. Il y avait là, à droite de Ravoux, et un peu en avant, Fontroubade, le maçon de Fonteneilles, qu'on appelait Goule d'oie parce qu'il avait un long nez, un menton fuyant et un air de toujours rire, une sorte de grimace professionnelle de ses paupières plissées par l'éclat des murs blancs ; puis Dixneuf, qui était assis tout contre lui et l'appuyait de l'épaule, maçon également, ancien zouave, tout vieux, très sourd, fier de sa barbiche et de la réputation qu'il avait de préparer mieux que personne la « cambrouse » avec le sang des chevreuils pris au collet ; puis Lamprière, un grand maigre qu'on eût dit toujours en colère et qui faisait peur aux bourgeois, quand il les regardait passer dans les chemins ; puis Lureux, le gendre de Cloquet, fermier qu'on s'étonnait de voir là, ivrogne aux moustaches déteintes et amollies par la vapeur d'alcool, plaisantin, paresseux et peu sûr ; puis le tuilier Tournabien, mauvais jeune qui avait la figure et l'agilité d'un chat sauvage ; puis Le Dévoré, garçon de ferme pesant, rouge et triste, puis Supiat, qui se disait menuisier et qui ne menuisait jamais, braconnier d'eau, colleteur dans les bois, orateur à la face de renard, aux yeux fureteurs, et qui dénonçait les tièdes à la Confédération générale du Travail ; enfin, un grand jeune homme d'une vingtaine d'années, beau et rieur, et qu'on appelait Jean-Jean. Il était descendu des forêts de Montreuillon, sans dire pourquoi, en sifflant. Et le soleil piquait agréablement ces hommes au repos, et aucune idée générale ne les faisait sortir de leur demi-somme, et ne les exaltait, quand Fontroubade, peu avisé, et que ne préoccupait guère la différence entre un manuscrit et un imprimé, demanda, en désignant Ravoux :

– Qu'est-ce qu'il médite donc là, le président ? Est-ce un discours de notre député ?

– Mieux que ça, et ça porte plus loin, fit Ravoux, levant sa barbe en broussaille et ses yeux vifs où la pensée s'irritait d'être lue avant l'heure. Laissez-moi finir ; c'est un document secret, une lettre autographiée, que je dois communiquer aux amis.

– Ohé ! Méchin ? cria une voix. Ohé ! les amis ? Il va lire, Ravoux, venez donc ?

Dans la clairière énorme, l'appel s'envola, et très loin, quelques bûcherons se dressèrent, comme s'ils sortaient des racines des chênes, et ils vinrent sans hâte, les pieds traînants et faisant des sillons dans les feuilles mortes. Ravoux s'était replongé dans sa lecture, mais la passion politique avait été remuée.

– Le député ? dit le gros Le Dévoré, il viendra quand on aura des ordres à lui donner !

– Il viendra jusqu'ici dans la coupe, et on le fera asseoir, si on veut, sur un bois pointu !

Pour la première fois, il y avait de l'élan, du chant et de l'orgueil dans les mots. Des jambes se replièrent. Deux hommes couchés se mirent sur leur séant et détirèrent les bras. Supiat, penchant en avant son museau roux et rieur, dit :

– Vous ne savez pas ce qui est arrivé, la semaine dernière, au député de X ?...

Et il nomma un autre arrondissement forestier du centre.

– Non ; dis-le, Supiat !

Les merles commençaient à s'éloigner d'un coin de forêt où on parlait si haut.

– Eh bien ! il était venu voir ses « chers électeurs » ; des gens comme nous ; et il les trouva à table. « Comment ça va, mes amis ? » Ils mangeaient des harengs. Alors le plus jeune de la bande, Bellman, qui a de l'aplomb, lui a répondu : « Tu dis que nous sommes tes amis ? – Bien sûr. – Eh ! non, nous sommes tes maîtres, et tu es notre domestique. Nous mangeons des harengs, tu vois, et tu vas en manger !

– Qu'a-t-il fait ? Ça devait être drôle !

– Il en a mangé, mes enfants ! Il aurait mangé les arêtes si on ne lui avait pas dit : c'est assez !

– Les députés, c'est des rien du tout ! fit Fontroubade d'une voix pâteuse.

– Qu'est-ce qu'il y a donc, Ravoux ? Pourquoi nous appelles-tu ?

La lecture en forêt

C'étaient quatre jeunes hommes du syndicat qui arrivaient se tenant par le bras.

– Il va lire, dit Jean-Jean.

– Ça n'est que ça ? un article de journal ?

– Non, dit Ravoux, en abaissant le papier, une feuille double, format écolier, couverte d'une écriture appliquée de copiste populaire, – non, c'est un appel qui vient de Paris, aux travailleurs de la terre !... Après les ouvriers de l'usine on va enrôler les travailleurs de la terre, tous, tous !

Les visages devinrent sérieux ; les hommes qui formaient un demi-cercle devant Ravoux s'approchèrent de quinze pouces, sans se lever, et en se traînant sur les feuilles. Il y eut un remuement de branches et de ramilles. Et le merle chanta encore, très loin. Ravoux ouvrait la bouche en arc ; il prononçait bien ; il goûtait les phrases ; il avait des dents blanches qui riaient aux beaux endroits :

« Aux travailleurs de la terre !

» Camarades, depuis des années et des années, depuis des siècles et des siècles, nous sommes courbés du matin au soir, sur la terre, sans réfléchir à notre sort, sans regarder autour de nous, persuadés, d'ailleurs, qu'on ne peut faire autrement que de se donner une peine immense pour manger un morceau de pain. »

L'auditoire laissa passer l'exorde sans manifester aucun sentiment. Il connaissait le début ; il en était las déjà. Ravoux reprit :

« Mais il n'est jamais trop tard pour bien faire ! Posons-nous donc ensemble cette question, et répondons-y franchement :

» Qui produit le blé, c'est-à-dire le pain pour tous ? Le paysan !

» Qui fait venir l'avoine, l'orge, toutes les céréales ? Le paysan !

» Qui élève le bétail pour procurer la viande ? Le paysan !

» Qui produit le vin, le cidre ? Le paysan !

» Qui nourrit le gibier ? Le paysan ! »

– Voilà qui est vrai ! Le gibier ! oui le gibier !

– Tais-toi, Lamprière. N'y en a plus, de gibier, grâce à toi et à Supiat.

– Laisse le président continuer !

« En un mot, vous produisez tout ! Que produit votre fermier général ou votre propriétaire ? Rien ! »

– C'est vrai !

– Il fournit la terre, tout de même !

– Qui a dit ça ?

– C'est Jean-Jean. Tais-toi, Jean-Jean ! tu es trop petit pour parler !

Supiat, d'un coup de reins, se mit à genoux, puis, s'allongeant, s'appuyant sur ses mains, resta tendu, comme une bête, vers Ravoux. C'était bien le renard qui évente le gibier. Tous les appétits flambaient entre ses cils. Tournabien passait et repassait son couteau sur son pain, comme sur une pierre à aiguiser. Lureux riait en dessous, les yeux à terre, pensant à ses créanciers que la révolution l'encourageait à ne pas payer. Il y avait un silence incroyable, parmi ces treize hommes. Ils croyaient écouter, mais ils voyaient. Les mêmes syllabes germaient, pour chacun d'eux, en images différentes et précises. Ils voyaient des êtres de chair et d'os, le propriétaire, le fermier général, le bassecourier, le garde, le commis du marchand de bois, l'ennemi. La plainte si souvent muette avait enfin une forme. Ils jouissaient de voir clairement dit leur ressentiment. Ils se reconnaissaient dans la formule venue de Paris, non signée. Et l'orgueil de leur force, la vision plus vague des foules, des syndicats, des révolutions, des pillages, des justices, des revanches, des soûleries énormes, leur faisait tordre la bouche, ou l'ouvrir, comme pour s'écrier « J'en suis ! » À peine si deux ou trois devinaient le mensonge de l'appel. Tous étaient étrangers dans le domaine des mots. Ils n'y restaient pas ; ils allaient au-delà : ils jugeaient le monde. L'affirmation anonyme de leur droit suffisait à leurs souffrances. Aucune force ne luttait en eux contre la passion d'envie. Les visages étaient tournés dans le même sens, visages de croyants, d'illuminés, ou de fauves attentifs. Les quatre hommes venus de loin se tenaient toujours par le bras. Et une lumière dorée baignait leurs têtes hautes.

– Camarades des campagnes, nous sommes petits parce que nous nous courbons devant les riches ; redressons-nous une bonne fois, et nous nous apercevrons que nous sommes plus grands qu'eux ! Nos camarades des mines et des ateliers nous ont montré le chemin ; ils n'attendent que notre organisation, qui sera une force immense, pour marcher de l'avant... Camarades

des campagnes, réfléchissons bien à ceci : Si demain tous les cultivateurs disparaissaient, qu'arriverait-il infailliblement ? Une famine générale, une misère atroce, la mort probable, en peu d'années, d'une bonne partie des restants... Et si, demain, tous les messieurs disparaissaient, il est bien permis de supposer que rien n'en irait plus mal, et qu'au contraire l'humanité pousserait un immense soupir de soulagement... Et pourtant, nous ne désirons la disparition de personne...

Quelques têtes remuèrent, approuvant.

– Mais nous désirons voir arriver le jour où tout le monde sera obligé de travailler pour vivre, où il n'y aura plus d'exploiteurs et d'exploités... Cela viendra sûrement. Cela sera le commencement de notre œuvre. Camarades, en route vers le grand but ! Vive l'émancipation des travailleurs !

Ravoux ne parlait plus, qu'ils écoutaient encore, crispés, haletants, les narines dilatées ; deux ou trois rêvaient à l'avenir idyllique, les poètes, les musiciens, les jeunes ; Jean-Jean, qui s'était mis debout, coiffé de son béret, promenait dans le bleu clair du ciel ses yeux émerveillés ; il aimait une belle fille de Corbigny et il la voyait, près de lui, à Paris, dans une voiture à deux chevaux, emportée à travers les avenues. La lumière réjouissait les écorces fanées. Les bois immenses buvaient un commencement de vie. Les hommes écoutaient encore les paroles mauvaises. Elles avaient couru sur eux tous, comme la fumée d'un train sur les mottes. Et la fumée s'était dissipée ; mais il en restait quelque chose, par quoi la glèbe était invisiblement pénétrée et gâtée.

– C'est rudement tapé, dit Lamprière.

– Un chef-d'œuvre ! répondit Ravoux en pliant le papier. Voilà un plan d'organisation !

– À bas les jouisseurs ! Qui met le feu aux bois ? cria Tournabien en se dressant sur ses pieds.

Il cherchait, dans sa poche, son briquet.

– Pas de bêtise ! dit Ravoux. Le bois, c'est le pain. Les amis de Paris ne vous disent pas d'incendier, ils disent de vous organiser, d'embrigader tous les journaliers de Fonteneilles.

– Il y en a qui ne paient pas leur cotisation ! cria Tournabien.

– Il y en a qui ne veulent pas être avec nous, les canailles ! cria Lamprière.

Et les cordes de son gosier restèrent tendues et frémissantes après qu'il eut parlé.

– Il y a aussi des traîtres parmi nous, Ravoux !

– Tu dis ? De qui parles-tu ?

C'était Supiat, qui insinuait qu'il y avait des traîtres. Ravoux se leva, et marcha vers le menuisier bûcheron, qu'il détestait.

– Est-ce que tu voudrais parler de moi ?

Une clameur l'interrompit.

– Non ! non ! Explique-toi, Supiat !

Des groupes, au loin, dans la clairière, observaient. Supiat fermait à demi les yeux ; il était à quatre pattes ; il riait méchamment ; il rejeta son chapeau, d'un revers de main, sur son cou, et grinça des dents, comme s'il allait mordre Ravoux penché sur lui.

– Tu n'es guère avisé, dit-il en riant, tu es un pauvre président, Ravoux. Oui, il y a des traîtres. Il y en a qui s'engagent tout seuls, pour une coupe, et qui n'en disent rien aux camarades, pour ne pas partager.

Tous les hommes qui étaient encore assis ou couchés se levèrent ensemble. Supiat se dressa en face de Ravoux ; il le dépassait de la moitié de la tête, et son regard vibrait de la joie mauvaise de son secret dévoilé.

– Cherchez donc qui manque ici ?

Dix hommes comptèrent et nommèrent rapidement les bûcherons présents. Deux dirent à la fois :

– Cloquet ! c'est Cloquet ?

– C'est lui !

– Où est-il ?

– Demandez à Lureux !

Quatre des plus excités enveloppèrent Lureux, le saisirent par les épaules, et le secouèrent. Le gendre de Cloquet eut peur, mais il essaya de plaisanter.

– Lâchez-moi donc ! Je n'ai pas envie de me sauver ! Ce que vous voulez savoir, je vais vous le dire !... Pourquoi serrez-vous si fort ?... Allons, lâchez-moi !... Eh bien ! vous saurez tous que, ce matin, en venant, j'ai vu mon beau-père qui descendait dans la taille qui est à gauche du château.

– Avait-il sa cognée ? demanda Ravoux.

– Eh ! oui, il l'avait !

– Il s'est loué tout seul ! Le traître ! cria Tournabien. Allons le débaucher ! Ohé ! camarades ! Qui est-ce qui vient débaucher Cloquet ?

Les deux mains en porte-voix, Tournabien avait crié cela de tous ses poumons. De l'abri des cordes de moulée, ou des piles de charbonnette, ici et là, des hommes surgirent. Plusieurs se contentèrent de regarder du côté des voix. D'autres, sautant par-dessus les branches abattues, accoururent. Les bûcherons autour de Ravoux s'assemblaient, gesticulaient, et se heurtaient en remous, les uns voulant descendre sur Fonteneilles, les autres non. Le président, le visage tout blanc d'émotion dans sa barbe noire, essayait d'arrêter Tournabien, Supiat et Lamprière, les trois plus ardents. Des poings se levaient sur lui, il n'en avait aucun souci. De ses deux mains poilues, il tenait par le bras le plus fort des énergumènes, et luttait avec lui.

– Tu m'écouteras, Tournabien !

– Non, j'y vas ! À bas les traîtres !

– N'y allez pas ! Gilbert a le droit de travailler.

– Pas tout seul !

– Si, tout seul, parce qu'il a été embauché par le propriétaire. C'est reconnu par tout le monde.

– Je m'en f... ! Au bois de Fonteneilles, camarades ! À la chasse !

Tournabien se dégagea. Une bande de bûcherons, les uns avec une trique, les autres avec une cognée, arrivaient au galop. Ils ne s'arrêtèrent point à discuter avec Ravoux, ni à écouter les explications de Tournabien. Il y avait du bruit à faire, cela les « amusait ». Ils allaient. D'un élan, ils traversèrent le groupe de Ravoux, entraînant avec eux les plus mauvais et quelques-uns des tièdes. Un autre petit groupe, coupant en biais la clairière, se joignit à la troupe qui descendait. Un des bûcherons, qui tenaient la tête du peloton, tira de sa musette le clairon et sonna une fanfare. Ils se mirent au galop, et, comme une harde de sangliers, foncèrent en plein taillis, et disparurent, Ravoux, furieux, hésitait à courir après eux. Ses lèvres tremblaient. Il considéra la distance. Il entendit les cris et la fanfare. Il eut peur de ruiner son crédit déjà diminué.

– Tant pis ! dit-il Je n'y peux rien !

Ramassant la feuille manuscrite, tombée à terre pendant la lutte, il reprit sa place dans la tranchée ouverte par lui dans le bois. Mais il s'arrêtait après quelques coups de cognée, et il écoutait. Les hommes restés près de lui, et surtout Lureux, en faisaient autant. Le vent était plus doux. Les vingt bûcherons, lancés à la chasse de Cloquet, avaient dû prendre des précautions et chanter moins haut, à mesure qu'ils approchaient des réserves du château, car le bruit des voix devenait pareil à celui d'une troupe de chanteurs troublés par le vin, et qui n'achèvent pas tous la chanson commencée.

Gilbert avait travaillé depuis le matin. À onze heures et demie, il était rentré chez lui, pour faire chauffer sa soupe. Puis il était revenu dans la coupe, un beau taillis de lisière, nourri, épais, débordant. À grands coups, joyeux de se sentir seul et maître d'un chantier de quinze jours, il avait jeté à bas les brins de hêtre, de bouleau, de charme, de tremble, et même de chêne, car il n'y aurait point d'écorçage, avait dit M. de Meximieu, et tout devait brûler, soit en fagots, soit en moulée.

Il avait jeté sa veste sur les premières jonchées de bois, au commencement de cette digue touffue, arrondie, qui représentait sa dépense de force et son travail de la demi-journée, et il allait devant lui, allongeant l'ouverture qu'il avait faite, non tout à fait sur la « bordée » de la forêt, mais parallèlement, et à une quinzaine de mètres des prairies de Fonteneilles.

Il était en forme ; il sentait ses muscles souples ; il tranchait d'un coup, sans grand geste, vingt ans de sève ; il vivait et il oubliait la vie. Par moments, il se redressait, laissait glisser sa cognée le long de son pied, et la lame entamait la terre, tandis que le bout du manche, alourdi par l'épais cercle de fer, écrasait la mousse et portait l'outil. Alors l'homme, levant son bras gauche, essuyait, de la manche de sa chemise, ses joues et son front en sueur. Et il respirait, trois ou quatre bonnes fois, en riant au vent. Pendant une

La lecture en forêt

de ces pauses, il aperçut, entre les cépées, Tournabien et Lamprière, et une quinzaine de compagnons qui se faufilaient en arrière, espacés, comme des rabatteurs à la chasse. Il comprit tout de suite, car il avait, lui aussi, débauché des ouvriers non syndiqués dans des coupes de forêt. Mais, en ce moment, son cas était différent.

– Que fais-tu là ? demanda Tournabien, en s'arrêtant de l'autre côté de la barricade que formait le bois abattu.

– Pourquoi as-tu lâché les camarades ? dit Lamprière, qui n'avait de pâle que la moustache, dans le visage rougi par la course et la colère.

Et il s'arrêta un peu à gauche de Tournabien. Des bûcherons tournaient l'obstacle pendant ce temps-là, et enveloppaient Gilbert. Mais ils se tenaient à distance. Et ce fut Supiat qui s'avança vers le bûcheron, droit en face, et dit :

– On vient pour te débaucher, tu comprends ? Jette ta cognée, et rejoins le chantier. Et puis, demain, on reviendra tous ici, avec toi, faire le travail.

– Faudra voir, dit Gilbert, en mettant la main un peu plus bas sur le manche de l'outil.

– Qui t'a embauché tout seul ?

– Meximieu. Il en était le maître. Et moi d'accepter.

– Tu sais bien, dit Supiat, qu'une coupe embauchée est une coupe banale. Y vient qui veut.

– Oui, quand c'est le marchand de bois qui l'a achetée. Mais quand c'est le propriétaire, qui reste le maître, il fait ce qu'il veut ! Ç'a été de tous temps.

– Eh bien ! les compagnons et moi, nous allons changer ça, Gilbert ! Tu vas filer au trot, devant nous, jusqu'à ce que nous revenions tous ici...

– Tournabien a raison, crièrent les camarades. À bas le traître !

– Je suis dans mon droit ! Ne venez pas !

Des hommes s'avancèrent ; il y eut un bruit de feuilles froissées ; des branches cassèrent, en arrière et de côté. Supiat s'était rasé comme une bête agile qu'il était ; il s'élança, cherchant à saisir la cognée ou les jambes de Gilbert. L'homme ne recula pas et leva sa lourde lame. Un éclair fouetta l'air au-dessus de lui ; des clameurs montèrent en cercle, des piétinements comme de chevaux qui chargent ; la hache, volontairement ou non lâchée, à moitié de sa course, vola par-dessus le dos de Supiat, rebondit sur les branches coupées. Des bras pointèrent, des poings, des têtes, et l'on vit Gilbert, les jambes tirées en avant par son adversaire, se renverser et tomber en arrière, comme un arbre scié au ras du sol. Puis dix hommes se ruèrent sur l'homme tombé.

– À mort le traître ! Assassin ! Tiens ! voilà ! tiens !

Ils se battaient pour mieux frapper Gilbert. Des grognements de rage et de douleur sortaient de cette masse grouillante que d'autres hommes entouraient, prêts à se ruer, penchés, hurlant, les poings tendus, les yeux fous, attendant, comme les chiens qui n'ont pas de place quand l'animal de chasse est coiffé par les plus audacieux.

Une voix cria :

– Arrière, les lâches ! Le laisserez-vous ?

En une seconde le faisceau fut rompu. La pelote humaine s'ouvrit. Un corps immobile resta étendu sur la terre.

– C'est pas moi, monsieur Michel ! C'est pas moi ! Il a voulu me tuer !

C'était Supiat qui s'avançait au-devant du comte de Meximieu. Les autres avaient déjà reformé le cercle, à distance, et, à reculons, lentement l'agrandissaient. Michel de Meximieu accourait. Il écartait les branches, de ses deux bras tendus ; il était sans armes, vêtu de son complet bleu de promenade. Et en courant, il comptait, et essayait de reconnaître les bûcherons qui s'effaçaient, et se retiraient derrière les cépées. Le jeune homme, pâle, épuisé par l'effort, ralentit la course, traversa le chantier à peine ouvert, et, repoussant Supiat qui continuait de protester, s'agenouilla près de Gilbert. Le bûcheron avait le visage couvert de sang, et les yeux ouverts, mais fixes.

– Gilbert ?... Est-ce que tu m'entends ?

Aucune réponse... Le gilet était en miettes, la chemise déchirée, tachée de boue, rouge par endroits.

Michel se tourna vers Supiat, qui se tenait à distance, l'air affligé. Tous les autres avaient disparu. Le soleil jouait avec l'ombre et le vent.

– Supiat, aidez-moi : emportons-le.

Ils le prirent, Michel par les épaules, et Supiat par les pieds. La tête pendait, et un filet rouge coulait des lèvres sur la barbe fauve, tout emmêlée.

Il fallut une demi-heure pour transporter Gilbert au Pas-du-Loup, qui était assez proche, cependant. Mais l'homme était lourd, et le bois épais.

Le soir était tombé depuis une heure ; le médecin, mandé en hâte de Corbigny, venait de sortir de la maison du Pas-du-Loup. Un examen attentif et minutieux du blessé avait révélé, outre de très fortes contusions sur tout le corps, une côte fracturée. « Trois semaines de repos, avait dit le docteur, et vous reprendrez la cognée, mon brave. » L'évanouissement avait duré près d'une heure. Mais à présent, la vie avait reparu dans les yeux du bûcheron. Il parlait ; il avait même essayé de rire, ce qui est une forme de l'endurance des pauvres. Seulement, on avait peine à reconnaître le visage régulier de Gilbert Cloquet dans cette masse de chairs tuméfiées et violettes, au-dessous des bandes de toile qui cachaient le front. Entre les paupières gonflées et qui avaient pleuré, les yeux bleus, éclairés par la petite lampe posée sur la cheminée, remuaient lentement ; ils regardaient la porte par où Michel de Meximieu, avec le médecin, s'était retiré tout à l'heure, et que secouait le vent, comme une main fréquente ; ils regardaient la mère Justamond, qui avait mis pour soigner « son » malade, un tablier de grosse toile, et qui, ayant placé près du feu des pots de différentes tailles, où bouillaient des herbes de l'autre été, songeait, affaissée sur une chaise basse, au pied du lit, la tête dans ses mains ; les yeux du blessé regardaient aussi dans le vide, entre le sol et les poutres, rêvant, clairs et tristes.

– Mère Justamond, est-ce que Ravoux n'est pas rentré chez lui ? Voilà qu'il est nuit depuis au moins une heure.

– Je n'en sais rien.

– Je voudrais savoir. Il n'est point en retard, d'habitude.

– Le mauvais gars ! Après ce qu'il vous a fait, qu'avez-vous besoin de vous inquiéter de lui ? Il me fait peur, avec sa figure blanche et sa barbe noire. Enfin, je vas voir, si ça vous plaît. De chez vous chez lui, il n'y a pas loin.

Elle se soulevait sur sa chaise, quand la porte fut loquetée par une main nerveuse, et Ravoux entra. Il arrivait du bois, et n'avait fait que déposer sa cognée à la porte de sa maison. Il enleva sa casquette en apercevant le camarade étendu sur le lit, et, rapidement, il vint jusqu'à l'endroit que la mère Justamond venait de quitter. Sa figure, toujours nerveuse et en fièvre, se contracta en se penchant ; ses yeux rencontrèrent le regard de Gilbert.

– Eh bien ! le vieux, ils t'ont fait du mal ?

– N'y a que l'aubier d'attaqué, répondit Gilbert, le cœur est sauf.

– Tant mieux, vieux ! Oh ! comme ils ont tapé dur, tout de même !

La femme s'était rencognée dans l'angle de la chambre, et elle demeurait là, immobile comme si elle avait eu peur d'être aperçue. Les deux hommes, habitués à lire dans la physionomie l'un de l'autre, ne prononcèrent pas une parole pendant plusieurs minutes. Puis, le président du « Syndicat des bûcherons et industries similaires de Fonteneilles » tira de la poche de son gilet un petit paquet enveloppé d'un papier de journal. Il le mit sur le drap, à la hauteur des genoux de Gilbert, et le développa avec application. Quand le papier s'ouvrit, des pièces d'argent et de billon se couchèrent en sillon sur le lit.

– Voilà ! quand la journée a été faite, il restait la cornière de la coupe, que personne n'avait dans son chantier. Alors au lieu de revenir à cinq heures, je me suis mis, avec trois camarades, à faire ta demi-journée, à toi. Et c'est le prix, à peu près, que tu aurais gagné.

Gilbert accepta, d'un signe.

– Supiat en était ?

– Non, mais Lamprière, et deux autres, qui sont des amis à moi... Dis donc, Cloquet, tu ne porteras pas plainte ?

Porter plainte ! Et les frais ? Et l'incertitude des témoignages ? Et la certitude des vengeances ensuite ? Et désavouer l'effort qu'avait fait autrefois le bûcheron, pour associer les hommes aujourd'hui tournés contre lui ? Et puis, sans que Gilbert s'en doutât, l'habitude du pardon des offenses était dans le sang de ses veines, dans le sang qui séchait sur son visage et sa poitrine. Pas un moment il n'avait songé à porter plainte.

Lentement, il tourna sur l'oreiller sa tête douloureuse, faisant signe : « Tu n'as rien à craindre. Je ne ferai pas venir le juge. »

Le visage de Ravoux se détendit quelque peu, et, dans son regard, il y eut une sorte de remerciement et d'attendrissement. Il remerciait pour la cause, pour le parti, sans rien dire ; son assurance ordinaire l'avait abandonné. Il savait bien que les syndiqués avaient eu tort de prétendre partager la coupe avec Gilbert, que leur prétention n'était fondée que sur la force. Et il avait honte. Il se rappelait aussi que la lecture de l'appel avait précédé, préparé l'agression contre Gilbert. Et de cela, il ne voulait pas parler.

Gilbert souffrait et la douleur arrêta les mots commencés, trois fois, sur ses lèvres. Enfin il dit, comme ceux auxquels le malheur et le pardon donnent autorité :

– Tu te crois leur chef, et tu ne l'es pas, Ravoux. Tu n'empêches pas grand-chose... Tu laisses faire quand ils sont les plus forts...

– Je sais bien...

– Quant à eux, la plupart, ils n'ont pas, comme toi, leur idée tournée vers le métier ; ils ne veulent que le désordre et le pillage ; depuis que je les connais, ils ont plutôt empiré...

– Dis pas ça, Cloquet, nos affaires vont bien. Nous avons fait un bon pas.

– Possible, Ravoux, mais c'est les cœurs qui vont mal... La fraternité n'est pas venue : moi, je l'attendais...

Ravoux saisit le thème qu'on lui offrait. Il oublia un moment le blessé. Il fit des phrases de réunions.

– Tu ne vois donc que les imperfections de l'organisation prolétarienne ? Ah ! c'est simple ! C'est vite dit !... Mais il faut faire crédit aux forces jeunes, mon cher ! L'avenir apprendra toute la rigueur du droit à ces hommes qui ignorent tout ; l'avenir les fera libres, en les faisant intelligents...

Gilbert l'arrêta en levant le bras.

– Blague pas, Ravoux ! Tu parles toujours d'avenir quand tu es embarrassé. Moi, je te dis qu'ils n'apprendront pas grand-chose, s'ils n'ont encore rien appris. Est-ce que ça sera l'instituteur qui leur enseignera la justice ? Ils ont tous passé par ses mains. Est-ce que ça sera le curé ? On sait bien que le temps des curés est passé.

Est-ce que ça sera le journal ? Ils le lisent tous les jours. Est-ce que ça sera toi ? Allons donc !

L'épaule se souleva dans le lit, malgré la douleur. La voix de Gilbert devint faible et sifflante.

– Je te dis mon chagrin, Ravoux, ma pensée sur les camarades. C'est bien le moins, puisque je ne porterai pas plainte... Eh bien ! ils n'ont pas de quoi vivre...

– C'est vrai !

– Et toi non plus ! Pas de quoi vivre !

Ravoux crut que Gilbert délirait et qu'il parlait du pain quotidien. Mais Gilbert voulait parler des cœurs et des esprits, qui n'avaient point leur subsistance, et point de provisions pour la vie. Ils ne se comprenaient pas.

Le visiteur profita d'un moment où le blessé fermait les paupières. Il s'en alla, faisant, avec ses gros sabots, le moins de bruit possible. La mère Justamond ranima le feu, fit bouillir ses tisanes, les filtra, les sucra, et, maternellement, servit le remède infaillible à son voisin, épuisé et incapable de sommeil.

La nuit commençait à devenir la grande nuit, où les hommes laissent à l'ombre toute la puissance. Des enfants appelaient, ou venaient gratter à la porte. La mère Justamond les entendait, même quand ils ne faisaient que penser, groupés autour du foyer : « La mère n'est pas là ! Comme elle est longtemps chez Cloquet ! »

Quand elle crut avoir rempli tout son devoir d'infirmière, elle considéra, un long moment, le blessé qui respirait difficilement, à cause de la côte brisée et de l'appareil qui sanglait la poitrine. Elle crut qu'il dormait parce qu'il fermait les yeux. Puis elle sortit, après avoir baissé la mèche de la lampe.

Gilbert demeura seul. Il ne dormait pas. Il pensait à sa femme, qui avait incomplètement élevé l'enfant ; à Marie, qui s'était montrée très ingrate le matin, et qu'il avait défendu qu'on allât chercher ; aux compagnons qui l'avaient frappé, lui, leur ami de la première heure et leur ancien, et il répétait tout bas, entre ses draps rugueux, divisés en grosses cassures, comme de la glace qui fond sur un pré :

– Non ! Ils n'ont pas de quoi vivre !

Un espace de temps qu'il ne put mesurer s'écoula. Une voix douce, jeune, glissa par la fente de la porte. Toute la forêt se taisait. Et les mots vinrent. Le passant avait vu de la lumière par les fentes du volet.

– Monsieur Cloquet, si vous ne dormez pas, comment allez-vous ?

– Mal, mon garçon. Qui es-tu donc ? Tu peux entrer.

La voix, plus basse, reprit :

– Non, je n'entre pas, à cause de Ravoux. Mais je suis avec vous, monsieur Cloquet.

Un pas s'éloigna, léger, et se perdit.

Gilbert pensa que celui qui était venu était peut-être le fils de Méhaut l'ancien tuilier, un jeune homme qui avait du cœur, on le voyait à sa mine ; à moins que ce ne fût Étienne Justamond, un joli brin d'adolescent, doux en paroles, et qui saluait le bûcheron, les soirs, comme un ami.

C'était peut-être encore Jean-Jean, celui qui était descendu de la forêt de Montreuillon, en sifflant. Le blessé ne put deviner. Mais, si petite que soit la consolation, elle berce. Gilbert dormit bientôt ; la nuit passa.

IV
La Vaucreuse

Le soleil de la fin de mars est déjà vif, quand la brume cède. Elle s'était dissipée avant midi. Deux heures venaient de sonner. Sur la route qui va de Fonteneilles à Crux-la-Ville, montant d'abord, puis descendant pour remonter en pente douce la grande courbe de terre que couronnent la forêt de Tronçay et celle de Crux, la jument alezane, attelée à la Victoria de Michel de Meximieu, trottait vite, excitée par l'odeur des sèves en mouvement. Le sang résineux coulait des bourgeons, encore clos, des hêtres et des chênes. Il mettait des lueurs de pourpre sur les houles boisées qu'on domine vers la gauche en passant auprès de la Vigie, et qui n'ont, comme l'Océan, d'autre limite que l'horizon. Le général et son fils, assis l'un près de l'autre, la tête levée et baignée dans l'air léger de ce premier printemps, se taisaient, chacun songeant son rêve, et suivant des yeux les troupes de linots levées au bord du chemin, ou les pies affairées et qui portaient, en travers du bec, la charpente du nid. Ils allaient chez les Jacquemin, à la Vaucreuse. Bientôt, le paysage changea ; ils entrèrent dans la vallée de l'Aron, prés immenses, peupliers, solitude et richesse aux deux côtés d'un ruisseau. Par le couloir de la vallée, on voyait l'herbe drue et déjà moirée par le vent, en arrière jusqu'aux gorges qui montent vers la source, et en avant jusqu'au point où le brouillard bleu, confondant les herbages, la rivière et les arbres, tourne avec eux pour rejoindre le canal du Nivernais.

La voiture, ayant quitté la route, suivait un chemin parallèle à l'Aron, puis une avenue longue au milieu des prés. Elle s'arrêta devant un château du XVIIIe siècle, tout blanc. La construction n'était pas imposante comme celle de Fonteneilles. La Vaucreuse avait un grand perron en fer à cheval, un rez-de-chaussée surélevé, un étage, une frise et des toits d'ardoise percés de deux lucarnes seulement. Du côté droit, un pavillon bas, à grosse calotte mansarde, rappelait l'ancienne demeure qu'avait remplacée, en 1760, la Vaucreuse nouvelle.

C'est là, dans cette terre familiale, que s'était retiré le lieutenant Jacquemin, lorsque, en 1891, il avait donné sa démission. Il avait alors trente-deux ans. Il amenait avec lui, à la Vaucreuse, sa femme et une petite fille de quatre ans, Antoinette. Très peu de temps après, et à peine remis de cette terrible secousse d'une carrière qui se brise, il perdait madame Jacquemin, emportée par une attaque de grippe infectieuse, en pleine jeunesse, en pleine beauté. Et il ne lui restait que l'enfant. Heureusement, celle-ci appartenait à l'espèce nombreuse des êtres consolateurs, par qui le monde peut supporter sa peine, qui comprennent la douleur avant d'avoir souffert, qui la devinent partout où elle est, la commandent silencieusement, et, ne pouvant la détruire, la tiennent sous leur charme, comme une bête dont la cruauté n'a plus de pouvoir que loin d'eux. Antoinette avait sauvé du désespoir son père trop durement éprouvé. En grandissant, elle était devenue la confidente, l'amie, le guide même de cet homme, qui avait conservé toute la vigueur de ton et, en apparence, toute l'énergie d'autrefois, mais dont l'esprit s'égarait, dès qu'on lui rappelait les deux bonheurs disparus : la jeune femme morte ou l'armée délaissée. Ces souvenirs-là, Antoinette seule pouvait les évoquer. Elle savait la manière. Mais aucun étranger ne devait faire allusion à ce passé douloureux. Elle y veillait, elle était toujours là, elle faisant un signe : « Taisez-vous ! ne parlez pas de ces choses ! » Elle détournait la conversation, ou bien elle s'y jetait, défendant son père, l'écartant du débat, avec une tendresse inquiète, ombrageuse et comme maternelle.

La voiture s'arrêta devant le perron de la Vaucreuse.

M. de Meximieu et Michel attendirent un moment dans une vaste pièce ronde, tendue de cretonne rose, et où la lumière entrait, en trois gerbes énormes, par trois baies ouvrant sur le perron.

– Je suis ému, le croirais-tu, Michel, de revoir Jacquemin ! Quinze ans ! Il y a quinze ans qu'il était sous mes ordres, au 6e cuirassiers, à Cambrai. Une tête de fer, de sacrées idées de moralisation du soldat, d'apostolat comme il disait, auxquelles j'ai été obligé de couper les ailes, mais bon officier, dur pour lui-même, doux pour le soldat, solide à cheval, solide de toute façon. Il a dû changer, physiquement ?

– Je ne crois pas. Un peu épaissi.

– Oui, la campagne Crois-tu qu'il m'en veuille encore d'avoir interrompu sa carrière ? Car enfin, malgré moi, par devoir, c'est moi qui ai provoqué sa démission. Il a cru qu'il ne pouvait pas rester... Je ne lui demandais que de céder...

Le général se promenait en se regardant, à gauche, dans les glaces étroites qui séparaient les panneaux de cretonne claire.

La porte du fond s'ouvrit. Un homme entra, râblé, sanguin, rapide d'allure. Il s'avança jusqu'aux deux tiers du salon, et serra, en s'inclinant légèrement, la main qui se tendait vers lui.

– Mon général, vous me voyez confus Je suis en veston et en gros souliers. J'arrive d'une inspection dans mes prés d'embouche.

– Oui, oui, les embouches, un terme du pays ;... je me rappelle. Bonjour, Jacquemin ! bonjour !... je suis heureux de vous revoir !

Il retenait dans ses mains la main de l'ancien officier devenu terrien. Il le faisait se déplacer d'un quart de cercle, pour le mettre en pleine lumière. Il était un peu pâle. Il regardait, penché, tournant le dos aux fenêtres, le large visage de M. Jacquemin, que l'émotion avait encore fait rougir.

– C'est bien le même homme : les cheveux en brosse, des yeux noirs sans reproche et sans peur, un nez à la serpe, et la moustache coupée court... Pas beaucoup de poils gris ; vous n'avez pas changé, Jacquemin : à peine un peu de poids mort, comme vos bœufs à l'engrais... Ah ! pardon, mademoiselle, je ne vous voyais pas...

M. de Meximieu lâchait la main de son hôte, et saluait, d'un air pénétré, Antoinette Jacquemin, qui avait suivi son père, et que Michel avait seul aperçue. Déjà les jeunes s'étaient dit bonjour. L'œil de commandement du général était devenu soudainement l'œil du connaisseur, qui se ferme à moitié, qui caresse avec le regard, et fait le tour, et revient aux mêmes points, plusieurs fois. Cette jeunesse intacte, cette figure fière et fine, ces cheveux de deux ors mêlés, comme avait dit Michel, cette taille longue, et tant d'assurance naturelle...

– J'ai tort de m'étonner... Je ne me suis pas immédiatement souvenu, mais mademoiselle vient de me rappeler que vous avez eu des aïeules parmi les modèles de Latour... Vous êtes de très vieille race : pourquoi diable avez-vous laissé tomber la particule, Jacquemin ?

– Mon père l'avait fait, et j'ai continué... Il avait cru que les paysans

La Vaucreuse

d'ici l'aimeraient mieux, s'il s'appelait tout bonnement monsieur Jacquemin.

– Et cela lui a servi ?

– Non. Quand il s'est présenté aux élections pour le Conseil général, il a été battu comme bourgeois, aux cris de : « À bas le capitalisme ! » au lieu d'être battu comme noble, au cris de « À bas la dîme ! » Voilà tout.

– Vous devez lui ressembler ?

– Beaucoup. Mais asseyez-vous donc, mon général. Là, le grand fauteuil ? Non ? Vous préférez la chaise, l'habitude de la selle...

– Monsieur Jacquemin se trompe, interrompit Michel. Son père a laissé une réputation d'agronome très entendu, dans toute la Nièvre, et, quoi qu'il en dise, de vraies amitiés parmi les gens du pays. On le savait juste et serviable, et on l'aimait. Les élections ne prouvent rien.

– Évidemment ! tout ce qui donne tort à tes rêves humanitaires ne prouve rien. Figurez-vous, Jacquemin, que mon fils défendait, il y a quinze jours, les grévistes qui hurlaient devant moi l'*Internationale*,... devant moi !

– Pardon, j'expliquais, simplement...

Le général s'était tourné vers le fond de la pièce où étaient assis, sur le canapé, Michel et mademoiselle Antoinette Jacquemin. Ce fut une voix toute jeune qui répondit :

– Général, voulez-vous savoir ce que je pense de nos bûcherons ?

– Comment donc, mademoiselle !

– Ils me font l'effet d'orphelins de père et de mère. Pas de père pour les diriger...

– Cela ne nous regarde pas.

– Et pas de mère pour les aimer.

– Vous leur en servez, peut-être ?

La petite tête fière se pencha, les yeux brillèrent.

– Mais oui, je les aime. Je pourrais aller toute seule, jusqu'au fond de ces bois qui sont là-bas, au-delà de la rivière et du coteau que vous voyez par la fenêtre : il n'y aurait pas un seul homme pour m'insulter, et je crois qu'il y en aurait pour me défendre.

– Ah ! mademoiselle, ne craignez pas que je vous contredise ! Être jolie et avoir dix-huit ans, ce sont de fortes raisons d'optimisme. Je n'ai jamais eu la première, et je n'ai plus la seconde. Vous me pardonnerez... Et vous êtes satisfait de votre installation à la Vaucreuse, Jacquemin ?

Le « gentleman farmer » avait croisé les jambes, et considérait silencieusement son ancien chef. Des souvenirs pénibles lui revenaient. Sa physionomie, ferme et froide d'ordinaire, était dure. Le général s'en aperçut et se mit en garde, le corps renversé en arrière, la tête droite, la moustache noire relevée par un demi-sourire que Michel et M. Jacquemin connaissaient.

– Vous êtes satisfait ?

– On ne l'est jamais complètement.

– J'entends raconter que vous avez transformé une vallée naturellement très fertile...

– C'est un peu vrai.

– Que les bœufs de la Vaucreuse font prime à la Villette...

– Ailleurs aussi.

– Enfin, que vous réalisez des bénéfices superbes.

– Je ne suis pas le seul.

– Je vous félicite. Fonteneilles n'est pas encore à hauteur.

– Cela viendra, mon général. Votre fils commence très bien. Il faut du temps. Moi, j'ai quinze ans de grade...

Le mot fut dit avec une âpreté qui fit tressauter sur sa chaise M. de Meximieu. La blessure du passé saignait encore. Jacquemin souffrait. Le général penché vers lui, à présent, prêt à se lever et à l'embrasser, prêt à se fâcher s'il y avait lieu, demanda :

– Que voulez-vous dire ? Vous regrettez le régiment ? En vérité, ce qu'elle est devenue, l'armée, devrait bien diminuer les regrets. Mais, de toute manière, qu'avez-vous à me reprocher ? Pouvais-je faire autrement ? N'ai-je pas fait mon devoir ?

Avant que M. Jacquemin eût le temps de répondre, une main prompte, au fond du salon, esquissa un geste de dénégation.

– Non, général ; c'est mon père qui faisait le sien.

Sans même s'apercevoir de la singularité, et presque du ridicule qu'il y avait à discuter une question militaire avec une jeune fille, M. de Meximieu changea d'interlocuteur. Il était offensé. Il avait ce mouvement fébrile des dix doigts, que connaissaient tous les officiers sous ses ordres.

– Vous parlez comme une enfant, mademoiselle. Mais vous ignorez les choses. Je vais vous les dire. Votre père était, au 6ᵉ cuirassiers, le meilleur de mes lieutenants, cela est vrai ; le plus exact, cela est vrai encore ; mais le plus entêté et le plus clérical de tous, cela est vrai aussi. Il professait devant n'importe qui, même devant les hommes, des théories dont, pour ma part, je fais le même cas que de celles d'aujourd'hui.

– Elles sont à l'opposé.

– Peu m'importe. Elles étaient une doctrine. Et je ne veux pas de doctrine, à la caserne ; pas de théorie, si ce n'est celle du métier, et pas de prédication, si ce n'est celle du patriotisme. Lui, il prétendait qu'il n'y eût jamais de revue ou de marche le dimanche matin, pour que messieurs les hommes eussent la liberté d'aller aux églises ; il aurait voulu de la moralité, des lectures moralisantes, des conférences moralisantes, une caserne-école, en somme !

– Nous l'avons, à ce qu'il paraît.

– Pas encore ! Et moi, je ne commande pas une école, je commande des soldats. Je ne leur demande pas d'être des saints ni d'être de mon avis, attendu que je ne leur dis pas ce que je pense. Je leur demande d'obéir, de bien marcher, de n'avoir pas peur. Le reste ne me regarde pas. Je suis de l'ancienne armée, moi, de l'armée qui allait au feu parce que c'était le devoir, qui avait faim, soif, chaud, parce que c'était le devoir, – le devoir, entendez-vous ?... Et ça suffit. C'est pourquoi, quand le lieutenant Jacquemin a fait aux cavaliers, sans permission, une conférence dans le manège, je l'ai averti. Quand il en a fait une seconde au dehors, mais après convocation dans les chambrées, et en tenue, je l'ai mis aux arrêts. Il a réclamé. Le ministre m'a approuvé. J'ai eu le regret de voir Jacquemin donner sa démission, à trente-deux ans, et quitter l'armée. Mais je n'ai jamais eu aucun regret de ce que j'ai fait.

– Eh bien ! tant pis, général, car vous auriez dû le regretter une fois au moins.

– À quel moment ?

– Il y a quinze jours. Vous vous indigniez d'avoir entendu les grévistes chanter l'*Internationale*.

– Parbleu ! n'est-ce pas infâme ?

– Peut-être ils ne l'auraient pas chantée, si les conférences du lieutenant Jacquemin n'avaient pas été interdites par le colonel de Meximieu.

– Antoinette !... Mon général, excusez...

– Par vous, qui croyez n'avoir aucune responsabilité dans le désordre des esprits, mais qui devriez faire *meâ culpâ*, parce que, – je ne suis qu'une enfant, mais je vous le dis, – parce que vous et d'autres, vous avez découragé les officiers comme mon père.

– Antoinette !

Michel se pencha vers elle, et dit tout bas :

– Je vous en prie, mademoiselle !

Mademoiselle Jacquemin se tut, frémissante, la poitrine encore soulevée par l'émotion. Très vite son joli visage perdit de sa colère. Elle eut un demi-sourire, qui s'adressait à Michel, et qui disait : « C'est pour vous que je cesse de défendre mon père contre le vôtre. » Le général ne la regardait plus. Il regardait Jacquemin. Celui-ci, enfoncé dans son fauteuil, les bras raidis le long du corps, fermait les yeux, comme un homme qui souffre cruellement, et qui ne veut pas le laisser voir. Entre ses cils, deux larmes coulaient. Il les sentit tout à coup, chaudes sur ses joues, et porta la main à son visage. Mais cette main, tout humide, M. de Meximieu la prit. Les deux hommes se trouvèrent debout, l'un devant l'autre.

– Jacquemin, je n'ai pas cessé un jour de vous regretter, mon ami ! Nous n'avons pas la même conception de l'armée. Je suis d'une autre génération : mais l'estime, vous savez, l'affection, l'admiration même, rien n'a changé ! Rien !

Ils se regardèrent encore, silencieusement. Les mains se séparèrent.

– Je n'aurais pas dû rappeler ce souvenir-là, si j'étais un homme habile, comme on le prétend, car j'ai un service à vous demander, un grand...

– Tant mieux, mon général ; si je puis vous le rendre...

– Vous le pouvez.

La Vaucreuse

– Alors, dites.

M. de Meximieu regarda Michel et Antoinette.

– Dehors, si vous voulez ; les enfants nous suivront.

Le sable devant le perron, la longue prairie en pente, le filet bleu de l'Aron, la colline herbeuse qui remontait au-delà, tout vibrait rajeuni dans la lumière neuve. Le général passa le premier. À la moitié du perron, Antoinette le rejoignit, et, se penchant, parlant bas :

– Général, vous me pardonnez, n'est-ce pas ? J'ai été vive. Je suis tellement pétrie de cette histoire de démission, notre thème de conversation de tous les jours...

– Vous êtes une brave ; vous êtes de sang militaire ; ne vous excusez pas : cela me plaît.

Elle se mit à rire, tournant un peu la tête par-dessus son épaule, pour qu'on vît bien, en arrière, que tout était fini.

– Et puis, général, s'il faut tout vous dire, j'ai parlé parce que lui, il ne peut pas parler de cette chose-là devant d'autres que moi : cela lui fait du mal... Allons, père, je vous laisse causer avec monsieur de Meximieu. Nous prenons le chemin de la Garenne, n'est-ce pas ?

Par l'allée sablée, ratissée, nette comme un rayon entre les prés, le général et M. Jacquemin prirent les devants, M. de Meximieu à droite, faisant de grands gestes, interrogeant, se penchant, et parfois, d'un coup de canne, étêtant une touffe de pissenlits poussée au bord de l'allée ; M. Jacquemin, moins haut que lui, massif et peu prodigue de gestes : on voyait seulement, de temps en temps, sa tête carrée, coiffée d'un chapeau mou, et qui disait non, ou qui disait oui.

À cinquante mètres en arrière, Michel interrogeait, lui aussi, cette petite Antoinette Jacquemin, dont le soleil, l'air et l'herbe à présent, comme une grande marge claire autour d'une sanguine, enveloppaient la jeunesse. Elle n'avait pas d'ombrelle. Elle n'avait pas de manteau. Elle souriait aux choses, à cause de l'âme qu'elles ont quand elles sont aimées. Elle les désignait de la main : la garenne, un gros bouquet d'ormes et de chênes en avant, la rivière, l'étang, les lointains de la ferme, les lointains de Marmantray.

– Vous aimez comme moi ce pays-ci, n'est-ce pas ?

– Profondément, mademoiselle.

– Moi, je suis folle de ses prés.

– Moi, de ses forêts.

– Moi, de sa clarté.

– Moi, de sa solitude.

– Jeanne qui rit et Jean qui pleure, alors ? Est-ce que vous êtes vraiment Jean qui pleure ?

– Assez souvent.

– Ici, c'est défendu. Je n'ai pas la permission de rêver, comme on prétend que font les jeunes filles. J'aurais encore moins celle de m'abandonner à la mélancolie, à supposer que j'en fusse tentée. Il y a quelqu'un, à la Vaucreuse, qui a le droit d'être triste, lui, et qui souffrirait trop. Je suis la joie, par devoir, je suis la distraction, l'oubli, le présent et l'avenir en lutte continuelle contre le passé...

– Ce doit être difficile !

Elle réfléchit une seconde, et répondit sérieusement :

– Non, comme tout ce qu'on fait par amour, c'est facile... Vous devinez ce que je veux dire : mon père, s'il était seul, aurait des idées noires. Son régiment,... sa carrière brisée... les soucis d'affaires, les souvenirs... Je me suis mêlée tout à l'heure à une conversation entre votre père et le mien. J'ai eu l'air de sortir de mon rôle. Vous l'avez cru, n'est-ce pas ?

– Qu'en savez-vous ?

– Eh bien ! non, j'y restais. Je suis chargée de veiller aux souvenirs, je les empêche d'approcher, et, quand je ne peux pas les prévenir, je les discute, et je les chasse...

Elle soupira ; elle leva la tête, et les rayons du jour frissonnèrent sur ses cheveux comme sur des avoines qui plient.

– Pourtant, à vous dire vrai, j'aurais besoin d'être aidée, quelquefois. Savez-vous ce qui nous manque, dans notre coin de la Nièvre ? Des voisinages. Des châteaux, il y en a, mais les châtelains ne résident point ; deux mois, trois mois, c'est le plus ; ils n'ont le temps que de s'aimer eux-mêmes dans le pays : mais aimer le pays, en être aimé, voilà la vraie vie. Ils ne l'ont pas.

– Vous dites bien cela !

La Vaucreuse

– Vous trouvez ? Je vous assure que je n'ai pas de mal à trouver la définition d'une vie qui est la nôtre, la vôtre aussi... Et ceux qui ne vivent pas de la sorte ne sont un appui pour personne, ni pour rien... Mais, regardez donc, et dites-moi si vous n'êtes pas de mon avis ? Je commence à penser que mon père a une conversation tout à fait importante avec monsieur de Meximieu ? Il s'arrête pour réfuter un argument : je le devine, parce qu'il tire sa moustache. C'est sa manière à lui d'affirmer : « Donc, monsieur ; par conséquent, monsieur... »

– Ils repartent...

– Oui, mais le voici qui se détourne en marchant, et pas pour nous regarder : il montre du bras la forêt, ce qu'on peut en voir, quelques cimes de chênes... Je vous demande pardon d'être indiscrète ; je suis une toute petite femme, mais j'ai déjà tous les défauts que j'aurai quand je serai grande : est-ce que vous pouvez me dire le grand service que monsieur de Meximieu demande à mon père ?

– J'ignore absolument, mademoiselle.

– Il ne vous dit rien !

– Hélas !

– Moi, d'ordinaire, on me dit tout. C'est ce qui m'enrage aujourd'hui : je ne sais pas... Oh ! mon père me racontera tout ce soir... Le vôtre fera de même pour vous, j'en suis sûre... Tiens ! ils prennent le petit sentier qui tourne dans la garenne... On ne les voit plus... Mais, j'y pense, monsieur, je me plains de ne pas avoir de voisinage : vous pourriez résoudre la question.

– Et comment ?

Cette fois, le rire jeune, spontané, plus vite que la raison, le rire sans fêlure s'éparpilla dans le jour.

– Mariez-vous ! Vous amènerez votre femme à la Vaucreuse. Elle sera mon amie. Nous voisinerons. Est-ce trouvé ?

Antoinette Jacquemin vit que Michel ne riait pas, qu'il se taisait et laissait errer ses yeux sur les lointains de Marmantray. Sa sensibilité exercée, l'habitude qu'elle avait de vivre auprès d'une souffrance, l'avaient rendue clairvoyante. Elle comprit qu'elle n'avait pas blessé ; qu'elle avait seulement, sans le vouloir, passé près d'un secret douloureux. Tout son être s'émut. Elle s'arrêta, comme avaient fait tout à l'heure M. de Meximieu et M. Jacquemin, et presque à la même place.

– Regardez-moi ! dit-elle.

Il avait devant lui un visage d'enfant déjà maternel par la compassion, levé par la plus pure des tendresses, des yeux exercés à lire et à plaindre, et dont le regard plongeait si profondément dans l'âme, que Michel se sentit deviné. Lui, si peu expansif, obligé par la vie à se passer de confident, il fut incapable de réagir contre l'émotion, ou seulement de la taire. Il dit, sans cesser de regarder Antoinette Jacquemin :

– C'est vrai, je suis très malheureux.

– Depuis longtemps ?

– Depuis toujours.

Elle joignit les mains, et la fine tête blonde fit un signe de pitié.

– Moi qui suis tant aimée ici, et qui, cependant, me suis souvent plainte !

Ses yeux se levèrent du côté de la ferme.

– Alors, ce que je disais en plaisantant, c'est plus vrai que je ne pensais. Quand vous serez marié, tant de choses s'oublieront ! Laissez-moi vous parler comme j'ai l'habitude de faire. Il me semble, à moi, que vous n'êtes pas un triste : vous n'êtes qu'un homme qui souffre. La peine vient et elle s'efface. Une femme l'empêchera d'approcher, puisqu'une enfant y réussit : je le vois depuis que j'ai l'âge de comprendre.

Michel hésita un moment. Tant de sincérité, tant de sûreté évidente, et une secrète espérance de consolation l'entraînèrent. Ce fut un élan de jeunesse à l'appel d'une autre jeunesse.

– Je ne suis pas de ceux qui peuvent plaire, dit Michel.

Il rougit de l'aveu. Antoinette eut un regard de haut en bas et de bas en haut, et elle répondit, avec un grand air sérieux :

– Pourquoi dites-vous cela ? En toute vérité, vous vous jugez mal, et vous nous calomniez. La plupart des femmes sont comme moi, je suppose, moins sensibles à la beauté des traits, chez un homme, qu'à l'âme qui est dessous, et un visage ne déplaît jamais, quand on y devine beaucoup d'énergie et de droiture.

La Vaucreuse

Il lui tendit la main.

– Merci... Vous avez l'habitude de consoler, mademoiselle, je le vois... Mais il faudrait que ce que vous me dites me fût répété, pour que j'y pusse croire. On m'a trop dit le contraire...

– S'il ne faut que cela, je vous le répéterai !

– Nous nous voyons tous les deux ou trois mois. Vous aurez le temps d'oublier !

– Je n'oublie jamais. J'irai vous le dire, jusqu'à Fonteneilles s'il le faut ! Je suis très libre à la Vaucreuse.

Elle riait maintenant. Ils s'étaient remis à marcher dans le soleil clair. Ils allaient vite. Ils retrouvèrent, à la sortie du bosquet, le général et M. Jacquemin. Les deux hommes étaient d'accord. Il suffisait, pour en avoir la certitude, de voir la détente physique qui s'était produite chez l'un et chez l'autre, l'abandon, l'espèce de lassitude qui suit un entretien mouvementé.

Mais une nuance d'embarras survivait à l'accord. Antoinette, trop jeune pour tout observer, ne vit, dans l'expression joyeuse de son père, venu au-devant d'elle et subitement épanoui en l'apercevant, qu'un témoignage nouveau d'une tendresse et d'un orgueil paternel qui s'exprimaient chaque jour de mille manières. Mais Michel fut troublé, quand M. Jacquemin lui prit les deux mains et lui dit, d'un ton brusque et pénétré :

– Mon cher voisin, je vous demande pardon de vous avoir un peu délaissé aujourd'hui ; vous étiez, en arrière, plus gaiement qu'entre nous deux ; mais je tiens à vous dire que vous avez eu, à Fonteneilles, une influence heureuse. Vous êtes un homme de bien, et un homme de progrès.

– J'espère continuer, dit Michel.

M. Jacquemin tressaillit, et son regard exprima une surprise.

– Assurément, mon cher ami, vous resterez ce que vous êtes... Je n'en doute pas.

Les quatre promeneurs tournèrent autour de la garenne, et revinrent au château par une allée qui montait à flanc de coteau, passait entre des groupes de chênes, et redescendait vers la Vaucreuse. On causait d'agriculture, d'élevage, de chasse. M. de Meximieu était distrait. Devant le perron du château, il prit congé de ses hôtes ; sa gravité contrastait avec sa manière habituelle, fringante au départ, d'une cordialité hautaine et souvent spirituelle.

Le retour fut silencieux. Le général était attendu à Fonteneilles par le marchand de bois auquel il avait cédé les coupes de l'année. Il régla ses comptes avec lui, reçut la somme promise, resta quelque temps seul, et, vers cinq heures, sonna le valet de chambre.

– Allez prévenir monsieur le comte que je l'attends au fumoir.

Le fumoir était une vaste pièce, tendue de vieux damas vert, et qui occupait, avec la salle à manger, l'extrémité sud du château. Les fenêtres ouvraient, deux sur la forêt, deux sur l'avenue et sur les champs étagés vers le bourg. C'est de ce côté, près des vitres par où filtrait le jour tombant, que le général se tenait, assis devant une table chargée de dossiers et de lettres, quand Michel entra.

– Assieds-toi, mon ami, j'ai à te parler. C'est même d'une affaire importante.

Le jeune homme s'assit, face au jour.

– Michel, je vends Fonteneilles !

– Vous vendez !... Fonteneilles !... vous ?...

– Je t'ai dit de t'asseoir et tu t'es relevé. Assieds-toi, et écoute. Je ne le mets pas en vente ; je le vends ; ce n'est pas la même chose. Je l'ai même vendu... Ne m'interromps pas !

– Mais, je ne puis pas ne pas vous interrompre : c'est indigne !

Michel était pâle, et ses deux mains tendues serraient le bois de la table.

– Indigne ! qu'est-ce que je vais devenir ?

– En effet, c'est une question. Je m'y attendais. Nous y viendrons tout à l'heure. Mais, écoute-moi... Écoute-moi donc ! Et ne pâlis pas comme tu fais !... Est-ce à un homme que je parle ? ou à un enfant ?

Une voix mâle répondit, et la fenêtre elle-même vibra sous le choc des mots.

– À un enfant, mon père, qui souffre, et qui a déjà beaucoup souffert par vous !

Épuisé par la contrainte qu'il s'imposait pour ne pas crier toute sa douleur, Michel se renversa sur un fauteuil, et baissa la tête.

La Vaucreuse

C'était bien l'enfant qui souffrait, et l'homme qui se taisait.

M. de Meximieu avait pris dans la poche de son gilet un monocle sans cordon, qu'il mettait toutes les fois que, dans une discussion, il avait besoin d'une diversion et d'un moment de répit. Les muscles de l'arcade sourcilière gauche se nouèrent autour du verre, l'œil droit resta large ouvert, et la physionomie du vieux gentilhomme se modifia entièrement. Une ironie contenue, la politesse élégante et méprisante d'un diplomate en qui vivait l'expérience d'une race, aiguisa et tira en hauteur les rides du masque militaire. Sous l'homme de commandement, un autre homme apparut, qui n'avait que de rares emplois, mais qui les remplissait naturellement.

– Mon cher, dit-il avec une lenteur voulue, tu juges ce qui était avant toi. C'est une cause d'erreur dans la vie. La situation qui m'est faite a des causes anciennes. Mon père a laissé des dettes. La terre de Fonteneilles est hypothéquée.

– Je le savais.

– Tu le savais, mais tu croyais que les dettes étaient les miennes. Eh bien ! non : celles-là sont d'héritage... Il y a, en second lieu, ta mère ;... je l'ai épousée sans fortune.

– Et vous le rappelez ?

– Je te le rappelle à toi, parce que, précisément, je ne puis pas lui reprocher ses dépenses, j'aurais l'air d'un goujat ; ni lui refuser l'argent qu'elle demande. Or elle en demande beaucoup. Nous avons une vie stupide et intangible. Le monde nous tient. Je veux dire qu'il me tient par ta mère. Et il ne lâche pas.

Le général frappa de la main gauche une liasse de papiers.

– Voici mes comptes. Il en résulte que je suis aux trois quarts ruiné... Ne t'écrie pas ! Ne lève pas les bras !... C'est un fait... J'ai eu ma part dans ce résultat. Je vais te dire quelle elle est... Tu supposerais mille choses, si je ne m'accusais pas.

– Non : cela suffit.

– Tu supposerais le jeu ? Tu aurais tort. J'ai payé, çà et là, des dettes de lieutenant, ou de sous-officier, mais je ne joue pas. Le jeu ne compte pas dans ma vie. Les femmes ? très peu.

– Je vous en prie ! Je ne vous demande pas de confidences !

– Je te les offre. Ah ! mon cher, nous nous expliquons à fond, une

fois, et je dis tout... Quelle a été ma grosse dépense personnelle ?
Je puis répondre : service du roi, ou de la patrie, c'est la même
chose ; table de colonel ; chasses de colonel ; réceptions de général ;
appui discret donné à des ménages d'officiers pauvres, le métier, la
carrière, la charge. Prodigue dans l'emploi ; c'est une tradition chez
les Meximieu. Ils s'y ruinent.

– Ils en meurent.

– Non. Il me reste ma solde, et quelques rentes, juste de quoi vivre.

– Et à moi, que me reste-t-il ? À solliciter une place d'assureur,
n'est-ce pas ? Avec vos relations et mon nom, je réussirai peut-être.
« Le comte Michel de Meximieu, sous-inspecteur d'assurances. »
Cela fera très bien, n'est-ce pas ? Je ne puis pas m'empêcher de vous
juger, mon père ! M'avoir laissé me préparer à un métier, m'avoir
fait entrevoir que Fonteneilles était mon bien et ma vie, et, après
cinq ans d'effort, tout briser, subitement, c'est une faute, et une
faute cruelle.

– Elle l'est pour moi, tout d'abord. Et puis, c'est vite dit, une faute.
Un malheur serait plus vrai. Je ne trouve pas que ma conscience
soit engagée.

– Moi, si.

– Toujours le même ! Tu exagères les commandements de Dieu,
mon ami. Il y en a assez de huit.

– Dix, mon père.

– C'est possible. Aucun ne défend de vendre ses terres. D'ailleurs,
Jacquemin m'a promis le secret le plus absolu, même vis-à-vis de
sa fille ; et nous sommes convenus que je puis reprendre ma parole
jusqu'à la fin de l'année, lui restant engagé, en tout cas, si je le veux.
Est-ce qu'on sait ? Il peut m'arriver, d'ici la fin de l'année...

– Il n'arrivera rien, que des créanciers. Et je vous demande encore :
dans cette ruine, qu'est-ce que vous faites de moi ? J'ai vingt-six
ans. Je suis agriculteur. Que me proposez-vous ?

– Une seule chose : venir habiter avec ta mère et moi.

– À Paris ?

– Sans doute.

– Pour n'y rien faire ? Merci. J'ai l'habitude de travailler. Je
n'accepte pas. Je ne puis pas accepter.

La Vaucreuse

M. de Meximieu avait laissé tomber son monocle. Il était ému, gêné, humilié secrètement. Du bout des doigts, il effaça la buée qui s'était amassée sur la vitre de la fenêtre, et regarda du côté de l'avenue, comme si une voiture arrivait. Mais la solitude était complète. L'ombre confondait les prairies, les champs, les limites, et il n'y avait plus que deux royaumes, où elle régnait inégalement, la terre toute soumise à son pouvoir, et le ciel où un peu de lumière la combattait encore. Il dit sans se détourner, d'une voix dont l'orgueil faiblissait :

– Que veux-tu, je n'ai pas mieux à t'offrir, en ce moment. Le plus dur, dans les ruines, c'est d'être obligé de les avouer. Je l'ai fait deux fois aujourd'hui.

Pendant plusieurs minutes, M. de Meximieu et Michel demeurèrent silencieux. Ils songeaient. Les projets s'édifiaient et s'écroulaient l'un après l'autre ; le tumulte des pensées, des reproches, des questions inutiles, des plaintes désespérées, continuait dans les âmes le dialogue rompu. Les larmes, dont c'était l'heure de venir, après la colère et après l'ironie, commençaient à monter du fond de ces cœurs violents. Mais il ne fallait pas qu'elles fussent même devinées. Tout le passé le défendait. Le fauteuil de Michel remua dans les ténèbres. Le général crut que son fils allait discuter de nouveau. Il n'en fut rien Michel s'était levé. Il demanda, d'une voix calmée, presque sa voix habituelle :

– Croyez-vous que ma mère consentirait à vivre ici ? Vous n'avez plus que deux ans avant la retraite... Nous garderions le château et un peu de terre...

Trois mots furent la réponse de M. de Meximieu :

– Mon pauvre ami !

Un des deux hommes sortit du fumoir. On ne le retint pas. L'autre resta devant la table de travail, mais il oublia, jusqu'à l'heure du dîner, de faire apporter une lampe.

À sept heures, le valet de chambre vint prévenir que le dîner était servi, et que M. le comte, souffrant, ne descendrait pas.

Le lendemain, dès le matin, le général regagnait Paris.

V
Le recours en grâce

Michel avait, dans la nuit même, écrit à sa mère une longue lettre, qui commençait par des cris de douleur, et qui, à mesure que la forte écriture couvrait les feuilles de papier, s'attendrissait, devenait suppliante, et laissait même percer l'espoir. Il l'avait relue, et avait ajouté ce post-scriptum : « Ne me répondez pas, réfléchissez à tout ce que je viens de dire ; j'irai, dans quelques jours, vous embrasser, vous demander la réponse, vous remercier. »

Pendant la première semaine d'avril, l'espérance ne cessa de grandir. Elle suivait Michel à travers les champs. Car il fallait courir d'un bout du domaine à l'autre. On labourait des jachères ; on semait le maïs, le trèfle, le sainfoin ; on commençait à couper, sur la hauteur, le long de la route de Fonteneilles, les premiers arpents de seigle vert ; près des étangs de Vaux, on roulait une prairie nouvelle, et partout, dans les herbages anciens, il fallait veiller au débit des fossés, des canaux, des rigoles, que le printemps gonflait d'eau vive, et dont les bords s'empanachaient déjà, dans le soleil, de touffes de menthe, de pimprenelle et de ciguë. La sève débordait ; la terre s'ouvrait ; les chiens hurlaient la nuit, au passage des bêtes toutes levées dans les bois ; le Grollier avait pris un chapeau de paille ; on avait aperçu, dans une chenevière, Gilbert Cloquet à moitié valide, reprenant goût au travail et bêchant d'une seule main ; les filles qui gardaient les vaches, quand elles répondaient au bonjour lancé par-dessus les traces, avaient une étoile dans les yeux. Comment ne pas espérer ? « Si je puis décider ma mère, quand elle aura dit oui, à passer trois jours à Fonteneilles, elle sera émerveillée. Elle est artiste ! Et surtout elle est bonne ; elle aura pitié de moi, et du domaine qui est à nous depuis plus de trois siècles, et des habitants de Fonteneilles, qui ne sont pas parfaits, mais qui vaudraient moins si nous n'étions pas là. Je lui donnerai un délai, si elle le veut, pour quitter Paris et venir s'installer ici : le milieu de l'été, le milieu de l'automne... Elle viendra !... »

Le 9 avril, qui était le lundi saint, Michel partait pour Paris. Dans le filet du compartiment, en face de lui, il emportait une valise, le carton où dormait le chapeau de soie inconnu à Fonteneilles, et un grand plan, roulé et enveloppé, du domaine, « pour discuter et expliquer les choses, s'il y a besoin ». Il se réjouissait toujours, et des semaines à l'avance, de ces excursions à Paris, trois ou quatre fois par an. Mais cette fois, au plaisir de retrouver des relations agréables, des amis d'enfance, et toute une élégance de vie qu'il aimait depuis bien plus longtemps, se mêlait une émotion qui le tint éveillé et frémissant tout le long de la route. À la gare de Lyon, il sauta dans un taximètre, et dit au cocher : « Allez bon train ; je suis attendu. » Il n'était pas attendu ; il n'avait pas écrit de nouveau ; il doutait que sa mère fût à la maison à trois heures et demie de l'après-midi.

Elle était chez elle. À peine entré dans l'appartement de l'avenue Kléber, il entendit une voix connue, une voix fine qui disait :

– Mais, je le crois bien ! Comment, c'est lui ?... Michel ?

Trois secondes après, une porte s'ouvrait ; madame de Meximieu accourait au-devant du voyageur, attirait à elle la grosse tête qu'elle avait prise à deux mains, et l'embrassait, et la réembrassait.

– Bonjour, mon adoré ! Ah ! que je suis contente de te revoir ! Depuis Noël, songe donc ! Ton père n'est pas rentré... Mais il sera ici à sept heures... Nous dînons en ville... Que je suis heureuse de t'avoir !... Viens dans ma chambre...

Elle le prit par la main ; elle l'entraîna dans la chambre tendue d'étoffe crème à bouquets Pompadour, et claire de toute la lumière de l'avenue.

– Tu as bonne mine !... Le voyage ne t'a pas fatigué ?... Non. Alors, tu peux veiller ce soir ? Sais-tu ce qu'il faut faire ? je vais donner un coup de téléphone et prévenir les Virlet que je t'amène : ce sont des amis intimes que tu ne connais pas... Ils seront enchantés... C'est dit, n'est-ce pas ?

Il s'était assis à côté d'elle ; il la laissait parler ; il trouvait doux qu'on s'occupât de lui. Et il la voyait avec tant de plaisir, animée, gaie, si jeune encore...

Ce ne fut qu'au bout d'une demi-heure qu'il demanda presque sans trembler, comme une chose dont l'heure est venue et sonne dans le premier silence :

– Et ma grande question, y avez-vous songé ?

Madame de Meximieu leva la main et l'agita, comme pour effaroucher les mots qui passaient, et les disperser.

– N'en parlons pas à présent. Comme toutes les choses sérieuses, il faut traiter celle-là le plus tard possible... Oui, j'y ai songé. Ton père m'a raconté votre... entretien. Puis, il m'a laissée libre de faire ce que je voudrais.

– Tant mieux !

– Ne dis pas « tant mieux », mon petit. Je ne sais pas... Cela dépend un peu de toi.

– De moi ?

Elle eut un sourire maternel.

– Oui, je t'expliquerai. J'ai peut-être trouvé quelque chose. Ne me fais pas parler à présent. Je te donne rendez-vous... Quand pars-tu ?

– Après-demain soir.

– Eh bien ! après-demain à trois heures. Cela va ?

Elle l'embrassa encore, et ils se séparèrent.

Le soir, Michel dîna chez les Virlet, avec M. de Meximieu qui ne manifesta aucun ressentiment des scènes violentes de Fonteneilles ; avec sa mère, qui se montrait, pour son fils, plus tendre, plus prévenante encore qu'autrefois. Le mardi, il fit des courses et des visites. Le mercredi matin il se rendit à la Villette, et passa plusieurs heures à voir les arrivages de bœufs, et à causer avec des éleveurs et des marchands qu'il savait devoir rencontrer là. Il fallait s'informer de l'état du marché, en France et en Belgique ; acheter quelques bêtes ; renouer des relations commerciales qui seraient utiles, si on gardait Fonteneilles ; être, jusqu'au bout, de sa profession, et préparer l'avenir, le sien ou celui d'un autre. Assez tard, il déjeuna au restaurant Dagorno, rue d'Allemagne, où se réunissent les propriétaires, les gros fermiers, les marchands de la vallée d'Auge et de plusieurs provinces de France. Puis, comme il n'était que deux heures quand il se retrouva devant les magasins du Printemps, il résolut de faire à pied la dernière partie du trajet.

Dès qu'il fut seul dans la foule, et qu'il commença de marcher vers le quartier de l'Étoile, l'inquiétude, à grand-peine écartée jusque-là, le ressaisit... Dans quelques minutes, c'était sa vie qui serait

Le recours en grâce

décidée. Toutes sortes de pressentiments sombres l'enveloppèrent et l'accablèrent. Il n'aurait pas pu expliquer pourquoi. Il se débattait contre eux. Il tâchait de se rappeler des mots de sa mère, des regards, des attentions, et de prévoir ce qu'elle avait décidé. Misérable jeu ! Volonté d'illusion ! Il le sentait bien. Et alors, il se répétait à lui-même, comme l'unique argument sans réplique : « Elle est bonne, heureusement, très bonne. »

Madame de Meximieu n'était pas, en effet, sans bonté. Ses amies mêmes disaient : « Marguerite a beaucoup de cœur, au fond. » Et elles citaient des visites qu'elle leur avait faites, dans les occasions douloureuses ; elles rappelaient d'elle des mots bien dits, faits pour avoir une fortune dans les cœurs tristes, et dans le monde ; elles racontaient l'histoire d'un cocher de fiacre, tombé de son siège dans la rue, l'hiver, pauvre diable d'alcoolique, frappé d'une attaque d'apoplexie, et que madame de Meximieu, – la cliente qui se trouvait dans le fiacre, – avait aidé à relever, avait fait transporter à la plus prochaine pharmacie, et avait soigné elle-même, « oui, ma chère, elle-même, pendant une heure et demie ! Le pharmacien, – qu'elle a payé, – déclarait qu'il ne tolérerait ni plus de frictions, ni plus de sinapismes, et que le transfert à l'hôpital s'imposait. Sans cela, elle eût continué, elle me l'a dit ». On aurait pu prouver par d'autres traits la bonté de madame de Meximieu. Malheureusement, elle la dépensait en dehors de sa famille, par accès et, comme l'argent, de la façon la moins judicieuse. C'était la tête qui manquait plutôt, l'habitude de se servir des mots pour exprimer une idée juste, de son esprit pour réfléchir, de son habitude du monde pour observer autre chose que les signes de grossesse chez les jeunes femmes et d'anémie cérébrale chez les vieilles. Madame de Meximieu portait, à quarante-huit ans, la peine de son éducation première, qui avait été ce qu'on appelle toute mondaine, c'est-à-dire cruellement vide. Elle avait toujours ignoré ce que c'était qu'un chez soi ; elle avait dissipé sa vie, son temps, ses affections, ses préoccupations, et son argent, sans retrouver nulle part la trace de ce qu'elle avait donné. Dès le début de son mariage, si son mari avait su la juger moins sévèrement, l'aimer moins légèrement, et en vérité la comprendre mieux, il eût pu refaire l'éducation de cette jeune femme. À présent, c'était presque une vieille femme, en qui était morte déjà la faculté de comprendre plusieurs choses. Le plaisir, les distractions, les nouvelles, le bruit avaient pris sur elle une influence et, dans sa vie, une importance de premier ordre. Elle souffrait réellement dès qu'elle habitait trois semaines en dehors de Paris ; elle n'avait aucun jugement personnel, sur aucune chose ; elle possédait seulement, dans sa mémoire, une collection mal étiquetée et incomplète de jugements d'autrui, très variés d'origine, presque tous anonymes, souvenirs de lectures faciles ou de causeries, fragments de confidences ou de conférences, et qui ne l'avaient pas instruite, pas même renseignée, mais qu'elle amenait, plaçait, encadrait avec un art naturel, et qui faisaient dire, presque partout : « Elle est supérieurement intelligente. » Elle l'était passablement. Prudente en histoire, réservée dans l'abstrait, bâillant à la politique, elle parlait volontiers de tout autre chose. Sa voix était musicale et savante. Elle tenait l'esprit au chaud et le berçait. Quelquefois, et sans qu'elle le voulût, madame de Meximieu entrevoyait l'indigence de son cœur, de sa vie, de son passé, de son avenir, et elle s'effarait. Tout à coup, à l'occasion d'une histoire d'amour ou de mort, elle s'apitoyait sur elle-même. Des larmes jaillissaient de ses yeux, abondantes et vaines, et elle sentait qu'elle aurait pu les verser utilement. Ce qu'elle aurait pu être lui apparaissait vaguement, mais assez pour qu'elle souffrît. Son effroi de la solitude lui venait de l'expérience de ces retours cruels. Elle avait peur de la vieillesse prochaine, de ne plus être distraite, de ne plus pouvoir « sortir », de se trouver face à face avec elle-même, et bientôt avec la mort. Elle aurait cru vivre, et tout serait fini.

Michel connaissait mal sa mère. Il s'était fait un roman de cette existence qu'il avait côtoyée. Il en remplissait les vides, il en expliquait le mystère avec son cœur d'enfant. Des mots de tendresse passionnée, des plaintes furtives, des larmes au départ : et il avait imaginé une mère exquise, maladive, obligée de vivre à Paris, mais qui souffrait vraiment de l'absence de son fils. On ne l'eût pas étonné, si on lui avait dit, tout à coup, que madame de Meximieu dépensait beaucoup d'argent et beaucoup d'heures en œuvres de charité ; il comprenait qu'elle fût fêtée ; il avait toujours rêvé de l'appeler à Fonteneilles, plus tard, quand le château serait restauré ; il allait même plus loin dans le rêve, et il songeait parfois : « Quelle amie elle serait, et quelle aide, et quelle mère, si un jour une jeune femme venait habiter avec nous ! » Il les voyait, les deux chères images féminines, côte à côte dans l'avenue, à l'heure où le jour tombant se prête aux confidences, et rend plus molles les silhouettes sur le vert profond des chênaies. Sa mère lui apparaissait plus nettement que l'autre. Il la trouvait jolie incomparablement. Pour lui, elle ne vieillissait pas. Au fond de ses yeux, le portrait de sa mère, c'était celui qu'il avait vu, toute sa jeunesse, dans la petit salon de l'avenue Kléber, le pastel de Dubufe pendu au bout d'un cordon rouge, et que le vent de la porte faisait remuer.

La marquise de Meximieu avait, d'ailleurs, ces traits réguliers et menus, et ce teint des blondes rousses, qui prolongent quelque temps le crépuscule de la jeunesse. Mais la cinquantaine avait sonné, et rien ne lui résiste. L'âge était inscrit dans la chair, qui se corrompt sous la peau encore belle. En revoyant sa mère après des mois d'absence, Michel avait eu cette impression, si commune et si cruelle : « Elle a vieilli ! » Point de ruine brutale, mais des paupières alourdies, des rides très fines, presque jolies, allongeant les yeux ; un peu d'empâtement au bas des joues, et on ne sait quels reflets livides qui glissaient par moments sous la nacre admirable des épaules et du cou. Trois jours avaient suffi pour qu'il ne remarquât plus cet amoindrissement de la beauté de sa mère. Il eut même une surprise, un moment de joie épanouie lorsque, en revenant de la Villette, à trois heures, à l'heure exacte du rendez-vous, il trouva, dans l'antichambre, madame de Meximieu en costume de visites, le chapeau à aigrettes sur la tête, la voilette nouée, le collet de zibeline entrouvert et laissant voir le collier d'or auquel pendait un médaillon d'émeraudes et de perles. Elle avait trente ans ainsi : l'âge du portrait.

– Vous rentrez, maman ?

– Non, mon chéri, je vais sortir, mais je t'attendais, puisque c'est convenu ; j'ai encore une minute... Viens dans le petit salon...

Il suivit, mécontent, et s'assit près de la cheminée blanche, tournant le dos à la lumière. Madame de Meximieu s'assit de l'autre côté. Elle sourit, et l'on eût dit que c'était à sa robe de crêpe de Chine, toute neuve, qui tombait bien.

– Figure-toi que j'avais oublié ; l'invitation était pourtant piquée au coin de ma glace : j'ai une matinée chez madame de Gréchelles. La pauvre femme est si malheureuse : elle a perdu sa fille unique il y a trois ans, et elle est si reconnaissante qu'on aille la voir ! Elle se console en faisant faire, chez elle, un peu de littérature et de musique. Seulement, tu comprends, comme nous sommes au mercredi saint, ce sera tout à fait dans l'intimité... Pourquoi ne viendrais-tu pas ? Il faut absolument que tu partes ce soir ?

– Absolument. Et je comptais que nous aurions le temps de causer ; j'espérais passer les dernières heures avec vous...

– Mais je t'explique, mon pauvre enfant... : c'est impossible...

Elle allongea son bras ganté et caressa la main de son fils.

– Ne te fâche pas ; dis-moi tout ; je parle d'une minute, j'en ai dix à t'offrir, mais pas plus.

– Il aurait fallu une demi-journée !

– Pourquoi mon Dieu ?

– Pour vous raconter ma vie que vous ne connaissez pas.

– C'est une phrase que j'ai entendue au Gymnase, mon petit.

– Ce n'est pas là que je l'ai prise, croyez-moi.

Il fit un effort pour rompre sa pensée, et la ride se creusa entre les sourcils.

– Soit, je vais droit à la conclusion. Mon père, comme vous le savez, m'a annoncé que nous allions à la ruine...

– Est-ce qu'il m'a accusée, par hasard ?

Michel eut un geste vague. Elle y vit une dénégation.

– Tant mieux ; car l'injustice eût été trop criante ! Ton père n'a jamais connu la valeur de l'argent... Il a dépensé toute sa vie plus qu'il n'avait. Et tu comprends que ce n'est pas à moi de le lui reprocher ! Je suis dans une situation délicate : il m'a épousée presque sans dot, et la fortune qu'il a dissipée, en somme, il en était le maître.

– Mère, je ne juge pas entre vous : je demande au contraire qu'on me juge. Écoutez-moi bien, comprenez-moi. S'il y a quelqu'un qui soit sans responsabilité dans ces dépenses excessives, vous avouerez que c'est moi. Eh bien ! je suis attaché à Fonteneilles par toutes sortes de liens ; c'est notre terre patrimoniale ; je vous supplie de la sauver en y revenant.

– Pour toujours ?

– Sans doute, puisque mon père m'a dit que nous ne pouvions plus avoir qu'un seul loyer.

– La campagne pour toujours ! Mais, mon ami !...

Madame de Meximieu s'était reculée dans son fauteuil, effarée, comprenant à peine qu'une proposition pareille pût lui être faite. Son fils attendait, frémissant, des mots plus nets. Elle se ressaisit. D'un geste féminin, qui respectait l'étoffe, elle toucha son corsage, la broderie de la manche, la jupe de crêpe de Chine. Sa tête suivait le geste, d'un mouvement jeune...

– Voyons, Michel, est-ce que j'ai l'air d'une bergère ?

– Oh ! non !

– Alors tu ne veux pas me condamner à vivre dans les bois !

– Il s'agit bien d'une condamnation, en effet : vivre avec moi, avec mon père, utilement et simplement !

– Je le souhaiterais, mon ami : je ne désirerais que cela !

– Faites-le donc !

– Mais ma santé exige tant de soins !

Michel riposta vivement :

– Mais vous n'avez besoin que de repos, et de retraite, ma mère !

– Encore faut-il parler d'une retraite possible, mon ami !... Qu'est-ce que nous ferions, là-bas, sans habitudes, sans relations ?

– Sans distractions, n'est-ce pas ? C'est cela que vous voulez dire ?

– Eh bien ! oui, si tu le veux : je ne puis pas m'en passer.

– Sans matinées de littérature et de musique, sans soirées, sans comédies, sans bavardage et sans auto ? Qu'est-ce que nous ferions, si nous pouvions servir à quelque chose ? Si nous économisions, au lieu de nous ruiner ? Si nous nous faisions aimer ? Si nous pensions à d'autres qu'à nous-mêmes ? En effet, la question est angoissante, je le comprends !

– Tu es dur, Michel, très dur... Comme ton père... Tu lui ressembles. Je ne l'aurais pas cru... Et tu me fais beaucoup de peine.

Elle pleurait. De grosses larmes perlaient au bord de ses yeux, et pour les empêcher de couler et de mouiller la voilette, elle les épongeait à petit coups, le visage tourné vers le feu mourant. Le bout de la bottine frappait les chenets.

... Oui, tu es dur... Tu ne penses qu'à toi.

– Et vous, ma mère, à qui pensez-vous donc ? Vous ne voyez donc pas que, de nous trois, le plus jeune, c'est moi ; que le seul avenir à ménager, c'est le mien ? Je ne suis pas dur en vous le rappelant. Vous voulez me ramener ici, où je serai désœuvré. Vous m'avez laissé me préparer à une carrière, puis y entrer, puis l'aimer, et maintenant vous la brisez... Ah ! non, le plus cruel de nous...

Il se leva et fit un pas vers elle.

– Comprenez donc que j'ai été malheureux toute ma vie, maman !

Madame de Meximieu leva les mains. Elle sanglotait.

– Ah ! mon petit ! et moi !... Je ne veux pas me plaindre... Mais je ne veux pas que tu croies que je n'ai pas songé à toi... Ne me regarde pas comme tu fais avec des yeux de reproche ; écoute... Tu vas voir...

Elle essayait de sourire.

– J'ai pensé à un moyen... Ton père m'a raconté votre visite à la Vaucreuse... Il m'a rapporté que mademoiselle Antoinette Jacquemin était délicieuse. Est-ce ton avis ?

– Oui.

– Elle a dix-huit ans... Elle est riche, très riche... Eh bien ! fais-toi aimer... Tu retrouveras Fonteneilles.

Les fortes épaules de Michel se soulevèrent d'indignation. Sa voix monta et trembla.

– Non ! Je vous en prie ! Plus un mot ! Le moyen n'est pas pour moi... Ah ! quel souvenir j'emporte ! Quelle dernière déception !... Me croire capable !...

– Mais de quoi, Michel ? De quoi ? Qu'ai-je dit de mal ?

– D'offrir ma ruine en dot à cette enfant dont le père vient d'acheter mon Fonteneilles ! Hier je pouvais l'aimer... Aujourd'hui, quel homme je serais !

La porte s'ouvrit. M. de Meximieu entra, en tenue de général. Il arrivait du dehors, le visage fouetté et raffermi par le vent ; il venait d'assister, comme témoin, au mariage d'un de ses officiers. Il vit d'abord son fils, qui s'avançait vers lui.

– Tu pars ?

– À l'instant même.

L'expression du visage de Michel, le sentiment que la blessure venait d'être faite, les sanglots de madame de Meximieu, qui avait caché sa tête dans ses fourrures, changèrent subitement le ton du général. Le père s'émut de la douleur du fils ; il dit posément :

– Je t'avais prévenu, mon ami, que c'était impossible... Cinquante ans de Paris, quelle attache, tu comprends !... Moi, peut-être, j'aurais pu accepter ; je suis de race rurale, en somme ; mais elle ne peut pas, tu le vois... Je n'y ai jamais cru.

– Moi, j'espérais. Je n'ai plus la moindre illusion, croyez-m'en. Mais avant de vous quitter, je voudrais savoir si le moyen qui vient de m'être proposé, pour conserver Fonteneilles, était approuvé par vous ?

– Le moyen ?

– Philippe, c'est moi qui l'ai proposé, moi qui l'avais imaginé. Je te certifie, Michel, que ton père n'en a rien su.

– Eh bien ! mon père, je vous fais juge : ma mère a pensé que, si je me faisais aimer de mademoiselle Antoinette Jacquemin, si je l'épousais, les Meximieu pourraient ainsi, par mariage, rentrer dans Fonteneilles. Moi, je m'y refuse...

– Pourquoi ?

– Parce que... En vérité, vous me le demandez ?... Parce que cette manière de reprendre un bien qu'on ne peut pas conserver me fait horreur. Jamais je n'épouserai mademoiselle Jacquemin propriétaire de Fonteneilles et m'y recevant !

M. de Meximieu écoutait, grave, un peu courbé pour mieux entendre, comme au rapport, quand on lui demandait une explication. Il se redressa, et, vivement, tendit la main.

– Très bien, Michel, très bien...

Et comme Michel le regardait, les yeux dans les yeux, étonné de la vigueur de l'étreinte.

– Michel, tu es vraiment l'un de nous, mon ami !... Tu seras cette nuit à Fonteneilles ?

– Très tard.

– Et tu y resteras ?

– Jusqu'au 31 décembre.

Il y eut un silence.

– Dieu veuille t'y maintenir plus longtemps !

Une sorte de rire douloureux passa sur le visage du jeune homme.

– Il le peut, en effet, et j'espère qu'il le voudra. Adieu, mon père.

– Et moi ? demanda madame de Meximieu en se levant, et moi, Michel, ta mère, tu ne m'embrasses pas ?

Elle venait au-devant de lui, les bras soulevés, la tête un peu inclinée, les yeux baissés par un regret de ce qu'elle avait dit étourdiment, incapable de se défendre, pleureuse parfumée, mais qui pleurait vraiment.

– Pardonne-moi ; vous autres hommes, vous raisonnez trop... Je t'assure que je t'aime bien ; je t'assure que je regrette de ne pas pouvoir... Je t'assure que je n'en puis plus !

Elle serra dans ses bras Michel qui la baisa sur le front, et ne répondit pas. Il s'écarta. Il vit son père debout au milieu du salon, approuvant de la tête son fils qui partait, mais incapable de l'aider, de commander dans sa maison, lui qui partout ailleurs se faisait obéir ; il aperçut sa mère qui se retirait, à reculons, accablée, suffoquant, ses vêtements froissés et mouillés de larmes, la voilette relevée de travers, les yeux gonflés, devenue vieille. Il eut envie de crier :

– Vous sacrifiez ma jeunesse aux années qui vous restent ! Et vous êtes mon père et ma mère !

Mais la voix résista ; peut-être le cœur lui-même.

Michel fit un geste d'adieu et de désespoir, et il sortit.

VI
Le morne dimanche

Pâques avait été tardif. On était au 22 avril, et les cloches sonnaient la grand-messe du dimanche de Quasimodo. Depuis huit jours, le Carême était fini. Qui l'avait observé ? Le sacristain, Padovan, ancien éclusier du canal du Nivernais, impotent, ventru, tirait la corde, dans le transept de gauche, en considérant les six vases de porcelaine qu'il venait d'aligner sur l'autel, et d'où s'élevaient six palmes d'or avec des roses d'or ; il observait qu'il avait tourné une des palmes à l'envers, et il levait l'épaule, plus haut qu'il n'eût fallu, en laissant filer la corde de la cloche, murmurant contre lui-même :

– Imbécile, pour une fois que tu les tires de l'armoire, ne pas les mettre le ventre en avant !... Vont-ils venir aujourd'hui, les paroissiens de monsieur le curé ? Le jour de Pâques, j'en ai compté quatre-vingt-douze. Oui, et de fameux mécréants parmi eux ! Ils viennent à Pâques, à la Toussaint et aux enterrements. Mais un jour de Quasimodo ! Ah ! monsieur le Curé peut bien retarder sa messe, et me laisser sonner... Je le vois qui me fait signe : hardi, Padovan !... À quoi ça sert ? Il y en a sept dans l'église... Pauvre curé de Fonteneilles, va ! »

L'enfant de chœur boutonnait lentement, dans la sacristie, sa soutanelle rouge ; l'abbé Roubiaux revêtait ses ornements ; la flamme des cierges montait dans le jour, et on l'eût aperçue à peine, si le vent, glissant par les fentes des vitraux, par les portes, par les trous de la voûte, n'eût couché ces pinceaux de lumière jaune, et alors, tout au bout, un petit tourbillon de fumée indiquait la présence et la vie du feu. « Bonnes gens, disaient les cloches, le Christ est ressuscité ! Il a souffert, il est remonté à la vie ; faites comme lui ; venez, les méprisés, les petits, les malheureux, c'est-à-dire tout le monde, et reprenez la vie nouvelle sur laquelle aucune mort ne prévaudra plus ! Venez ! j'ai appelé vos pères et ils sont venus ! Je vous appelle ! » Dans la tour aux voûtes écrasées, bloc de maçonnerie qu'éclairaient à l'orient les trois vitraux du chœur ; dans ce morceau conservé d'une église plus vaste, à laquelle on avait enlevé la nef, le son des cloches se heurtait en échos confondus comme des fumées qui se pénètrent, et mêlent leurs volutes, et montent ensemble, et luttent souplement. Elles répandaient au dehors leur appel, et là, sans lutte, dans le grand ciel ouvert, les belles ondes de musique s'envolaient ; elles se dénouaient en écharpes sonores, au-dessus des maisons, au-dessus des herbes, des bois à demi vêtus, des eaux qui recevaient leurs mots clairs, et qui frissonnaient jusqu'aux profondeurs. Mais les hommes ne venaient pas.

Quand le curé sortit de la sacristie et monta à l'autel, il y avait, pour toute assistance, quatre femmes, un enfant, – le petit Élie Gombaud, le fils de l'éclusier socialiste, – le père Dixneuf, ancien sergent de zouaves, Michel de Meximieu, son valet de chambre, et le sacristain Padovan, sac à vin, corne sacrée, qui chantait : « *Quasi modo geniti infantes, alleluia, rationabile, sine dolo lac concupiscite, alleluia, alleluia, alleluia.* »

Où étaient ceux qui ne chantaient pas l'alleluia ? Quelques-uns travaillaient, comme si leur fatigue des six jours n'était pas appelée aux vacances divines du septième ; ils cassaient les mottes d'un champ ; ils rabotaient sur l'établi ou faisaient rougir le cercle de fer d'une roue de charrette. D'autres, bien plus nombreux, entraient déjà dans les auberges, soit dans celles du village, soit dans celles des villages voisins, et ils buvaient de mauvais alcool qui rongeait leurs veines, et ils échangeaient des propos où aucune joie vraie et saine ne se développait, plaintes, menaces, commérages, plaisanteries qui suaient la haine, la bassesse ou la lubricité. D'autres, inoccupés, assis dans leur maison, devant le feu, attendaient que l'heure fût venue de manger, de sortir, quand le père ou le maître rentrerait et d'aller, comme lui, boire. Les jeunes filles s'habillaient pour le bal, et lissaient leurs cheveux ou les frisaient, et, pensant aux galanteries des dimanches passés, se plaisaient au trouble que le souvenir éveillait en elles. L'instituteur, secrétaire de la mairie, essayait d'évaluer, pour la statistique officielle, le nombre des oies, poules, canards, porcs, dindons de la contrée, et il en faisait agréablement varier le chiffre, en consultant les colonnes des années précédentes, diminuant ou augmentant, avec un sourire amusé, la richesse animale de la commune. Un domestique de ferme, ancien mineur venu du Calvados, brouillé avec son père qui lui reprochait d'être trop dépensier, disait, à cette heure même, au fermier de Semelin son patron : « Donnez-moi vingt-cinq francs ; j'ai besoin d'aller

acheter des bottes à Saint-Saulge. » Et il se mettait en route, résolu
à ne pas acheter de bottes et à dépenser vingt-cinq francs. C'était
la quatrième paire de bottes qu'il achetait de la sorte, depuis le
commencement de l'année. Quatre jeunes hommes, portant un
carrelet et des lignes, partaient pour aller pêcher en contrebande
dans l'étang ; un éclusier, las d'avoir ouvert cinq fois l'écluse, en
cette nuit du samedi au dimanche, à des bateaux berrichons qui
remontaient par le canal du Nivernais, ronflait dans les draps du lit
défait, tandis que la mère, épuisée par la fièvre, exsangue, usée par
la misère d'une vie sans trêve et sans nul espoir, habillait, lavait, et
bourrait, dans la chambre moite d'une buée d'air trop respiré, cinq
enfants qui criaient. D'autres partaient à bicyclette pour voir des
femmes. Toute cette population, désœuvrée pour un jour, cherchait
à s'évader de sa condition ordinaire, et, ne pouvant y réussir que très
peu, elle enviait la richesse comme une puissance souveraine, celle
des bois, celle des châteaux, celle qu'on peint dans les feuilletons,
celle que racontent les livres. La comparaison s'exaspérait dans la
solitude et dans les conversations. Le fond de la bête humaine,
orgueilleuse et violente, se trahissait dans des mots, des gestes, des
regards. On haïssait partout, plus ou moins. Le passant inconnu
qui eût traversé le bourg en ce moment aurait été haï ; des noms
de légende étaient prononcés, et salués de malédictions et de
mépris : les seigneurs, Louis XIV, Rothschild, les exploitants, l'État
aussi, qui paie mal, et qu'on commençait à vouloir remplacer par
un autre État, qui paierait mieux pour moins de travail, et, s'il se
pouvait, qui paierait la vie, les aises, les plaisirs, dans le bourg, dans
le département, partout, sans que personne fût obligé de travailler.
Des filles laides songeaient qu'avec un chapeau de trente francs
elles eussent été jolies. Le rêve impossible et grossier abrutissait
des âmes dont beaucoup eussent été fières et fortes, si on les eût
élevées.

C'était le dimanche rural, chef-d'œuvre de l'ennui quand la prière
a disparu.

Le curé disait la messe, et il éprouvait une souffrance indicible, en
devinant la solitude derrière lui, autour de lui, partout : solitude de
l'église vide de fidèles ; solitude des âmes vides de la grâce de Dieu.
Et c'était un morceau de France !

Quand la messe fut finie, l'abbé Roubiaux était si pâle que la vieille Perrine, la dernière fileuse du bourg, le voyant rentrer dans la sacristie, chancelant, les yeux baissés, dit à demi-voix :

– On nous a envoyé un curé qui est comme ma laine ; il ne se tient pas debout. Ces Morvandiaux, je leur croyais plus d'os !

Il eut peine à faire son action de grâces. La tête dans ses mains, et seul à présent sous la voûte de la tour, où se reposaient les cloches immobiles, il n'entendait ni les cris des gamins jouant sur la place, ni les pattes des pigeons qui égratignaient, en glissant, les ardoises du toit de l'église : il entendait son âme qui se jetait d'un bout de l'horizon à l'autre et du passé à l'avenir, comme la foudre, en grondant, et qui criait.

– Qu'ont-ils fait, ceux qui ont eu ici la charge d'évangéliser ? Est-il possible que six prêtres aient passé dans un siècle, et n'aient pas remué cette cendre ?... Se sont-ils résignés ? Ont-ils été pris, eux aussi, du sommeil de la mort ? Ou bien ont-ils vécu cinq ans, dix ans, vingt ans, dans la douleur où je suis ?... Dieu, que c'est horrible, ce désert d'âmes !... Que je voudrais revenir en Morvan ! Être transporté, par des ailes, en Vendée, en Auvergne, en Bretagne, dans les plaines du Nord, n'importe où, pourvu qu'il y ait des âmes vivantes autour du Dieu vivant !... L'alleluia est tombé dans le vide. Tous les péchés tiennent la campagne et l'empêchent de chanter... O mes anciens, je vous admire, au contraire, d'avoir pu vivre où j'étouffe. Vous avez au moins commencé votre œuvre, essayé. Et moi qui accuse, qu'est-ce que j'ai fait ?... J'ai attendu dans le presbytère, en veillant, des heures qui ont sonné dans la solitude. Quelle faute ! Depuis six mois, que je suis curé de Fonteneilles, j'ai eu, dans le secret, entre vous et moi, mon Dieu, beaucoup d'amour pour eux, mais je ne l'ai pas assez dit... Il n'est pas possible que rien ne vive !... D'ailleurs, j'ai le pouvoir de ressusciter, puisque mon Maître l'a... J'irai... Dieu sortira de son temple... Je parlerai au premier de mes paroissiens que je rencontrerai... Je voudrais tant les connaître ! Mais nous n'avons aucun lien, si ce n'est l'église où ils ne viennent plus. Rien de commun : ni le cabaret, ni le bois, ni la ferme... Si quelqu'un m'aidait ? Ce jeune monsieur de Meximieu ?... Je ne lui ai fait qu'une visite. Je me suis écarté du château, parce que toutes les masures sont jalouses... Non, j'irai seul. Je suis seul ; je leur porterai ma marchandise sainte qui est la paix... M'écouteront-ils ? Ce n'est pas de l'insulte que je dois avoir peur, c'est de ce silence

Le morne dimanche

autour de moi. Ayez pitié !

Le visage mouillé de larmes, il se leva, frotta ses yeux avec l'essuie-mains pendu dans la sacristie, à côté de la fontaine de faïence verte, et ouvrit la porte de la tour. Entre la première marche et le mur, un brin de giroflée avait poussé. Il inclina sa tête au vent, sous les pieds de l'abbé, qui entendit la caresse de la fleur et dit :

– Je te remercie de remuer pour moi ; les hommes n'en font pas autant.

Il traversa la place ; elle était vide. Dans les auberges, derrière les vitres, des buveurs l'épiaient, et devisaient sur lui comme ils eussent fait sur tout autre objet encore nouveau pour eux.

L'abbé ne les vit même pas. Le presbytère était là tout près, en face de l'église, de l'autre côté de la route.

M. Roubiaux ouvrit la barrière à claire-voie, autrefois blanche, à présent salie par les mains, fit quelques pas dans l'allée, perpendiculaire à la route et qui longeait la maison, et, au moment où il passait devant la porte de la cuisine, il fut presque heurté par un gamin qui en sortait, tête basse, en courant, un panier vide au bras.

En apercevant l'abbé, l'enfant s'arrêta net, et leva, dans le soleil, sa figure rousselée, vivante, épanouie, qui renvoyait, comme une pomme ronde, toute la lumière tombant sur elle.

L'abbé considéra un moment cette jeunesse, comme s'il eût regardé un cerisier en fleur, un tableau qu'on lui aurait dit être de Raphaël, une église neuve, un glacier, ou la mer qu'il aimait sans l'avoir vue. Il reposait son âme lasse sur ce petit homme frisé, qui n'avait pas la méchanceté des grands ni leur dureté de cœur. Du moins il le croyait. Il ne lui demanda ni de qui il était, ni ce qu'il venait faire, ni comment il s'appelait. Mais, pendant que l'enfant attendait, tout prêt à répondre, justement, à ces questions prévues, il lui mit la main sur le front, et avec le pouce, lentement, pieusement, il traça le signe de la croix.

Le petit comprit que cela signifiait : « Va-t'en, petit béni ! » et il s'échappa.

– Bonsoir, monsieur le curé.

La barrière claqua derrière lui.

– Un sacré gamin que sa mère envoyait quêter des œufs de Pâques, dit la servante en apparaissant sur le seuil de sa cuisine ; oui, elle demandait des œufs, la gueuse de pauvre, parce que son fils aîné, dans le temps, était enfant de chœur. Ah ! je l'ai « égalopé », le petit !

– Vous avez eu tort, Philomène.

– Oui, je sais bien, on vous mangerait votre pain dans votre assiette, que vous ne diriez rien ; on voit bien que vous n'êtes pas d'ici... Ah ! vous ne les changerez pas, allez !... Voulez-vous dîner ? c'est prêt.

– Non, Philomène, je monte dans ma chambre. Je vous préviendrai quand j'aurai faim.

Il monta, repris par sa lourde peine que la vue de l'enfant avait un instant écartée, et, arrivé dans sa chambre, devant sa table de bois blanc, où il n'y avait qu'un buvard, une bouteille d'encre et un bréviaire, il s'assit, et cacha sa tête entre ses bras repliés et posés sur la table. Il ne dormait pas ; il ne pleurait plus. Bientôt il se redressa. Son maigre visage aux yeux de créole, au teint noiraud, aux oreilles débridées et mordues par la bise, à la forte mâchoire de mangeur de pain dur, avait repris sa physionomie de tous les jours, sérieuse, naïve et ardente. Il regarda devant lui, accrochée au mur blanc, la photographie d'une petite vieille morvandelle, tout encapuchonnée de noir, dont la figure criblée de rides avait encore des yeux d'enfant. « Bonjour, maman ! dit-il. Je vais t'écrire ! »

Il prit, dans le buvard, une feuille de papier blanc quadrillé de bleu pâle, et laissa courir la plume.

« Ce 22 avril 1906, dimanche de la Quasimodo.

« Maman, je suis triste, je voudrais m'en aller te voir et prendre un air de neige dans nos montagnes. À l'heure où je t'écris, je te vois ; les cloches sonnent, comme ici, pour la fin de la messe, mais elles ont une réponse, dans le bruit des sabots sur la terre gelée. Tu sabotes aussi, petite mère ; tu as rabattu ton capot noir sur ton front ; tu sors de l'église, la dernière comme d'habitude ; tu penses à ton fils l'abbé, au petit Henri que tu conduisais autrefois par la main, et qui est descendu, tout seul, loin du village de Glux-en-Glaine, pour tâcher de convertir les gens de la plaine de Nièvre. Tu traverses la place ; tous nos amis sont là, c'est-à-dire toute la

Le morne dimanche

paroisse ; hommes, femmes, enfants, personne n'aurait voulu manquer la messe ; il fait grand froid ; le vent souffle du Preneley, et la forêt, comme le bourg, à cause de la neige, n'a plus de chemin que pour une personne. Tout le monde s'en va à la file. Toi, maman, tu rentres dans ta maison, qui est bien la plus étroite, mais qui a été la plus heureuse de Glux-en-Glaine, du temps que nous étions là tous deux. Je suis triste, maman ! Je t'ai quittée pour ces gens de Fonteneilles qui ne me détestent point, mais qui ne vivent que pour la terre. Je n'ai rien gagné sur eux, depuis sept mois que je suis leur curé. Mon cœur va devenir timide, à cause de l'abandon où je suis. Et j'ai reçu l'onction sainte, et je suis responsable de toutes les fautes, de toutes les déchéances, de toutes les morts désespérées que j'aurais pu empêcher ou consoler ! Ils étaient sept à la grand-messe ce matin ! Tout les rabaisse : leur nature, leur ignorance et leurs lectures qui l'entretiennent ; l'air qui est plein de mensonge, tout jusqu'à la vente facile de leurs bœufs... Tu comprends bien ce que je souffre, maman. Il y a beaucoup de mères, comme toi, qui ont une âme de prêtre et qui l'ont donnée à leurs enfants. Alors, quand tu recevras ma lettre, tu te mettras à prier pour moi. Je sais que tu le feras. Je te crois puissante sur Dieu et sur le monde, parce que tu es la pauvreté bonne. Donne-moi de l'aide ! Je cherche comment faire et par où commencer. Tiens, je me rappelle que, dans ma petite enfance, les jours de lessive, tu restais là, devant le tas de linge rapporté de la rivière, et qu'il fallait « éparer » au soleil ; tu prenais en pitié la peine que tu allais avoir, tant et tant de tours à faire, tant de fois à te baisser, à te relever, à étendre les bras, et tu disais : « Mon Henri, je ne sais pas par où prendre mon ouvrage. J'en ai trop ! » Pauvre maman ! pour t'aider, ton petit gars ne comptait guère. Quand j'avais enfoncé deux piquets dans l'ouche, derrière la maison, je me sentais lourd de gloire, je me couchais sur l'herbe. Maman, je n'ai même pas ce que tu avais. Personne n'a planté un seul piquet pour moi... Envoie-moi une lettre, et mets dedans un peu de ton courage. Je vais déjà mieux, je me sens plus fort, rien que pour t'avoir écrit. Je t'aime de toute mon âme, maman. Et ne me crois pas découragé : j'avais seulement besoin de pleurer près de toi.

» HENRI ROUBIAUX. »

L'abbé glissa la lettre dans une enveloppe, chercha un timbre dans une boîte en carton, parmi des images pieuses, et descendit l'escalier qui se plaignait toujours, comme nous, sous les plus faibles poids. En passant devant la cuisine :

– Philomène, dit-il, vous pouvez maintenant faire réchauffer la soupe. Je vais mettre une lettre à la poste.

– Elle est jolie, votre soupe ; c'est comme une bouillie !

L'abbé, tête nue, traversa le jardin, puis la petite place, en biais, jusqu'à la boîte, qui formait verrue au-dessous de la fenêtre du bureau de tabac. Comme il revenait, il aperçut à gauche, montant la côte, dépassant l'angle du mur, un homme de haute taille, à barbe blonde, et qui leva son chapeau et le remit d'un geste indifférent.

Il alla vers lui.

– Comment allez-vous, Gilbert Cloquet ?

– Pas tout à fait bien, mais mieux, monsieur le curé, je vous remercie, vous êtes bien honnête.

– J'ai passé par le Pas-du-Loup, voilà un mois, et j'ai demandé à vous voir, mais la mère Justamond m'a dit que vous dormiez.

– Ça aurait valu la peine de me réveiller, monsieur le curé, mais la bonne femme est comme un chien : quand elle garde quelqu'un, personne n'approche.

L'abbé Roubiaux hésita un instant, cherchant instinctivement un mot qui ne fût pas trop direct, l'expression trop franche de sa douleur et de son reproche. Mais son âme débordait. Il dit, joignant les mains sur sa soutane :

– Si je ne me trompe pas, Gilbert Cloquet, vous n'étiez pas à la messe, le jour de Pâques ! Et, bien sûr, vous n'y étiez pas ce matin.

– C'est vrai.

– Vous êtes pourtant de ma paroisse.

– Que voulez-vous ! il y a si longtemps que je n'y vas plus ! Ça n'est pas dans les habitudes d'ici.

L'abbé laissa tomber ses mains, les écarta de son corps, les tendit en avant, comme s'il implorait le bûcheron.

– Ah ! mon ami, quelle souffrance d'être ici le représentant de Dieu que tout le monde oublie, que personne n'aime plus !

L'homme fut ému par cette douleur ; il eut un petit sursaut,

Le morne dimanche

dodelina la tête, et dit bonnement :

– Voyons, monsieur le curé, faut pas vous faire de peine pour si peu de chose ; on ne va pas à la messe, mais on n'est pas tout de même du mauvais monde. Allons, remettez-vous ; l'ancien s'était habitué à nous : vous ferez de même.

Il se sentit regardé par des yeux qui ressemblaient à ceux du Christ cloué sur la croix. Jamais on ne l'avait regardé ainsi. Quelque chose d'intime et d'obscur fut touché en lui, et tressaillit comme l'enfant d'une femme, et il devina que c'était sa vie elle-même, tout le fond de l'âme qui ne voit point la lumière, qui était pénétré par ce regard. Il fut gêné. Il tendit la main à son curé pour prendre congé.

– Ne vous donnez pas tant de tracas pour nous, dit-il. Je vous comprends tout de même : c'est comme moi quand le métier ne va pas ; il y a de la peine pour tous, dans le monde, faut croire... Bonsoir, monsieur le curé, au plaisir !...

Et il se remit à monter la pente, tandis que l'abbé rentrait au presbytère. Pendant le temps qu'il mit à franchir les premiers cent mètres, il ne songea qu'à cette rencontre avec le curé de Fonteneilles. Une fois même, il se retourna du côté du presbytère, dont on ne voyait qu'une lucarne, le toit fuyant dans le jardin, et le mur de clôture avec la glycine blonde.

– C'est un bon petit homme, ce Morvandiau, murmura-t-il, il a le cœur sensible comme une femme. Si ma défunte mère avait été là, elle m'aurait parlé tout comme lui.

Il continua de monter entre les maisons du bourg. Un camarade le salua, un autre, un autre encore. Des idées nouvelles chassèrent, pour un temps, le souvenir des mots échangés avec l'abbé Roubiaux.

Tout à l'extrémité du bourg, Gilbert entra dans une très pauvre habitation, une masure écrasée sous un toit de chaume qui lui-même, d'un chevron à l'autre, s'affaissait et formait gouttière. Un homme jeune achevait de manger, assis devant une table de vieux cerisier, entaillée par le couteau, usée par les mains, les plats, les coudes et les torchons de deux ou trois générations. Une femme, brune et fraîche, qui avait les pommettes rouges, comme celles qui viennent de se fâcher ou de pleurer, essuyait la table d'un geste circulaire, les deux mains appuyées sur le torchon roulé. Son mari baissait la tête et achevait de manger du pain ; à côté de lui, il y avait encore une bouteille demi-pleine et une assiette où quelques rondelles de pommes de terre nageaient dans le vinaigre et l'huile.

– Bonjour, Durgé ! Tu n'as pas l'air d'avoir plus de fricot que moi à manger !

Le jeune homme releva sa tête petite, coiffée jusqu'aux oreilles d'un grand chapeau de feutre mou. Durgé, très jeune, très sanguin, et dont les épaules tombèrent d'une pièce, avec aisance, quand il se redressa, avait une barbe rousse frisée sous le menton, une courte moustache d'adolescent, des lèvres très rouges, le nez trop court, le front bas ; et on ne pouvait dire qu'il était beau, mais son regard, droit, clair comme un courant d'eau sans caillou ni vase, disait la force et la simplicité. C'était un primitif. On devinait, dans ses yeux pleins d'énergie au repos, que l'homme n'avait qu'une parole, qu'un sentiment, qu'une idée à la fois, et qu'il serait une puissance, d'un dévouement absolu, pour ceux qui auraient conquis son affection et persuadé son esprit. À l'interrogation plaisante de Cloquet, il répondit :

– Le printemps n'est pas bon. Si l'écorce ne va pas, en mai, je crois que nous n'aurons pas de quoi élever la famille qui vient.

Il eut un sourire qui éclaira sa face rustique, et, d'un mouvement des yeux, désigna la jeune femme, dont la taille était lourde.

– Ça paraît, répondit Gilbert Cloquet, riant aussi. Mais vois-tu, Durgé, le malheur des malheurs, c'est qu'il n'y a plus les foins à couper.

– Non ! des machines partout !

– Excepté chez monsieur Michel. Moi, je fauche ses foins depuis que j'ai quitté la Vigie, depuis plus de vingt ans. Qu'est-ce que tu dirais si je te faisais embaucher ?

– Je te dirais merci ; mais tu te trompes, vieux ; ils sont tous les mêmes : il va acheter une faucheuse.

– Tonnerre ! fit Gilbert en s'approchant, comme s'il allait se jeter sur Durgé. Qu'est-ce que tu dis là ?

– Ce que je sais.

– Il n'en a jamais eu !

– Il va en avoir.

– Non, il ne voudrait pas m'enlever mon travail. Douze jours de bonne paie ! C'est pas possible, Durgé...

– Voilà, dit le jeune homme, se courbant pour raconter l'histoire, et faisant le geste de l'humanité conteuse, les coudes appuyés sur les genoux, les mains libres, la tête avançante. À la foire de mars, il a rencontré le marchand de machines, et quelqu'un l'a entendu qui demandait les prix, oui : « Combien le grand modèle ? Combien la marque américaine ? La vôtre ? » Est-ce une preuve, Cloquet, ou bien veux-tu que je t'en dise plus long ?

– Je veux que tu viennes avec moi ! Nous irons trouver monsieur Michel ; il nous écoutera : je le connais... Non, je te réponds que c'est une menterie !

Durgé, sans se redresser, regarda de côté la jeune femme qui était devenue grave, en entendant parler les hommes. Elle dit, très bas, en serrant le linge entre ses mains comme si c'était le gain de deux semaines qu'on voulait lui enlever :

– Il faut y aller, et puis surtout ne pas céder sur les prix !

– Ne crains rien ! dit le mari, dont les yeux, tout à coup, devinrent ardents. Tu me connais !

En un moment, les deux hommes furent l'un près de l'autre, sur le seuil ; ils touchèrent ensemble le bord de leur chapeau, en l'honneur de la femme qui, du fond de la maison, les suivait du regard, songeant aux choses de l'été prochain ; puis ils descendirent et disparurent dans un chemin qui tournait autour du bourg, et qui rejoignait la route un peu plus bas. Ils étaient de même taille, mais le vieux était plus élancé, plus mince ; il avait en lui une élégance non apprise, comme il arrive parmi les arbres de futaie.

– Si tu veux, dit-il, nous prendrons avec nous Dixneuf : c'est un ancien qui attend comme moi après les foins du château. Il y a même vingt-deux ans qu'il les fauche, lui aussi.

Un signe d'assentiment fut la réponse du jeune. Devant eux, au bas de la pente, ce n'était que des prés où l'herbe grandissait déjà drue et luisante ; toute parcelle de terre, comme un vase trop étroit, tendait sa fleur ou sa gerbe verte ; l'eau coulait en dessous, invisible, et par-dessus, la grande rayée du soleil et du vent passait aussi, déroulant les feuilles, les pétales, les tiges toutes pleines de sève. Les hommes calculaient l'étendue que l'herbe couvrait, ses profondeurs, ses dentelures entamant la forêt. Le souvenir des dernières fenaisons leur venait à l'esprit, puis ils considéraient plus distraitement les cimes des bois, rouges encore de la résine des bourgeons, pâles par endroits, là où le sol plus dur avait mis en retard les chênes de la forêt. Le village du Pas-du-Loup était caché à quelques centaines de mètres de la lisière. Gilbert et Durgé tournèrent autour du château, prévinrent Dixneuf qu'ils trouvèrent chez lui, dormant au coin de la cheminée. Le vieux maçon, malgré l'apprentissage, n'avait jamais été bien occupé à construire les maisons et à réparer les ponts du pays. Il n'était employé par les maîtres maçons que dans les temps de grande presse, et on lui confiait volontiers le soin de gâcher le mortier. L'homme avait plus de soixante ans. Il était patriote, mauvaise tête, sourd un peu, capable de résistance en paroles, mais d'une prodigieuse inertie, quand le chef de chantier ou le travail ne lui plaisaient pas. Il était pauvre aussi. Et Gilbert Cloquet pensait que, comme un autre lui-même plus âgé, ce Dixneuf méritait d'être plaint, aidé, embauché pour la fenaison.

Les hommes, côte à côte, remontèrent du côté du château de Fonteneilles, traversant la pelouse qui le séparait de la forêt. Du haut de la terrasse, que le soleil avait quittée depuis midi, pour éclairer l'autre façade et la cour de l'habitation, Renard, flânant et important, aperçut le groupe qui se dirigeait vers l'escalier de pierre.

– Hé ? vous autres, qu'est-ce que vous venez faire encore ?

– On a à parler à monsieur Michel, dit Gilbert, sans ralentir le pas.

– Il est malade ; il ne pourra pas vous recevoir... je ne sais pas ce qu'il en est déjà venu, de coureurs et de journaliers pour le voir ; on dirait, en vérité, que le temps des maîtres comme lui est à tout le monde.

– Dites donc, Renard, ce n'est pas à vous qu'on a affaire !

Michel, entendant un bruit de voix, apparaissait au coin du château, à droite, et comprenait sans peine l'objet de la discussion. Il était pâle et essoufflé pour avoir fait trente pas.

Il fit signe à Gilbert et aux deux autres hommes : « Venez ! » et retourna dans la cour d'entrée, plus chaude et plus ample de décor que la terrasse. Il y avait là, en avant de la porte, un rectangle long, dallé et cimenté, que protégeait un toit de tôle porté par trois

Le morne dimanche

colonnes blanches. Ce péristyle, élevé d'un demi-pied seulement au-dessus du sol, avait été construit par la grand-mère de Michel, vieille femme à qui plaisaient la tiédeur de l'abri et l'éventail grand ouvert des champs qui montaient vers le bourg, coupés en leur milieu par le double buisson de hêtres de l'avenue. Des fauteuils en rotin, des chaises de jardin étaient rangés le long du mur. Michel attendait, debout, les trois journaliers de Fonteneilles. Ceux-ci, deux au moins d'entre eux, connaissaient bien le chemin. Ils le foulaient avec une espèce de sécurité et d'orgueil, comme s'ils avaient pensé : « Renard a eu le dessous ; nous sommes plus que lui ; d'ailleurs, ce n'est pas d'hier qu'on nous traite ici avec honneur. »

Tous trois ensemble ils saluèrent, du chapeau et de la tête, et Gilbert, qui précédait un peu les autres, à titre de familier et de causeur facile, demanda :

– Vous êtes malade, à ce qu'on dit, monsieur Michel ? Faut pas nous recevoir, si ça vous gêne.

Le jeune homme serra les trois mains qui se tendaient.

– Venez tout de même. Tant que je serai debout, je serai à votre service. Qu'y a-t-il ?

Aucun des trois hommes ne répondit à cette interrogation trop hâtive. On devait s'asseoir d'abord, et causer de ce qui n'était point important. Ils prirent des chaises que Michel leur désignait, s'assirent, émirent quelques profondes sentences sur le temps qu'il avait fait, puis Gilbert, tirant sa barbe fauve, et regardant le châtelain :

– Monsieur Michel, c'est-il vrai que vous avez pensé à faucher avec une faucheuse ?

– J'y ai pensé, en effet, Gilbert, mais je n'ai rien décidé.

– Vous y pensez : ça n'est pas bien.

– Pourquoi ?

– Monsieur Michel, parce que ça sera contre nous. Est-ce que j'ai mal travaillé ?

– Et moi ? dit plus haut le père Dixneuf. Est-ce que vous n'avez pas été content de moi, les années passées ? Depuis les temps anciens que je travaille vos prés ?

– Faut pourtant que l'ouvrier vive, ajouta Durgé, en avançant sa tête jeune, comme pour charger sur l'ennemi. La machine vole le travail de l'ouvrier !

– Vous ne ferez pas ça, monsieur Michel ? Ça ne serait pas la justice !

– Ni votre intérêt, voyons !

– Ni la paix !

Les trois voix s'animaient. Les trois hommes rapprochaient leurs chaises de celle de Michel, qui attendait, et regardait en silence celui qui parlait.

– Il y a assez de bourgeois qui ne font plus faucher ! Vous êtes le dernier. Votre père et votre grand-mère nous ont fait travailler !

– N'achetez pas de machines, monsieur ! C'est votre intérêt, je vous avertis.

– Non, Durgé, interrompit Gilbert ; il faut dire à cause de nous, par amitié pour nous, pour nous donner du travail, n'achetez pas de faucheuse.

– Douze journées, au moins ; peut-être quinze ou vingt de perdues, si vous le faisiez !

– Il a raison, monsieur, à bas les machines ! Donnez du travail !

– Dites, monsieur, donnez-m'en !

Ardents, partagés entre la crainte de déplaire, la colère, la pensée des jours de chômage forcé, les trois faucheurs interrogeaient le maître de l'herbe, et, si les yeux des deux anciens ne menaçaient pas, il y avait une révolte et un défi dans le regard du plus jeune, de Durgé au poil roux.

Les lèvres avaient fini de parler, mais elles restaient entrouvertes, prêtes à protester ou à se plaindre. Les trois hommes avaient le même geste, et ne différaient que d'expression. Ils se penchaient en avant comme pour recevoir le pain.

– Écoute, Gilbert, et vous, Dixneuf, rappelez-vous ce que je vais vous dire. À cause de vous, qui êtes de vieux amis de la maison, je renonce à acheter cette année une machine, mais à une condition expresse : le prix de la journée ne dépassera pas trois francs.

– C'est ce qui est dû, fit Gilbert.

– Le syndicat s'en contente pour les travaux du printemps, dit le

Le morne dimanche

père Dixneuf. On peut conclure.

– Trois francs cinquante, dit Durgé vivement. Pour les travaux durs, comme les prés, on ne demande pas moins.

– Je paierai trois francs, rien au-delà. Vous pouvez calculer que dix faucheurs, à trois francs chacun, pendant quinze ou dix-huit jours, c'est le prix de la machine même que je vous donne. Je ne renonce à mon idée que pour vous, dans votre intérêt. Moi, je fais une opération peu raisonnable. Mais il me suffit qu'elle soit à votre avantage. Est-ce convenu ?

– Trois francs cinquante, dit Durgé : je ne travaille pas à moins.

– C'est bien ; je n'embauche que Gilbert et Dixneuf, dit Michel en se levant. Je vous regrette, Durgé, puisque vous êtes un bon travailleur. Au revoir.

Les deux anciens étaient contents et n'osaient pas trop le montrer. Durgé, obstinément silencieux, l'air dur et insolent, fit à peine un signe de tête, pour prendre congé de Michel de Meximieu. Les trois compagnons remontèrent ensemble l'avenue. Ils ne commencèrent à parler entre eux que quand ils furent déjà loin du château. Michel, qui les suivait du regard, attristé d'un désaccord sans cesse renaissant et qui tenait aux défiances des âmes bien plus qu'à des raisons d'argent, vit que les hommes discutaient, et que Durgé, contraint tout à l'heure et muet, gesticulait avec violence, entre les deux anciens qui se taisaient à présent.

« Ames sans force, ou âmes révoltées ! Que faire ? Et c'est tout le monde, toute la campagne et toute la ville ! Gilbert a-t-il compris mon intention, et en somme, ma générosité ? Peut-être. Dixneuf n'a sûrement rien vu. Durgé s'en va avec un argument de plus contre les riches. Il croit que j'ai voulu l'exploiter. Il est fier de n'avoir pas cédé. Quelles paroles pourront toucher ces cœurs que les actes n'émeuvent pas ? Quel est le chemin ? Oh ! que je le ferais volontiers ! Ne dirait-on pas que nous appartenons à une autre humanité qu'eux ?... Une chose est entre nous, et je ne sais pas de quel nom la nommer, ni comment la briser... J'avais cru, en cédant, faire un sacrifice digne de retour. »

Il jeta un regard sur l'avenue maintenant déserte.

« Que m'importe, après tout ? Mon devoir ne durera pas. D'autres accompliront l'œuvre que j'ai à peine commencée, et si dure...

D'autres !... »

Une image se leva dans son esprit, celle d'une jeune femme aux
cheveux de deux ors. Il la vit, là, tout près, dans la cour sablée
du château, et il avait une si puissante faculté d'évocation, une
mémoire si parfaite des objets, des couleurs et des mouvements,
que ce fut réellement Antoinette Jacquemin qui passa devant lui,
sans le regarder, se dirigeant vers les servitudes et la ferme, saluée
de loin par les hommes qui labouraient le champ d'en face, comme
celle en qui l'avenir de tout le domaine était vivant.

« D'autres prendront ma place, et ils ne se souviendront de moi
que rarement... »

Il se prit à pleurer, enfoncé dans le fauteuil d'écorce, les yeux
fermés, sûr que personne ne serait témoin de sa faiblesse et ne la
troublerait.

Michel de Meximieu se savait très malade. Depuis son
adolescence, il avait une maladie de cœur, insoupçonnée ou non
avouée par les médecins, et que les émotions violentes des derniers
mois venaient d'aggraver subitement. Au retour de Paris, inquiet
des crises de suffocation qui le saisissaient, de l'extrême faiblesse
fiévreuse où elles le laissaient, et que la volonté ne suffisait plus,
comme autrefois, à dominer, il avait consulté, à Corbigny et à
Nevers. Un premier médecin avait dit : « Ce n'est rien, mais, pas
trop d'inquiétudes, n'est-ce pas, ni trop d'imagination ? » Un
second, devant l'insistance de Michel, qui voulait savoir, avait été
moins discret, et le dialogue s'était terminé sur ces mots :

– J'ai besoin de savoir si je vivrai. Je suis de ceux qui veulent
connaître l'ennemi, et j'espère faire bonne contenance. Parlez-moi.

– Eh bien ! monsieur, avec ce que vous avez, un homme heureux
comme vous peut vivre longtemps.

– Et si je n'étais pas heureux ?

Le médecin s'était tu.

– Alors je suis perdu.

Lui-même il avait prononcé la sentence. Mais dès le lendemain,
dès le soir, et, depuis lors, tous les jours, il refusait d'y croire. Elle
se dressait devant lui, et il la chassait. Elle revenait, et alors pour la
convaincre de mensonge, il appelait à son secours sa jeunesse qui

voulait vivre ; son ambition noble et qui lui mériterait sans doute la grâce de vivre ; son effort pour relever tout ce peuple abaissé de la campagne. Lutte formidable, sans témoin, sans confident, sans consolation d'aucune sorte, d'où il fallait sortir tout à coup, pour donner un ordre, recevoir un fermier, un chef de culture, une visite. Elle se renouvelait souvent. Mille causes, sans cesse renaissantes, criaient autour de lui. « Tu vas mourir inutile, Michel de Meximieu, et rien ne sera, de ce que tu as rêvé. » L'occasion, c'était une souffrance physique ; c'était le souvenir des conversations qu'il avait eues dans ce fumoir, ou à Paris, avec son père ; c'était la cruelle pensée de la Vaucreuse et d'Antoinette Jacquemin ; c'était la vue des champs, des bois qui allaient bientôt passer en d'autres mains, ou encore, comme à présent, l'ingrate réponse des hommes, un refus d'arrangement qui montrait combien les âmes étaient malades de haine.

Le dimanche avait dispersé les travailleurs. La chaleur écartait les importuns. Michel souffrait. Les heures passaient.

Mais il en était arrivé à ce point où la douleur, longtemps maudite, est enfin acceptée, et commence aussitôt à perdre son pouvoir. Ce long après-midi de printemps, cette solitude, cette immobilité, ces larmes qui séchaient, ce visage dont elles n'avaient pas effacé l'énergie et qui retrouvait, après elles, une sorte de calme et de sourire, c'était tout l'appareil et tout le visible d'une victoire prodigieuse : un homme acceptait de mourir. Il se retrouvait dans la tradition de ses pères, soldats et hommes de haute foi. Il était brave plus que les autres. Il ne tremblait plus pour lui-même, et il avait déjà au-dessous de lui toute la terre. Il disait : « Assez de larmes ! Je n'en verserai plus. Cela fait bien la dixième fois que je pleure sur moi. C'est neuf de trop... Heureusement, j'ai senti aujourd'hui que, dans ma peine, il y a un regret de ne pas m'être dévoué... Cette peine-là, je l'emporterai... Ils ont rarement, ces pauvres, des dévouements qui soient bien à eux, et tout entiers... O l'admirable féodalité que le monde pourrait être !... Une âme seigneuriale, c'est-à-dire sainte, par quartier, pour défendre les timides ! Un homme d'armes ! Une citadelle !... Ils auront l'abbé, à Fonteneilles. Oui, j'ai confiance... Et puis, qui sait de quel hallier sort le muguet, dont une branche emplit de parfum tout un bois ? Personne. Il jaillit de la feuille morte. Un être rédempteur peut se lever parmi eux. Il en faudra, des pauvres, pour relever les pauvres... Et c'est pour cela peut-être que, moi, je m'en irai le premier, peut-être... »

Le soleil, rasant le sable, pénétrait sous la toiture de tôle, et éclairait Michel, qui se reprenait comme autrefois, à regarder longuement la lumière descendre. Quand le valet de chambre vint, vers six heures, lui demander un ordre, il ne put s'empêcher de dire :

– Monsieur le comte est mieux ; il a sa figure d'habitude.

Le dimanche finissait dans le calme. Quelques cris descendaient encore du village où les buveurs, en quittant les auberges, essayaient de chanter. Pas de vent. Les braconniers savaient qu'il n'y aurait pas de lune. Quand la nuit eut dragué dans ses plis le reste d'or qui traîne sur les champs vers le soir, il y eut une heure fraîche, où les herbes commencèrent à boire la rosée. Le bruit des pas s'assourdit, et la douceur de l'air, pénétrant par les portes ouvertes, fit venir sur le seuil des femmes et des enfants, qui regardèrent devant eux, émus par la grâce inconnue, et qui dirent : « Il fait doux ». L'abbé Roubiaux, qui se promenait dans son allée de buis, sentant le parfum qui montait de la forêt, ferma son bréviaire sur son pouce, leva les yeux, et murmura : « Quand même, alleluia ! » Sur les hauteurs de la Vigie, le vieux Fortier, qui chaque soir voyait les étoiles et les nuages glisser au-dessus des bois, remarqua que le ciel était saturé d'eau comme si toutes les étoiles pleuraient, et il dit : « J'aurai encore, cette année, soixante chariots de foin. »

Au bord de l'étang de Vaux, dans le golfe qui s'enfonce, tout aigu, au nord-ouest, un homme tendait des nasses. Chaussé d'espadrilles, le pantalon relevé jusqu'au-dessus du genou, il prenait un de ces longs mannequins d'osier, cachés dans un fourré du bois, écoutait, jetait un regard sur la rive opposée, puis, à peu près sûr de n'être pas épié, – la forêt était sombre et les arbres trempaient dans l'eau leurs branches à demi feuillues, – il descendait la berge vaseuse, titubait en piétinant les vases molles, se courbait, et posait l'engin parmi les roseaux. Supiat Gueule-de-Renard allait saisir, dans la cache où il les mettait à sécher, la sixième nasse à anguilles, lorsqu'il entendit un bruit de branches remuées, à sa gauche et assez près. D'un mouvement souple, il s'agenouilla aussitôt sur le sol, posa la nasse avec précaution, et se coucha à côté. Le coassement des grenouilles, le crissement des grillons qui liment du fer à l'entrée

Le morne dimanche

de leurs cavernes, la plongée d'un poisson sautant après une étoile, remplirent la nuit. Puis le chant du loriot très doucement modulé, dans la même partie du bois où les branches avaient remué, fit se relever le braconnier, qui appela en sourdine :

– C'est toi, Durgé ? Tu m'as fait peur.

Sans précaution, et refoulant le taillis du ventre et des épaules, le jeune journalier arriva droit à Supiat, et, dans l'ombre, Supiat vit luire les dents blanches et les prunelles de Durgé qui riait.

– Quand je ne t'ai pas trouvé à la maison, j'ai pensé que tu péchais l'anguille, Gueule-de-Renard, et je suis venu jusqu'ici. J'ai vu le comte.

– Est-ce qu'il est malade comme on le dit ?

– Oui, il m'a semblé qu'il respirait mal.

– Je ne le pleurerais pas ! C'est un bourgeois qui prendra de l'influence ici. Il a le chic pour faire croire aux hommes qu'il s'intéresse à eux. S'il fait faucher ses foins à la main, cela fait encore dix hommes qui se croiront ses obligés. Combien t'a-t-il offert ?

– Trois francs. Les deux vieux ont accepté. Mais moi, j'ai refusé, ils étaient furieux !

– Parfait !

Supiat se mit à rire, et tendit son museau à la clarté pâle de la nuit, comme une bête qui flaire le vent.

– Alors, Durgé, l'affaire est dans le sac ?

– Parbleu ! C'est ce que je venais te dire.

– Je préviens cet imbécile de Ravoux, que j'échaufferai en parlant de justice et d'exploitation patronale ; il défend à Cloquet et à Dixneuf, au nom du syndicat, d'accepter trois francs ; il va lui-même trouver le patron, qui s'emporte, qui parle de promesse, de parole donnée...

– Je t'en réponds ; il a dit qu'il ne céderait pas...

– Et le patron achète sa faucheuse... Et le Meximieu est un peu plus détesté... Allons ! mon vieux, cela va bien. Je vais jeter ma dernière nasse.

Il prit sur l'herbe la cage d'osier toute poussiéreuse de vase sèche, la souleva, et s'avança, en s'écartant un peu vers la gauche, jusqu'à l'endroit où la rive, dominant d'un pied l'eau de l'étang, permettait de jeter aisément la nasse entre les roseaux.

Il revint en essuyant ses mollets tachés de boue, reprit ses sabots qu'il avait laissés au pied d'un baliveau, et, frappant sur l'épaule de Durgé :

– Il y a aussi un camarade qu'il faut abattre, Durgé. Tu sais bien lequel. J'ai entendu des syndiqués, même des jeunes, qui me reprochaient la raclée que je lui ai donnée. Il aurait vite un parti, ce vieux-là, il est malin...

– Tu ne sais donc pas les dernières nouvelles, comme disent les journaux ?

– Quoi donc ?

– La fille est complètement ruinée. Elle doit à plus de vingt personnes du bourg, ou de la ville. Avant un mois, l'huissier sera chez elle.

– Je veux bien, mais le bonhomme ne sera pas abattu pour cela. Sa fille, c'est comme un nid d'écureuil dans le tronc d'un arbre : ça ne le tue pas.

Durgé hocha la tête, l'oreille dressée, écouta un moment avant de se remettre en marche.

– Il y aura tout de même les dettes qui le gêneront, dit-il.

Les deux hommes, à la file, s'enfoncèrent dans le bois. La pointe de l'étang de Vaux, où les rides qu'avait faites la chute de la nasse s'étaient déjà élargies, puis étalées sur les berges en vagues minuscules, continua de refléter la grenaille des étoiles. Tout dormait dans les fermes. Des canards en pâture, au loin, sur les grandes eaux, appelaient des bandes sauvages qui passaient, invisibles. Gilbert Cloquet était couché ; Michel de Meximieu lisait dans sa chambre, la fenêtre entrouverte. Leurs deux noms continuaient d'être prononcés tout bas, et associés par la haine perspicace du plus mauvais drôle de Fonteneilles.

Le morne dimanche

VII
Les foins

Le travail de la faucherie allait échapper à Gilbert. La faucheuse était achetée. Vers la fin de mai, on l'avait vue avec ses roues et son siège peints en vermillon, ses dents de scie bien aiguisées, son timon portant la marque de fabrique du vendeur, amenée comme une statue de procession sur un camion, à travers les campagnes qui observent toujours et se taisent le plus souvent.

Alors, le journalier, l'homme que la ruine de Marie Lureux tenait éveillé toutes les nuits, avait demandé à faire sa journée avec les sarcleuses que Fonteneilles envoyait dans les blés déjà grands. Elles passaient, prenant chacune l'une des voyettes étroites que les rigoles creusent entre les planches semées ; elles allaient lentement, attentives à ne pas froisser les épis, courbées, une main derrière le dos, tenant un paquet de mauvaises herbes, enfonçant l'autre, çà et là, dans la houle de la moisson jeune, partout où pointait un chardon, un pavot, un bleuet, un brin de vesce des semailles anciennes, ou le bouton aigu d'une nielle déjà prête à s'ouvrir. Il gagnait peu. Elles se moquaient, non pas toutes, et elles jalousaient l'homme qui prenait le pain des femmes. Il sentait cette déchéance passagère : aussi ne s'arrêtait-il point de travailler, comme elles, quand, au bout des sillons, elles se redressent, la poitrine tendue au vent, et qu'elles bavardent un peu, cherchant à deviner l'heure qu'il est ; mais il se relançait dans le fourré du froment, pressé de fuir, et de cacher sa barbe entre les murailles vertes que chaque jour exhaussait. Il songeait surtout à sa fille, et à la honte qui était venue. Mais il ne savait pas tout son malheur. Les femmes le savaient ; et cependant aucune n'avait encore osé dire : « Gilbert Cloquet, tu as mal surveillé tes enfants de la ferme de l'Épine. Car l'huissier, le dernier jour de mai, a passé dans les étables avec son papier, il a passé dans l'écurie ; mais une partie des bêtes avaient été emmenées, avant son arrivée, et il ne les a pas prises en note. Tu ne les as pas rencontrées, Cloquet, mais tout le monde a connu qu'elles étaient dans le bois : une des juments, la plus belle, la noire, trois vaches, et quatre brebis, gardées par un mauvais gars engagé sur les routes. Ils ont juré, ton gendre et ta fille, oui, juré qu'ils ne cachaient rien, et ce sont des menteurs, et bientôt, quand la vente sera faite, ce seront des voleurs. »

Il ne savait pas. Il n'était point retourné à l'Épine depuis que sa fille l'en avait chassé. Elle était venue lui demander pardon, et de l'argent. Comme il n'avait que le pardon à donner, elle n'avait pas reparu. On était en juin. C'est l'été d'avant la moisson, où la terre est toute vêtue. Autour de Fonteneilles, et sur la croupe des coteaux, et sur le double versant des prés qui descendaient au lac et qui s'ouvraient à peine, comme des livres oubliés, ayant un ruisseau bleu au milieu, l'herbe foisonnait. Elle était mûre. Un soir, Michel de Meximieu fit appeler le chef de culture, et, montrant la longue bande de prairie qui montait vers le sud, entre la lisière des bois et la haie d'un champ d'avoine, il dit :

– Ce sera pour demain. Vous enverrez deux hommes pour faire la tournière et couper les épines, avant cinq heures.

Le dernier jour de l'herbe se leva. L'aube était claire. La longue prairie commençait à trente mètres du château, montait doucement, suivait la courbe de la forêt, dévalait la pente de l'autre côté de la colline, au-delà d'un alizier, découpé en plein ciel. Aucun rayon ne touchait encore l'alizier, ni les chênes qui veillaient à la lisière du bois. Mais l'herbe avait senti le jour ; une vie prodigieuse et muette la soulevait ; les boutons d'or, groupés en larges taches, étendaient leurs pétales que l'ombre avait redressés ; les pissenlits épanouissaient le faisceau de leurs épées jaunes ; les marguerites, que la nuit ne ferme point, tournaient toutes la tête vers le soleil qui allait venir ; un souffle chaud exaltait dans les graines innombrables, dans les épis, dans les grappes et les hélices, dans les ombelles et les cosses, l'huile parfumée qui enveloppe le germe. Le vent léger, courant par risées comme sur une mer calme, se poudrait de pollen, et s'imprégnait du goût de la sève. La longue nappe ondulait ; pas une tige n'était froissée, pas une seule n'était morte, mais la couleur des vagues disait la moisson mûre. Elles étaient brunes, elles étaient grises, elles luisaient comme de l'argent, et des reflets couleur de sang s'y mêlaient à la rouille des choses qui ont duré. Quand les deux domestiques entrèrent au bas de la pièce, par la barrière blanche, une perdrix, qui avait son nid dans l'herbe, s'envola ; un loriot s'éleva d'un chêne de bordure et se laissa porter au vent, l'aile ardente de soleil ; un râle de genêt se

faufila entre les touffes, et remonta dans le fourré en jetant son cri
de crapaud, et il y eut alors un silence d'épouvante dans le monde
des bêtes que l'herbe avait logées, qui avaient grandi avec elle, et
crû en elle. Les grillons eux-mêmes se turent une seconde. La faux
traçait une avenue, et la serpe épointait les ronces, au bord de la
grande prairie.

Il faisait chaud, à neuf heures. La barrière s'ouvrit de nouveau ;
deux chevaux noirs entrèrent, attelés à la faucheuse. Où étaient
les gens de Fonteneilles, ceux qui avaient crié contre la machine,
et ceux qui avaient sournoisement rompu le marché conclu avec
Gilbert Cloquet, et fait acheter l'affameuse, l'ennemie qui arrivait
éclatante, vermillonnée, roulant sur ses roues neuves, derrière les
chevaux résignés ? On ne voyait personne dans le champ d'avoine,
la forêt laissait pendre ses feuilles molles de chaleur, et un seul
homme avait passé, depuis l'aube, un berger, remontant la colline,
vers la pâture où M. Fortier engraissait ses bœufs blancs. Qui allait
conduire la faucheuse ? Ah ! si on avait su ! Tout le bourg eût été là !
Ce fut Michel de Meximieu qui sortit du château, en vêtement de
toile blanche, coiffé d'un chapeau de paille, et monta sur le siège de
fer, au-dessus de la barre coupeuse. Renard, qui tenait les chevaux,
dit une dernière fois :

– Monsieur le comte voit bien qu'il n'y a pas de mauvais gars dans
les environs. Fatigué comme il l'est, il ne devrait pas faire le travail
d'un domestique. Moi-même, si monsieur le comte le permettait,
je pourrais...

– Merci, Renard. Je crois bien qu'en effet, tous les propos qu'on
m'a rapportés sont de pure invention, mais il suffit qu'on ait crié : je
ne suis pas de ceux qui exposent les autres.

Il prit les guides de corde, et il siffla ; la rousseur du soleil
courut sur les reins des chevaux en marche. Les dents de la scie
s'engagèrent dans l'herbe, et l'herbe coupée se coucha, glissa sur
le plancher de la machine, puis retomba toute luisante sur le sol,
humide encore le long de la tige et rose près de la racine. Derrière
la machine, qui allait sans une pause, avec un cliquetis régulier,
elle formait un sillage, un long miroir de sève que la lumière enfin
atteignait et séchait. Michel jouissait de la perfection de travail de
la faucheuse, et surtout de se sentir le maître qui travaille, et plus

près de sa moisson qu'aucun homme de sa race. Il avançait vite. Il rejoignit les domestiques qui étaient à peu de distance du sommet de la colline.

– Laissez passer ! dit-il, et tant pis, je fonce en plein foin, sans tournière !

Il sacrifiait quelques bottes d'herbe. Que lui importait ? Tout allait finir pour lui avec l'année. Les chevaux fumaient de sueur. Subitement, l'un d'eux fléchit, s'abattit presque, se redressa d'un coup de reins ; la machine s'enleva d'un côté, retomba, tourna comme sur un pivot, et le conducteur fut jeté à terre, à trois pas, dans le foin. La faucheuse était brisée. Michel se releva ; il courut aux chevaux et les arrêta. En même temps, deux hommes se montrèrent debout, à la lisière de la forêt, tandis que, de l'autre côté, dans le champ d'avoine qui n'était séparé de la prairie que par une haie, un autre homme se levait et criait : « Bravo ! à bas les bourgeois ! » Michel se tourna de ce côté, mais il ne vit rien. Il marcha vers l'endroit où la faucheuse avait heurté contre un obstacle. Les deux domestiques accouraient. Ils cherchèrent dans l'herbe.

– Voilà ! monsieur Michel, dit l'un d'eux. Regardez !

Il tenait dans sa main le bout tordu d'un fil de fer qu'on avait du, pendant la nuit, tendre entre deux piquets et dissimuler dans l'herbe haute.

– C'est encore Supiat, je parie ! cria-t-il.

– Mais oui, c'est lui qui était caché dans l'avoine ! Je l'ai reconnu ! Je cours après ! Casser la machine ! Ah ! il va voir ! dit l'autre.

– Ramenez les chevaux, dit Michel, en arrêtant l'homme qui prenait déjà son élan pour courir. Laissez Supiat et les autres, s'il y en a. Dans deux jours, j'aurai une faucheuse neuve, et je la conduirai comme celle-ci. Je vous charge de le dire dans le pays.

– Vous n'avez pas de mal, monsieur Michel ?

– Non, très peu.

– C'est que vous êtes blanc... Vous avez l'air...

– Ne vous tourmentez pas. Allez mes amis. Rentrez.

À ce moment une voix appela :

– Monsieur de Meximieu ?

Les foins

Avant de s'être détourné, Michel avait reconnu celle qui l'appelait. Antoinette Jacquemin était debout au pied de l'alizier, toute menue au sommet de la grande courbe du pré, et elle faisait signe : « Venez ! venez ! »

Michel alla droit vers elle, à travers l'herbe haute. Les domestiques descendaient du côté du château, emmenant les chevaux et la machine brisée. Ah ! elle avait bien choisi son heure, cette petite de la Vaucreuse ! Fallait-il vraiment lui obéir ? On pouvait encore s'arrêter, trouver un prétexte, revenir au château. « Pourquoi ne pas la fuir ? Qu'est-ce que je fais ? Que peut-elle pour moi ? Et que puis-je lui dire ? Vais-je me plaindre de la ruine de mon père, et de ce que Fonteneilles ne m'appartient plus ? Elle n'en sait rien. Vais-je lui laisser voir que j'aurais pu l'aimer, que je l'aimais déjà ? Je ne le puis plus. Et pour que je lui confie l'autre douleur, la troisième, celle qui me délivrera des autres, elle est trop jeune. Il faut que ses dix-huit ans restent joyeux. Prends garde ! Pas de larmes ! Pas de faiblesse ! Et je me sens moins fort que jamais ! Pourquoi vais je donc à elle ? » Il allait parce qu'elle était la pitié, et que personne ne le consolait. Il allait avec son secret qu'il ne dirait point, mais qu'elle devinerait peut-être.

Il avait beaucoup changé depuis la visite à la Vaucreuse. Son visage s'était amaigri ; l'expression trop ferme de ses yeux s'était corrigée par la souffrance : ils avaient eu des visions qui les avaient laissés plus inquiets, plus tendres et voilés de brume. Antoinette Jacquemin le regardait venir. D'abord elle s'était demandé : « Pauvre voisin, dois-je le plaisanter sur sa chute ? Il ne boite pas. Il a seulement son chapeau enfoncé et du vert sur la manche. » Elle était tombée de cheval plus d'une fois. Sa gaieté était prête encore mieux que sa pitié. Mais ce fut la pitié qui parla, dès que Michel fut arrivé à cette distance où le regard peut se faire entendre, où les âmes commencent à se toucher par leurs antennes qui doutent et qui se replient.

– J'espère que vous n'êtes pas blessé, monsieur ?

– Non, mademoiselle.

– Qu'y a-t-il eu ? Pourquoi la faucheuse a-t-elle pirouetté ? Une pierre ?

– Un piège à bourgeois, mademoiselle, un fil de fer tendu cette nuit pour faire tomber mes chevaux et casser ma machine.

– C'est affreux ! Mais vous êtes tout pâle, monsieur. Quelle vilaine action !... Quelle lâcheté !... Moi, j'étais venue à Fonteneilles, ce matin, avec la carriole qui allait aux provisions... Je suis curieuse. Je voulais voir l'entrée en carrière de cette faucheuse dont le pays a parlé plus que de raison... Et puis, vous revoir aussi... Vous savez, ma promesse ;... asseyez-vous, monsieur, là, au pied de mon arbre... Non ?... Je vous assure que vous avez besoin de vous reposer...

– Non, j'ai besoin de serrer une main amie.

– Alors, prenez la mienne.

Cette enfant maternelle, habituée à consoler des chagrins qu'elle ne comprenait pas, Michel la retrouvait, comme à la Vaucreuse. Elle le regardait avec une tendresse inquiète, les yeux grands ouverts, le visage tout doré par le reflet de ses cheveux, de son chapeau de paille, et du matin qui rejaillissait des herbes. Elle ne disait rien ; mais, pour si peu de chose elle aurait dit : « Je vous aime », que Michel eut peur de ce silence où l'aveu grandissait trop vite. Il rompit le charme, en s'écartant d'un pas. Les mains qui s'étaient unies se dénouèrent. Et ce fut un adieu qu'un seul des deux comprit.

– Alors, j'ai bien fait de venir ? Ce n'était pas une idée trop « enfant », comme vous dites ?

– Non, une chère pensée profonde et opportune, dont je vous remercie. Je ne puis vous dire combien je suis ému de vous voir sur cette terre de Fonteneilles.

– J'étais venue près de la barrière du château, une fois déjà, il y a huit jours. Je vous ai aperçu de loin. Mais j'étais avec miss Margaret Brown, mon institutrice, et je n'aurais pas pu vous parler amicalement. À quoi bon la banalité d'un bonjour, la feinte d'une surprise et le regret d'avoir passé sans avoir été une âme qui pense et qui écoute ? À quoi bon, n'est-ce pas ?

Il recevait les mots, l'un après l'autre, comme des flèches qui s'enfoncent dans la même blessure. Mais il n'eut pas l'air d'avoir entendu, et reprenant sa pensée :

– Oui, vous avez eu raison de venir, puisque je peux vous montrer moi-même un peu de ce domaine dont j'aime la moindre motte.

Voyez cette longue prairie qui va vers la maison. C'est presque une vallée, n'est-ce pas ? Comme la pente est modelée noblement !

– Et toute fleurie ! Demain elle sera moins belle : avec le foin qui tombe, il y a quelque chose de caressant qui s'en va. Moi, je ferme les yeux quand on fauche à la Vaucreuse. C'est une saison chez nous qui change le paysage. Nous n'avons pas cette grande ligne de futaie...

– Vous l'aurez un jour.

– Une semblable ? c'est impossible.

– Qui sait ?

– Moi, je sais. Il faut des siècles, il en faut un au moins. Quel âge ont vos chênes ? Celui-ci ? Et l'autre, qui a des branches mortes pour les ramiers ?

– Cent soixante ans et deux cents ans. C'est mon grand-père qui les a semés.

– Nous sommes depuis moins longtemps à la Vaucreuse. Ici le temps a fait son œuvre. Votre château est enveloppé à moitié par les bois, et il me semble...

Elle désignait du geste le toit de vieilles tuiles moins élevé que les bois.

... Il me semble qu'à l'automne, quand il est tout couvert de feuilles mortes, il doit faire partie de la forêt : ce n'est qu'un vieux chêne de plus.

– Aimez-le, je vous en prie !

– Mais oui, je l'aime,... comme tout le pays.

– Soyez celle qui ne quitte pas ses terres pour Paris ?

– Faut-il le jurer ? J'y suis toute prête.

– Ne riez pas ! Ne le prenez pas en plaisantant. Je vous parle plus sérieusement que vous ne le pensez. Je vous prie, mademoiselle Antoinette, comme si j'étais un frère aîné, de rester dans ce pays où votre nom est respecté, où, personnellement, vous êtes populaire ; de ne pas le maudire parce qu'il est plus malade que bien d'autres pays de France, mais de faire pour lui ce que nos parents n'ont pas su faire ; d'y vivre. Rien qu'en l'habitant, vous y ferez beaucoup de bien, vous serez une vraie grande dame, un être de grâce et de miséricorde...

– Je vous assure, monsieur, que ce serait mon ambition, celle sans doute de toute autre femme à ma place. Mais vous en parlez singulièrement...

– Pourquoi ?

– Comme d'une chose que vous souhaitez, mais que vous ne verrez pas...

– C'est vrai. Je ne le verrai pas.

Mademoiselle Jacquemin se pencha, étonnée.

– Vous ne serez plus là ?... Où serez-vous donc ?

Michel sentit fixé sur lui le regard d'Antoinette, et le sourire qui tombait, et l'inquiétude grandissante à mesure que le silence se prolongeait. Il fit effort pour contraindre sa voix qui refusait de parler. Son visage demeura tourné vers Fonteneilles lointain.

– Promettez-moi le secret ?

– Oui.

– Je suis fiancé.

Elle se recula, à son tour, comme si la mort avait passé entre eux. Et elle se redressa toute.

Une autre Antoinette était là, non plus une enfant, une femme blessée, irritée, aussi forte que lui dans la douleur d'amour. Non, elle ne pleurerait pas ! Il ne pourrait pas mesurer le mal qu'il venait de faire. Très pâle, elle aussi, sa fine tête orgueilleuse rejetée en arrière, et les paupières à demi baissées par le mépris, elle trouva les mots pour répondre, elle les jeta, du bout de ses lèvres toutes blanches.

– Je vous félicite. Mais je ne vois pas pourquoi je suis avertie la première. C'est trop d'honneur, en vérité. Elle est jeune ?

Michel secoua la tête.

– Elle est riche assurément ? Un Meximieu ne peut faire qu'un mariage riche.

– Oui. Elle a tous les millions qu'elle veut. Elle se baisse, elle les prend.

– Comme vous dites cela !... Et elle vous emmène loin, puisque vous quittez Fonteneilles ?

– Très loin…

– Ce sera bientôt ?

Michel ferma les yeux.

– Je ne sais pas.

– Vous êtes de plus en plus étrange. Excusez-moi ; je vais rejoindre ma voiture qui m'attend au bourg. Et de ce que j'ai pu vous dire, ne retenez qu'une chose, la seule qui soit vraie…

Elle eut un petit rire nerveux qui mourut dans l'espace immense.

– Je n'étais venue que pour vous répéter la phrase ; vous vous rappelez, quand je disais que vous pouviez plaire : j'avais raison, vous voyez !

Le bout du brodequin jaune frappait une touffe d'herbe et l'écrasait. Michel, alors seulement, eut le courage de regarder de nouveau Antoinette Jacquemin. Il la vit se reculer encore. Il lui dit lentement, car il prolongeait en même temps son supplice et sa dernière vision d'amour :

– Ne parlez pas comme vous faites… Vous regretteriez ce que vous appellerez un jour votre injustice… Mais, je vous supplie par avance, ne vous accusez pas vous-même,… quand vous comprendrez et quand vous saurez tout… J'aurais trop de peine de vous savoir triste. Vous n'avez pas de tort vis-à-vis de moi, pas un seul… Je vous assure, – ne me répondez pas, je vous en prie, – que je n'en ai pas non plus vis-à-vis de vous… Vous avez été la première apparition délicieuse dans ma vie, et tout ce que vous m'avez dit, même vos reproches, tout m'a montré l'être de choix auprès duquel j'aurai passé… Je vous souhaite d'être heureuse, infiniment… Adieu… Merci…

– Adieu, monsieur.

Elle demeura droite, muette et hautaine, jusqu'à ce qu'il eut rejoint l'avenue verte que la faneuse et la faux avaient taillée. Alors, voyant qu'il était loin, et qu'il ne se détournait pas, elle s'approcha de l'alizier, appuya sa main sur le tronc, et, sa tête sur sa main, elle regarda diminuer, le long de la haie, celui qu'elle avait attendu dans la joie. Quand il fut près de la barrière du pré, elle espéra qu'il regarderait en arrière, au moins une fois. Mais la barrière était ouverte. Il passa. Antoinette s'aperçut que les arbres de Fonteneilles tremblaient devant elle. Elle pleurait.

Michel était troublé jusqu'au fond de l'âme. Comme beaucoup d'hommes d'une vie morale très forte et peu entourée, il avait coutume, quand il avait agi, d'examiner son acte et de se juger lui-même. Dans le fumoir, où il s'était enfermé, il marchait à grands pas, les yeux fixés sur le parquet, où son ombre le précédait, d'une fenêtre à l'autre. « Il fallait que je fusse abandonné. Je crois que c'est fait. J'ai pu lui dire, sans qu'elle comprît pourquoi, mon vœu suprême. Que ce pays ne pâtisse point de l'abandon de Fonteneilles par tous les Meximieu... J'espère à présent. Elle comprendra. Les mots qu'elle m'a dits étaient enveloppés dans sa colère, dans sa fierté blessée, dans sa pauvre tendresse qu'elle a crue méconnue. Mais tout cela tombera. Comme elle a été forte ! Quelle âme de femme déjà et d'héroïne en elle ! Quelle dignité dans ce premier chagrin, que je lui ai fait, moi... moi ! Ah ! que je suis malheureux !... Que je voudrais pouvoir pleurer ! Mais je ne dois plus ! J'ai promis ! »

Pour s'empêcher de pleurer, il se donna des témoins. Il sonna le valet de chambre ; puis, ayant changé de vêtement, il passa dans les écuries et s'informa des chevaux. Les hommes de la ferme de Fonteneilles et les domestiques disaient : « Il reprend goût à la terre. »

Dès qu'il eut achevé de déjeuner, il sortit, comme il faisait autrefois, et s'engagea dans la grande avenue. Une puissance souveraine, celle de sa volonté ou celle de sa douleur, l'entraînait et le soutenait. Il marchait vite. Il montait sans s'essouffler, sous le soleil ardent, le chemin qui mène au bourg.

C'était l'heure où la campagne dort, dans la fanfare des moucherons. Quand Michel eut poussé la barrière à claire-voie de la cure et demandé, debout sur le seuil de la cuisine : « Monsieur le curé est-il chez lui ? » personne ne répondit. Il répéta la question, en reculant de deux pas, jusqu'au milieu de l'allée de buis. Alors, la fenêtre du premier étage entra en lutte avec une main qui cherchait à l'ouvrir ; elle céda, non sans se plaindre ; le buste de l'abbé se pencha dans le soleil, au-dessus de l'allée.

– Qui est là encore ?... Ah ! c'est vous, monsieur Michel ? Philomène doit faire méridienne : je descends.

– Non, monsieur le curé, je monte. Je puis monter aujourd'hui.

Au haut du petit escalier de bois, il trouva l'abbé Roubiaux, et celui-ci le fit entrer dans la chambre qui avait pour meubles quatre chaises, une table, et la photographie de la vieille maman. Sur la table, un registre était ouvert, et il y avait à côté un carnet, entre les pages duquel l'abbé, avant d'ouvrir la fenêtre, avait glissé une feuille de papier buvard.

– J'ai appris l'incident de ce matin, dit le prêtre. Il a dû vous êtes très pénible.

– Oui. Cinq ans de bonne volonté, récompensés de la sorte.

– Oh ! ne la jugez pas perdue, votre bonne volonté, monsieur Michel. Je suis sûr qu'elle a touché quelques-uns de ces silencieux qui vous entourent... Tenez, je suis sûr que vous avez déjà pardonné en... en gentilhomme.

– Vous vous trompez.

– C'est vrai ? Vous leur en voulez encore ?

– Non, vous vous trompez de terme. Monsieur le curé, laissez-moi vous dire que nous vous connaissons mal, et que je le regrette. Vous avez eu peur, j'en suis persuadé, qu'on ne dît, ici, en pays bleu, que le curé était trop bien avec le château. Mais, quand le château, c'est un homme de votre âge, ou à peu près, un être sans mondanité, et qui n'a pas une jeunesse folle, je vous assure, pourquoi le fuir ? Tenez, si nous avions causé cœur à cœur, deux ou trois fois seulement, tout à l'heure vous m'auriez dit de pardonner en chrétien. C'est le vrai mot. Pour moi, le type du gentilhomme, c'est le Christ.

L'abbé se leva en hâte. Sa figure terreuse s'illumina de joie. Il tendit la main.

– C'est bien beau, ce que vous dites là !

– Non, c'est la simple vérité, celle que vous croyez, celle que je crois. Mon rêve, comme le vôtre, eût été de les élever peu à peu jusque-là, et de disparaître en laissant une œuvre plus grande que moi, d'être l'ouvrier qui a aidé à bâtir la flèche d'une cathédrale... Mais il faudrait plus de temps que je n'en aurai. À peine si on devine les fondations dans la boue.

L'abbé Roubiaux avait rapproché sa chaise de celle de Michel. À présent, il ne craignait plus. Il osait parler, il osait être. Son âme sacerdotale, son âme enthousiaste et naïve de séminariste aspirant à la conquête du monde, mais déjà douloureuse au souvenir des premières déceptions du prêtre, l'abbé Roubiaux la laissait parler. Il avait joint les mains sur sa soutane. Il racontait ses projets anciens, du temps qu'il était vicaire dans le Morvan, et comment il les avait trouvés irréalisables, dès le début de son séjour à Fonteneilles ; il disait ses appels incompris, ses attentes vaines au confessionnal, au presbytère, ou dans les chemins, quand il eut tant souhaité qu'on vînt à lui, et qu'on passait ; il s'humiliait de n'avoir pas encore réussi ; il laissait entrevoir que sa sympathie pour « ses gens » était demeurée entière, et que son espoir trompé reprendrait longtemps, toujours peut-être, son niveau, comme l'eau des puits qui vient de loin. C'était bien le fils de la mère Roubiaux qui parlait, un enfant du peuple ordonné pour le salut des autres, chétif d'aspect, mais conscient de la grandeur de sa mission et ambitieux comme un empereur, un de ces petits que le souffle d'en haut transfigure aisément, et montre tout à coup dans leur familiarité avec le divin. Il s'enhardissait jusqu'à appeler Michel « mon ami ». Michel écoutait, avec la certitude, maintenant, qu'il était venu se confier à un être fort, de l'élite obscure du monde.

– Croiriez-vous, dit l'abbé Roubiaux, que j'ai un gros sacrifice à faire, et que j'ai hésité ? Pourtant, rien ne fleurit sans cela. C'est le fumier des terres éternelles. Nos joies, nos goûts, notre repos, belles tiges coupées, hachées, foulées aux pieds, et qui nous font pitié, mais qui rejaillissent en merveilles toujours. J'ai été lâche. Croiriez-vous que mon évêque m'a demandé...

– Quoi ?

– De faire la quête pour le culte ! Dans Fonteneilles !

– Pauvre monsieur l'abbé !

– Il me l'a demandé deux fois. J'ai refusé. J'ai écrit : « Je ferai l'annonce à la grand-messe ; je recevrai les offrandes que quelques-uns de mes paroissiens voudront bien m'apporter, pour suppléer aux indemnités supprimées du Concordat. Mais aller de maison en maison, c'est inutile. On m'accueillera bien presque partout, j'en suis sûr, mais on ne me donnera presque nulle part. »

– Qu'a répondu l'évêque ?

– Il a répondu : « Quêtez, ne fût-ce que pour connaître votre paroisse. » Je suis parti, j'ai été voir moi-même mon évêque ; je l'ai supplié ; je lui ai dit : « Mais, je la connais cette paroisse ! À quoi bon demander à ceux de ces hommes et de ces femmes qui n'assistent pas même à la messe, qui travaillent le dimanche, qui jurent comme des diables et s'amusent de même ? Essayer de les prêcher ? Je veux bien ! Les servir ? oh ! de tout mon cœur inemployé ! Être leur ami incompris, bafoué, frappé peut-être, oui encore ! Mais provoquer la réponse de l'indifférence ou de la haine, et compter, à chaque fois : « Encore un qui renie son Dieu ! Encore un autre ! un autre ! » c'est un supplice au-dessus de mes forces, monseigneur. »

– A-t-il eu la faiblesse de vous écouter ?

– Non, il m'a répété : « Je vous donne l'ordre, pour la troisième fois, d'aller partout. L'heure est venue où il doit être demandé compte à la France de son baptême. Allez, mon ami, et ne craignez pas. »

– Et alors ?

– Vous voyez, je suis décidé : je prépare mes listes.

Il y eut un silence.

– Monsieur l'abbé, dit Michel, j'ai à vous raconter une histoire toute pareille à la vôtre. Moi aussi, j'ai eu peur du sacrifice qui m'est demandé.

– Il est aussi dur que le mien ? oh ! alors, je vous plains...

– Plus peut-être... Mais je crois qu'à présent, depuis ce matin surtout, il est accepté... Je viens vous le confier, pour être encore plus sûr que je l'ai fait. Monsieur l'abbé, je suis très malade...

– Mon ami, vous êtes un peu souffrant, il faut...

– Désespéré, voilà la vérité ; mon médecin me l'a laissé deviner, je l'ai lu dans les livres de médecine ; et, d'ailleurs, je le sens très bien. Ne me ménagez pas ; ne niez pas : c'est inutile... Vous savez mieux qui je suis, depuis une demi-heure. J'aurais voulu vous aider à refaire cette paroisse, j'aurais voulu racheter toutes les fautes qu'ont commises, contre elle, les Meximieu, toutes leurs négligences, leurs absences... J'aurais été juste et fraternel sans effort, il me semble. Cela eût été le mieux, sans doute... Je n'aurai pas le temps. Monsieur l'abbé, dites-moi, en toute vérité, si vous croyez que l'acceptation de la mort qui vient soit puissante devant Dieu ?

– Infiniment, dit l'abbé, comme l'obéissance la plus difficile et la prière la plus sublime.

– Alors, puisque je n'ai pu donner mon exemple et mon cœur, je donne ma vie pour que Fonteneilles revive. J'accepte ma mort. C'est tout ce qui me reste, monsieur l'abbé. Adieu.

Il essaya de sourire, et il y réussit. Ses lèvres, qui venaient de nommer la mort, demeurèrent entrouvertes, héroïquement, ses yeux la virent et ne frémirent pas. Il eut l'air d'un page devant l'ennemi, ironique, aimable, léger, l'air qu'avaient eu les Meximieu à leur première affaire, quand ils sautaient à cheval, les trompettes sonnant, et qu'ils tiraient l'épée pour le service du roi. Pauvre jeunesse ! Il avait leur âge ; il avait leur manière, il souriait, lui aussi, au danger imminent, mais il n'avait d'autre témoin qu'un prêtre de village ; il n'attendait point de gloire, et le roi pour lequel il acceptait de mourir n'en saurait jamais rien.

Ce fut un beau geste de jeunesse, et qui dura le temps d'un salut. Puis les lèvres se détendirent. Pas un mot ne fut dit. Les deux hommes s'étaient levés.

Ils se parlèrent encore un peu, du regard, comme ceux qui trouvent trop pauvres les mots pour exprimer l'intime de leur âme. Il n'y eut pas d'attendrissement, pas de consolation inutile. L'abbé reconduisit Michel jusqu'à la porte du jardin. Ils étaient aussi pâles l'un que l'autre. Mais le moins troublé des deux paraissait être M. de Meximieu.

– J'irai vous voir, dit l'abbé Roubiaux... Ah ! monsieur Michel, s'il y avait seulement un homme par château, un homme par paroisse !

Michel était déjà à l'angle de la maison, sur la place. Il descendit la route. Quelques femmes, çà et là, levèrent, avec le doigt qui tenait l'aiguille, le rideau de leur fenêtre, et dirent :

– Il vient de faire la partie avec le curé... Les riches, ça a toujours du temps à perdre.

La chaleur passait sur la campagne, par bouffées étouffantes et qui sentaient le foin. La poussière, sur le chemin, s'élevait en tourbillons. Un nuage d'orage, tout blanc avec des transparences de cuivre, avançait, par écroulements successifs, ses hautes tours au-dessus des bois. Michel regagnait son château. La fatigue l'accablait. Mais, pour la première fois depuis des années, il avait en lui la paix.

Les foins

VIII
La quête de l'abbé Roubiaux

Les gens de Fonteneilles s'entretenaient de la vente qui devait avoir lieu à l'Épine, le dimanche 22 juillet. Une affiche, collée sur les murs de la mairie, annonçait cette vente « volontaire », et énumérait les objets qui seraient adjugés à la criée.

Depuis qu'elle était là, Gilbert passait au large. Il ne se montrait plus dans le bourg à cause de cette feuille de papier rouge ; il faisait la moisson dans une ferme éloignée, et ne revenait guère que le samedi dans sa maison du Pas-du-Loup, évitant de rencontrer ses amis d'autrefois, prenant les sentiers au lieu des chemins, honteux et irrité d'avoir pour enfants des faillis.

L'abbé Roubiaux, appelé par sa mère malade, avait quitté sa paroisse avant de commencer la quête qu'il avait promis de faire, et, revenu à Fonteneilles, il remettait de jour en jour cette corvée qui l'inquiétait.

Le 19 juillet, quand le soleil se leva, l'atmosphère était chaude et toute chargée encore de la poussière de la veille. Depuis six semaines, la terre souffrait de sécheresse. Les feuilles pendaient, molles, le long des branches ; le brillant de l'herbe avait passé ; les épis laissaient tomber le grain, et les hommes suffoquaient en se courbant sur les blés.

Le travail de la moisson était donc plus rude que de coutume pour les coupeurs d'avoine et de froment, et, selon toute apparence, il donnerait peu de profit.

C'est à quoi songeait l'abbé Roubiaux, vers midi, en descendant de Fonteneilles pour gagner le Pas-du-Loup. Sur la route, sonnante comme une roche creuse, il marchait lentement et la tête penchée, contrairement à son usage. Il la releva, en passant devant l'avenue du château, et aperçut Michel de Meximieu appuyé sur la barrière blanche. Le jeune homme fit signe de la main : « Venez me voir ? » Il avait l'air très calme. Rien ne trahissait qu'il venait de souffrir d'une crise, si ce n'est la pâleur de ses narines encore dilatées et le frémissement de ses doigts sur le bois qu'il tenait serré. Toute l'énergie de sa race revivait en lui transformée, silencieuse, souveraine dans le domaine des douleurs.

À l'abbé Roubiaux qui s'informait :

– Comment allez-vous ? »

Il répondit :

– Mal.

Mais cela fut dit sur un ton de suprême indifférence. Et il ajouta :

– J'attends le passage du toucheur, pour lui parler d'un envoi de bœufs. Agriculteur jusqu'au bout, comme vous voyez. Et vous ? Je devine ce que vous allez faire.

– Hélas !...

– Par où commencez-vous ?

– Par le hameau du Pas-du-Loup ! Cinq maisons, pas une chrétienne ! Je me dépêche, parce que c'est l'heure de la sieste, et que les journaliers sont chez eux, ou peuvent y être...

Michel salua en souriant.

– Allons ! bonne chance au missionnaire ! Monsieur l'abbé, venez me raconter, ce soir, votre premier jour de quête ? Moi, j'ai confiance !

– Vraiment ?

– Voyez-vous, monsieur l'abbé, nous avons dans le corps huit litres de sang : eh bien ! dans le plus pauvre sang de France, il y a toujours une goutte qui croit.

Ils se serrèrent la main, et l'abbé Roubiaux descendit, hâtant le pas, pour prendre le sentier, tout voisin, qui dévalait entre les prés.

La première maison où il entra fut celle de Gilbert Cloquet. Le journalier, la veille, en coupant le blé, avait été frappé d'insolation. Il était revenu au hameau. Il était faible encore, et couché sur son lit défait. Au bruit de la porte qui s'ouvrait, à l'entrée subite de la lumière et de l'air, il se redressa, et sauta sur la terre battue, honteux, boutonnant en hâte le col de sa chemise et chaussant ses sabots alignés sous le bois du lit.

– Ma parole, c'est notre curé ! dit-il. Excusez ! Je ne m'attendais pas à votre visite, je ne pensais pas en vous...

– Je regrette bien de vous déranger, Gilbert. Mais j'ai une raison pour venir...

– Ça doit être, monsieur le curé. J'avais jamais vu chez moi celui qui vous a précédé, avant le jour où il est venu prendre le corps de ma pauvre femme, pour le porter en terre. Asseyez-vous donc.

– Merci.

– Un verre de vin ? Vous avez soif, peut-être ? C'est de bon cœur. Mais moi, je ne peux pas boire aujourd'hui.

– Non, je viens pour une chose qui est très sérieuse. Je vais voir toute la paroisse, et je commence par le Pas-du-Loup. Gilbert Cloquet, vous savez que l'État ne nous paie plus ?

– J'ai vu cela sur les journaux, en effet.

– Alors, je viens vous demander, à vous et à tous les hommes de la paroisse : Voulez-vous donner quelque chose pour faire vivre les prêtres, moi et les autres, ou bien voulez-vous abandonner la religion ? Vous êtes libre, Gilbert. Répondez-moi selon votre conscience.

L'abbé, debout, très ému et tremblant malgré lui, avait récité la formule qu'il avait préparée, et qu'il allait dire, la même, à chaque chef de famille. Il lui semblait qu'il avait devant lui toute la campagne méditative et fermée. Qu'allait-elle dire ? Il priait. Le village, accablé par la chaleur, se taisait. Une rainette chantait, cachée sous le baril de vin. Gilbert, en chemise et en pantalon, la tête basse, pesait les mots qu'on venait de lui dire, comme s'il s'agissait d'une botte d'écorce, dont il devait connaître le poids. Il avait son air des grands jours de dispute, sa figure de juge, la mâchoire pendante, les paupières demi-closes et les sourcils rapprochés. Quels souvenirs traversaient son esprit ? Quelles raisons le décidèrent ? Tout demeura mystérieux. Il ne dit qu'une chose, la plus petite sans doute de celles qu'il avait pensées. Il se redressa, et son regard tout bleu demeura grave.

– Monsieur le curé, je n'en use guère ; mais, ne pas en avoir du tout, ça ne me va pas. Je veux être enterré dans la terre bénite, comme mes défuntes.

L'abbé, qui crut dire merci, ne s'aperçut pas, tant il était troublé, qu'il continuait seulement tout haut la prière commencée tout bas : *Sancta Maria, mater Dei...* Le journalier n'y prit pas garde non plus. Il s'était retourné ; il fouillait sous son traversin et en retirait un vieux porte-monnaie à monture de cuivre ; puis, mettant son offrande dans la main de l'abbé Roubiaux :

– Je ne suis plus riche... Je ne peux pas donner grand-chose. Faut pas m'en vouloir... Ma pauvre Marie va être vendue dimanche...

L'abbé, très pâle, prit entre ses doigts la pièce de deux francs, et, l'élevant, il traça dans l'air le signe de la croix.

– *Benedicat vos !* dit-il. Merci, Gilbert. Dieu ne vous abandonnera pas.

– J'en ai besoin, répondit l'homme.

Peut-être en aurait-il dit plus long. Mais l'abbé se retira, et, traversant le chemin forestier, entra chez Ravoux, dans la salle basse où cinq enfants, le père et la mère, achevaient de dîner. Le saladier plein de débris de lait caillé et de pain était encore entre eux, sur la table. Ravoux se leva, fronça les sourcils, et, comme Gilbert, regarda fixement le prêtre. Mais il y avait, entre eux, toutes les lectures que l'ouvrier avait faites. L'abbé, timidement, commença à répéter sa demande.

– Non, monsieur, interrompit Ravoux ; c'est inutile. Vous savez bien que je ne suis pas de votre parti.

– Mais je ne suis d'aucun, pas plus que Dieu, dit l'abbé.

– Suffit. Je dis ce que je dis. Je ne donne pas pour la calotte...

L'abbé Roubiaux leva la main, pour la seconde fois, au-dessus des enfants stupéfaits :

– *Benedicat vos !*

Il sortit en saluant. Ravoux le suivit. Il était agité, peut-être même touché, tout au fond. Le poil noir et frisé remuait sur ses joues.

– Quand vous n'aurez plus de pain chez vous, dit l'ouvrier au prêtre qui s'éloignait, je ne vous en refuserai pas. Ce que je refuse, c'est la cause, c'est pas vous.

L'abbé fit un signe de tête, sans se retourner, tandis que Ravoux refoulait dans la chambre les enfants et la mère, dont les têtes s'étageaient au soleil, entre les montants de la porte.

– Drôle de calotin que le curé d'ici ! dit-il en riant. Il y croit, à sa religion !

L'abbé continuait sa quête. Il entra dans la maison de la voisine de Cloquet, et la grosse mère Justamond demanda :

– Je peux t'y vous donner sans le dire à mon homme ? Il n'est pas là.

– Non, il faudra le lui dire, au contraire, pour qu'il ait sa part dans le mérite.

– Alors, je ne peux pas.

– Adieu, mère Justamond !

L'abbé Roubiaux tourna sur ses talons, mais il n'avait pas fait quatre pas vers la maison du père Dixneuf, que la bonne femme, la poitrine haletante, secouée en mesure, courut après lui.

– Tenez, tout de même, monsieur le curé, prenez ça !

Elle donnait dix sous. Elle avait six enfants.

Le père Dixneuf, l'ancien zouave, atteint d'hémiplégie, la main droite crispée, le cou tordu, l'œil inerte et mouillé, était assis dans un fauteuil de paille, devant sa fenêtre.

– Ça serait plutôt à moi de vous quêter ! Après tout, je n'y vas jamais, à l'église !

Puis, se rencognant sur l'oreiller qui lui soutenait la tête :

– Prenez donc tout de même les sous qui sont sur la cheminée, c'est tout ce que j'ai. Et puis f... moi la paix. À l'honneur !

L'abbé en prit deux, et laissa le reste.

La femme de Juste Lappe, presque au bord des bois, la petite femme bien attachée, décidée, alerte, presque jolie encore, qu'on voyait aller en journée aussi souvent que son mari, ayant vu le hameau en émoi, connaissait déjà la raison de la visite du curé. Elle n'attendit pas la demande, mais, prenant l'abbé à part, à l'abri de l'angle de la maison.

– Dites, monsieur le curé, est-ce que Ravoux a donné ?

– Non.

– Et Gilbert ?

– J'ai commencé par lui, et il a donné.

– Alors, je donnerai aussi : Lappe est toujours du parti de Cloquet, dans les disputes.

Quand il sortit de la forêt, l'abbé se parlait tout haut à lui-même : « Ce n'est pas trop mal ; je n'aurais pas cru ;... ce Pas-du-Loup serait-il le meilleur hameau de la paroisse ? Comment cela se fait-il ? En tout cas, me voilà lancé. À présent, en pleins champs, Roubiaux ! »

Il se jeta hors du chemin, coupa le pré, longea, en montant, la ferme de l'Épine, où la fille de Cloquet refusa dédaigneusement le quêteur, et, traversant la route de Fonteneilles, il entra dans l'héritage qui était le grenier à blé d'une grande ferme de la paroisse. À cause des pentes, de la forme en dos d'âne qui était celle du champ, il était difficile de faire manœuvrer la moissonneuse mécanique. On moissonnait à la faux. Les épis, pressés les uns contre les autres, formaient à trois pieds de terre une fourrure plus épaisse, plus sensible et mobile que celle d'une bête ; nappe de grain mouvante, d'où s'échappe et s'écoule déjà l'odeur du pain : car au ras des planches, tout le long des tiges, la chaleur s'est amassée, elle a roussi la paille et séché la farine. Et maintenant, dans la fournaise, les hommes sont entrés. Ils moissonnent. L'abbé cherche ses ouailles. Trois hommes sont là, courbés ; les nuques ardentes, les bras, la faux qu'ils tiennent, décrivent un demi-cercle ; les torses suivent le mouvement avec une moindre amplitude, les pieds avancent après deux coups de lame et deux balancements du corps. On les voit de dos, les moissonneurs. Celui qui a commencé le premier est déjà à mi-coteau ; dans la seconde planche, à cinquante mètres en arrière, son frère le suit, et presque au bas du champ, tout près de l'abbé, le domestique, un mauvais biquart de seize ans, ébrèche sa faux sur les cailloux. En voyant l'abbé passer l'échalier, l'enfant rit, lève les épaules, et se remet à faucher. On a parlé souvent des curés devant lui, et pas en bien. Il a les pommettes rouges, mais quelle taille chétive, quelle hérédité morbide dans le teint blafard du cou, dans les gencives déjà molles et bossuées de la bouche entrouverte, quelle lueur de passion bestiale dans les prunelles, quelle mort mal habillée de jeunesse, et qui se trahit sous le déguisement !

– Petit, demande l'abbé, je te rencontre pour la première fois. D'où es-tu ?

– De l'Allier.

– As-tu fait ta première communion ?

– Non, pour sûr.

Le rictus des morts était sur sa pauvre bouche, bleue de fatigue et d'épuisement sans ressource. L'enfant avait posé sa faux debout sur le chaume. Il était tout petit à côté d'elle.

– Es-tu baptisé seulement ?

– Je crois que oui, parce que j'ai été, dans le temps, au baptême de mes sœurs.

L'abbé récita sa formule, pour expliquer la visite. Et le rire diminua.

– Si je te quête, ce n'est pas pour l'argent, mon petit, c'est surtout pour ta petite âme inconnue. Je suis né comme toi dans les fermes. J'ai travaillé comme toi. Mais j'ai quitté ce que j'aimais, ma mère, mes parents et mes voisins pour vous mieux aimer tous. Dis-moi que tu ne sais rien du bon Dieu, mais que tu ne veux pas être de ses ennemis ?

Le soleil, ayant tari depuis longtemps les réserves d'eau de la terre, buvait à présent la sève des herbes et des bois, et c'était sans doute ce qui formait ces nuages blancs, gros comme le poing, et qui planaient très haut, comme des oiseaux qui ont leur nid dans l'herbe et qui volent au-dessus. L'abbé avait sa soutane traversée par la sueur et collée au corps. Les hommes qui étaient en avant, dans les premières tranchées ouvertes, tout en fauchant tournaient la tête pour voir ce que faisait le domestique. L'enfant leva ses yeux qui rencontrèrent ceux de l'abbé, et je ne sais quelle bonté descendit jusqu'à son âme en friche. Il passa le coude sur son front mouillé, tapa sur la poche de son pantalon, et dit en se moquant, mais avec de la jeunesse vraie dans le regard et du cœur dans la voix :

– J'ai rien là, mais je veux bien, pour vous faire plaisir. Voulez-vous : j'irai dimanche vous porter mes sous ?

Par-dessus les jonchées de froment abattu, par les sentiers entre elles, l'abbé s'avança en montant, vers l'homme qui était le second, et derrière lui, il entendait la faux crissante du petit qui s'était remis à l'œuvre. Quand il fut rendu près du faucheur de blé, l'abbé salua de la main, et il allait parler, quand l'homme dit gravement, ayant deviné ou entendu le dialogue du bas du champ :

– Oui, prenez mon nom. Je suis catholique, et vous le savez bien : je fais dire une messe tous les ans, le jour où est mort mon père.

– Et votre frère ?

– Je ne sais pas. Allez lui demander.

L'abbé monta encore, en inclinant à gauche, vers le bord de la haie. Le blé soufflait son odeur de pain. L'abbé considéra le rude homme, qui était l'aîné et le chef véritable de la ferme, colosse qui tranchait d'un coup de lame aussi large d'épis qu'une grande roue de charrette. Il lui parla, étant encore un peu en arrière, et l'homme sans se relever, sans se détourner, dit sèchement :

– Non !

– Vous ne voulez pas ?

– Non !

L'abbé demeura en arrière, son chapeau à la main, et il suivit lentement l'homme qui lançait la faux.

– Au nom de ceux qui ont fauché ici avant vous, dit-il, et qui sont morts !

Les deux hommes marchaient sur le même chaume ; ils entendaient chacun le piétinement de l'autre.

– Au nom de vos enfants, qui n'auront pas, sans Dieu, toute la joie de leur vie !

Tous deux ils frôlaient de la poitrine les mêmes épis qui allaient tomber.

– Au nom de votre âme abandonnée, et que je voudrais sauver !

Le paysan ne répondait plus. Il y avait de la colère, dans le bruit de sa lame tranchant les épis. D'ailleurs, le dos du champ, le haut de la vague rousse était tout voisin, et l'homme allait descendre l'autre versant du blé. Quand l'abbé vit cela, il laissa le faucheur, et alla vers d'autres champs et d'autres cœurs.

À huit heures du soir, il n'avait pas paru au château de Fonteneilles. Il ne vint pas non plus le vendredi. Ce fut seulement le samedi soir qu'on vit descendre, par l'avenue de hêtres, un abbé Roubiaux qui ne ressemblait plus entièrement à l'ancien. Il semblait avoir encore maigri ; sa soutane était blanche de poussière ; il marchait en boitant et appuyé sur un bâton : mais la petite tête noiraude, inattentive à la route, épanouie, dans le rêve, écoutait sûrement le cantique de la vie nouvelle. Le prêtre venait dans le crépuscule d'été, qui est aussi clair que le jour, et plus doux.

– Eh bien ! et la quête ? cria Michel en traversant la cour. Est-elle finie ?

Ils se rencontrèrent sous le dernier hêtre de la grande avenue.

– Je n'en puis plus, dit l'abbé, mais je suis dans l'espérance !
Vous aviez raison ! Savez-vous combien de familles m'ont refusé,
monsieur Michel ? Six ! Toutes les autres ont donné !

– C'est une merveille, en effet !

– Et une autre, c'est que je me suis fait connaître, c'est que je
suis mieux leur prêtre, c'est que nous avons moins peur les uns
des autres, eux et moi... Ah ! monsieur Michel, si vous les aviez
entendus ! Quelles formes différentes de l'acte de foi ! Quelles
naïvetés ! Quelles pauvretés souvent ! Mais quel cœur mystérieux
se révèle en tout cela !

Les preuves, il les apportait. C'étaient les réponses recueillies
dans les champs et dans les fermes. Il les vivait encore. Il en était
ému, troublé, attristé, amusé. Il les racontait en y mettant le geste
et l'accent. Il disait celles des habitants du Pas-du-Loup, et celles
des moissonneurs, et les peurs, et les remises à huitaine, et les
conciliabules, et les mots tout pleins d'ignorance. « Monsieur le
curé, je suis pour la religion, parce que ça fait aller le commerce.
– Qu'est-ce que deviendraient les bourgs, s'il n'y avait pas de
dimanches ? – Moi, je n'ai pas peur ; je suis catholique, et quand je
peux aller à la messe, j'y vais. – Inscrivez donc le nom de mon père,
si c'est possible ; il aurait été content d'être là-dessus. Je donnerai
pour lui... »

– Et ceux qui m'ont refusé, continuait l'abbé, ont tenu, presque tous,
à s'expliquer ; ils se sont excusés ; l'un d'eux avait un frère éclusier,
et s'il avait donné pour l'église, il aurait craint pour son frère ; un
autre m'a dit : « Je suis fonctionnaire, » et ses fonctions consistaient
à nourrir un pupille de l'Assistance publique... C'est à peine si j'ai
rencontré ce que je redoutais si fort... Oh ! monsieur Michel, voilà
leurs réponses. Elles sont pauvres comme eux ; elles ne savent pas,
elles craignent, elles tremblent : mais tous ces indifférents, mis en
demeure d'apostasier, ont refusé. Comme je vais les aimer mieux
encore ! Jusqu'à présent, de quoi vivaient-ils ? Sur quel capital de
grâce ? Sur leur baptême et sur l'*Ave Maria* de leurs aïeux. Mais
voyez : ils viennent de faire acte de foi personnelle. Et moi, je vais
tant me dévouer, tant inventer et tant prier, qu'ils reviendront tout
à fait. Vive Fonteneilles, monsieur Michel !

– Vive Fonteneilles ! Je suis heureux, comme vous, monsieur le curé, et d'une joie qui nous dépasse tous les deux.

– Je n'ai pas dîné, je n'ai pas paru à l'église depuis ce matin Adieu !

– Merci !

L'abbé Roubiaux s'éloigna, remonta vers le bourg. L'ombre commençait à venir. Il sentit passer autour de lui les bouffées de vent chaud que la nuit traînait sur la campagne, chacune ayant sa musique, son parfum, ses paroles : vent des luzernes desséchées, vent des chaumes, vent des prairies, vent des forêts et des étangs de Vaux. L'abbé murmurait : « Je serai une âme comme vous, les enveloppant, les calmant, les pénétrant de la vie invisible. J'irai à eux, à tous. Je serai prêtre à toute heure,... à toute heure... Alleluia ! »

Sur la route, une ombre le salua.

– Bonsoir, Grollier ! Où vas-tu ?

– Chercher ma nuit.

– Veux-tu coucher chez moi ?

L'errant, que la carnassière pleine, recouverte par un manteau, arrondissait par en bas comme une tente, leva sa barbe en broussaille et ses yeux ricaneurs.

– Ah ! ah ! que dirait Philomène ? Le Grollier à la cure, dans un lit ! Toute la paroisse en rirait demain... Merci, monsieur le curé, j'ai une commission à faire, moi aussi...

Il se remit à marcher. L'ombre l'eut bientôt englouti, avec les haies, les bordures d'herbe, et même la chaussée terreuse de la route. Par l'allée forestière il descendit vers le Pas-du-Loup ; la forêt le reçut, le cacha, et lui donna plus d'allure, comme aux bêtes qui se retrouvent chez elles, sous les branches. Trottinant, sans être vu, il se glissa jusqu'à la porte de Gilbert Cloquet. La porte était barrée à l'intérieur. Le hameau s'endormait ; on n'entendait qu'un cri d'enfant que la mère apaisait en fredonnant. Le Grollier fit le tour de la maison, et poussa la claie du jardin qui était derrière. Là, il devina, assis sur le tronc d'arbre qui pourrissait le long du mur, un homme qui songeait ou qui dormait, la tête dans les mains. Il siffla comme un oiseau qui s'éveille. L'ombre se dressa debout.

– Est-ce que tu veux un coup de fourche, chemineau ?...

La voix basse de Gilbert sonna dans le jardin, mais n'arrêta pas le Grollier qui, d'un geste de l'épaule, se débarrassa de son manteau, puis enleva le carnier rebondi qu'il portait en bandoulière.

– T'effraie pas, mon vieux, c'est moi, le Grollier, qui viens te faire une visite...

– J'aimerais mieux une autre fois, Grollier : cette nuit, j'ai de la peine.

– Justement, j'ai à te parler de ta peine.

Le Grollier, pendant que Gilbert se rasseyait sur le tronc de l'arbre, demeurait debout, appuyé sur sa canne.

– Ta fille, chez qui, demain, le notaire fera la vente...

– Je n'y serai pas ! Ne me parle pas d'elle, et si elle t'a donné une commission pour moi, ne la fais pas ! Laisse-moi ; j'en ai de la peine !... ma fille, les camarades, le travail, ma femme qui est morte... tout.

– Oui, n'est-ce pas, la vie, c'est comme la mer que j'ai vue quand j'étais petit : ils disent que plus on enfonce et plus elle est salée. Je ne peux pas te guérir, Cloquet, mais je te sais un homme juste.

– Eh bien ! à quoi ça m'avance ?

– À ne pas laisser ceux qui dépendent de toi prendre le bien d'autrui...

Gilbert se leva, et saisit le bras du mendiant :

– Ne dis pas ça ! J'y perds tout mon argent, dans la vente de ma fille ; j'y perds ma retraite et mon repos. Que veux-tu que je donne de plus ?

– Lâche-moi et écoute ! Quand l'huissier est venu à l'Épine, le dernier de mai, tu crois peut-être qu'il a noté tout le bétail de Lureux ?

– Sans doute.

– Tu te trompes.

– À savoir ?...

– Il n'a pas pu mettre sur son papier ce qu'il y avait dans la forêt !

– Caché ?

– Parbleu, tout le monde l'a su, dans Fonteneilles, sauf toi !

– Voleurs ! mes enfants voleurs ! Tu plaisantes, Grollier ! Mais je vais t'en faire passer l'envie.

– Je plaisante si peu que tu n'as qu'à aller, cette nuit, à la ferme de l'Épine. Ouvre la porte de l'étable ; tu verras qu'il y a trois vaches de moins ; dans la bergerie, quatre brebis de moins ; dans l'écurie, une jument de moins, la plus belle.

– Et où sont-elles, les bêtes ?

Le Grollier tournait la tête, à droite et à gauche, pour signifier qu'elles étaient ici et là, dans la campagne.

– Elles attendent à l'abri que la vente soit finie. Alors, on les vendra, à des amis. Mais les créanciers n'en sauront rien, ni le notaire, ni l'huissier. Et ton gendre aura encore de l'argent pour s'amuser, Gilbert !...

Le journalier secoua plus rudement le bras du mendiant.

– Ne me trompe pas, Grollier, ou bien je te retrouverai dans le bois, et je te réglerai ton compte. Ma fille voleuse ! Le bétail caché ! Dis les noms des complices qui ont caché les bêtes ! Grollier, dis, et je pars !

Le Grollier, sans s'émouvoir, doucement, car la nuit était douce et il ne fallait pas être entendu par les voisins, dit les noms des fermes ou des gens. Puis il rejeta son manteau sur son dos, et pendit la carnassière à son épaule.

– J'ai mes bauges dans la forêt ; adieu, Gilbert : c'est un service que je t'ai rendu, parce que tu es un honnête homme. Quand je n'aurai plus de pain, tu m'en donneras ?

Gilbert était déjà rentré dans la maison. Il prit, à tâtons, une trique de cormier, et donna un tour de clé à l'armoire où était le butin. Quand il sortit, le jardin était désert. Une brume chaude enveloppait les légumes, les poiriers, les ruches, la haie, la forêt tout autour. La lune devait se lever, car on entendait, très loin, hurler un chien perdu. Comme un homme qui n'a pas toute sa raison, l'homme se mit à galoper, sautant par-dessus les échaliers, marchant dans les molles des prés, et faisant le moulinet avec sa branche de cormier sec. Il courait du côté de l'Épine.

Bientôt la maison se leva, à mi-côte, dans le brouillard déjà blanchi par la lune invisible, la maison où serait faite la vente demain. Gilbert écouta. L'homme et la femme devaient dormir. Il s'approcha encore, et appliqua l'oreille contre les volets bas. Puis,

La quête de l'abbé Roubiaux

marchant avec précaution, il alla ouvrir la porte de l'étable, celle de l'écurie, celle de la bergerie, celle du toit à porcs...

Alors, sûr de la vérité, il cria dans la nuit, de toutes ses forces, tourné vers la maison :

– Voleurs ! voleurs !

Et il repartit au galop, montant les terres qui font le dos d'âne, au-dessus de l'Épine.

IX
La vente chez Lureux

Le lendemain du jour où l'huissier avait saisi les meubles à la ferme de l'Épine, Lureux s'était rendu chez le notaire. Celui-ci avait l'habitude de recevoir ces visites bruyantes du débiteur poursuivi. En homme résigné, il écoutait les protestations ; en homme habile, il saisissait le moment d'intervenir et de conclure : « Vous avez raison de ne pas vouloir rester sous le coup d'une saisie... Ce n'est pas agréable de voir son nom toujours précédé ou suivi de ce mot-la sur les affiches et dans les journaux... Croyez-moi : transformez la saisie en vente volontaire, ayez l'air tout au moins de n'être qu'un cultivateur gêné, qui se défait librement de son bien. – Eh ! je ne demande pas mieux, monsieur, mais le moyen ? – Très simple. Vous allez donner pouvoir à votre propriétaire de vendre tous vos meubles et bestiaux ; je rédigerai le petit acte, et un peu plus tard, à une date que nous aurons fixée d'un commun accord, je procéderai à la vente, moi-même. Est-ce convenu ? »

Le conseil était bon pour tout le monde et toujours suivi.

Le dimanche 22 juillet, vers une heure, le notaire, mûrissant, allègre et rose encore, arriva en cabriolet dans la cour de la ferme, avec son clerc porteur de la serviette de maroquin. Le crieur les avait précédés, vieil homme sec et pâle, large de poitrine, vêtu de noir par déférence pour la justice dont il était souvent le voisin, et qui jouissait, dans tout le pays de Corbigny, d'une juste réputation, à cause de son humeur facétieuse, de son adresse pour faire monter l'enchère, et de sa voix surtout, qu'il avait nasillarde et dominante comme un hautbois. Ces trois personnages, à peine le cabriolet dételé, achevèrent de disposer le décor pour ce dénouement qu'ils avaient tant de fois joué ensemble. Déjà, dans l'alignement du puits et parallèlement à la maison, les charrues, les herses, le semoir, les deux tombereaux, la carriole, le moulin pour vanner le grain, formaient une barrière, que prolongeaient, de l'autre côté du puits, un lit en fer et un lit en bois, posés sur la terre de la cour. En face, et le long des murs de la ferme, on voyait d'abord une vieille jument blanche, attachée à une boucle de fer, la tête à l'ombre et le corps au soleil, et qui somnolait sur trois pieds, ne remuant la queue que pour écarter les mouches de sa croupe éblouissante. Plus loin, la table longue derrière laquelle allait se tenir le crieur, – la table qui meublait la grande salle de la ferme, – encombrée maintenant d'objets qu'on allait vendre tout d'abord : pendule dorée, chenets, batterie de cuisine, draps, serviettes, chemises, mouchoirs, piles d'assiettes et couverts en métal. Plus loin encore, et à côté des deux marches qui formaient perron à l'entrée de l'Épine, on avait mis une chaise pour le clerc et une table de toilette, – celle de Marie Lureux, – avec l'encrier, la plume, un carnet à souche et le cahier de papier timbré, ouvert à la première page.

– À une heure et demie, nous commencerons la vente ! dit le notaire, qui se promenait dans la cour, en causant avec des clients.

Le public n'était pas encore nombreux, mais il grossissait peu à peu. Par les prés d'en bas, par les brèches des champs d'en haut, par le petit chemin en demi-cercle qui descendait vers Laché et qui débouchait au nord de la cour, à chaque instant un ou deux hommes venaient, prudemment, lents d'allure, pour voir, avec une arrière-pensée d'acheter ce qui se vendrait à bon compte. On venait plus volontiers depuis que le bruit s'était répandu que les Lureux, l'homme et la femme, se tenaient enfermés dans l'arrière salle de la ferme, et qu'il n'y aurait point de reproches à redouter de leur part. Quelques femmes s'étaient glissées dans l'assistance, et, parmi les hommes debout, formant demi-cercle, commençaient à s'asseoir sur le bois des charrues et sur la margelle du puits.

L'horloge du bourg ayant sonné la demie, le notaire jeta la cigarette qu'il fumait, s'approcha du maigre clerc qui s'était assis et qui se souleva, par déférence, et, faisant signe aux hommes assemblés de se taire, il dit, à haute voix, les yeux baissés vers le cahier de papier timbré :

« L'an 1906, le dimanche 22 juillet, à une heure de relevée, à la requête de M. Lureux Étienne, fermier au lieu dit l'Épine, sis commune de Fonteneilles, il va être procédé à la vente des objets mobiliers, meubles meublants, bestiaux, appartenant audit Lureux et à son épouse. »

Après la lecture de ce début, il s'interrompit, et, changeant de ton, regardant l'assistance :

– Bien entendu, fit-il, les conditions d'habitude : dix pour cent en sus du prix d'adjudication ; trois mois de crédit pour les personnes solvables ; tout le monde, d'ailleurs, est reçu à payer comptant...

Puis, voyant qu'on le trouvait plaisant, il ajouta :

– Crieur, à vos pièces !

Quelques gros rires montèrent dans l'air brûlant. Les hommes étaient rouges de chaleur. Des femmes cherchaient l'ombre courte du puits. Le crieur saisit à deux mains la pendule, dont le motif en fonte dorée représentait deux colombes.

– À quinze francs la pendule, mesdames !

C'était la pendule que Gilbert Cloquet avait achetée pour sa fille, huit jours avant les noces, et qu'il avait rapportée de Corbigny, la tenant sur ses genoux, l'enveloppant de ses bras, comme une châsse, tandis que le gendre futur menait grand train la carriole.

– À quinze francs cinquante, seize, seize cinquante...

Les bandeaux noirs de Marie Lureux transparurent derrière les rideaux de la fenêtre, tout près. Presque personne ne la remarqua. Le notaire prononça : « Adjugé ! » et la pendule fut emportée.

L'un après l'autre, les objets entassés sur la table longue furent vendus, et d'autres les remplacèrent, qui furent vendus à leur tour. Malgré les efforts du crieur, les enchères étaient molles.

Elles s'animèrent un peu, vers trois heures, quand le notaire annonça qu'on allait procéder à la vente des chevaux, bestiaux, moutons, et qu'un jeune gars du bourg, amusé par la commission dont on le chargeait, s'avança vers la jument blanche, détacha le licol, et fit tourner la bête pour la présenter au public. Deux cents hommes ou femmes de Fonteneilles ou des bourgs voisins étaient là maintenant. Les instruments de labour avaient été enlevés et portés çà et là, le long des haies. On s'était rapproché des tables. Des rumeurs s'élevèrent et des rires.

– Voyons un peu les dents ? demanda un fermier.

– Elle a de l'âge, dit un autre.

– C'est pour cela qu'elle est blanche, dit un troisième. Quand les Lureux l'attelaient, autrefois, il me semble qu'elle avait une autre robe.

– À cent cinquante francs ! interrompit le crieur.

La vente chez Lureux

Il se penchait déjà, les poings appuyés sur le bois de la table, les yeux plissés, cherchant les enchères muettes dans les yeux des proches voisins, lorsqu'une voix gouailleuse, du bout de la cour, à l'entrée du chemin qui descend vers Laché, cria :

– Lureux ! Montre-toi, mon garçon, voilà le moment !

– C'est la voix du Grollier ! dit le notaire.

Tous les assistants s'étaient détournés.

– Lureux ! reprit le Grollier, est-ce que ça n'est pas ta jument noire qui revient ? Regarde donc ?

Et, en effet, une bête fine, noire de robe, venait d'apparaître au bas de la pente, à l'endroit creux du chemin qui tourne. Elle montait sans se presser, toute seule semblait-il, entre les deux haies maigres, vers l'écurie familière.

– Lureux, voilà trois vaches à présent !

Trois vaches blanches suivaient la jument, et mordaient les pousses de ronces.

– Voilà tes brebis ! Tout revient ! Tout remonte à l'Épine !

Une clameur puissante sortit de la foule, et roula vers la forêt. Des voix de femmes la dominaient.

– Cloquet ! Gilbert Cloquet ! C'est lui le berger !

Le tumulte grandit. Les hommes qui étaient assis se levèrent ; ceux qui causaient aux extrémités de la cour se portèrent vers l'entrée du chemin. Toute la masse humaine, rapide ou lente, entraînée par la curiosité, s'écoula du même côté, et se forma en deux groupes prolongeant jusqu'au milieu de la cour les deux haies du chemin. Et dans cette allée aux bords vivants, mouvants, hérissés de bras, de cannes levées, de chapeaux tendus pour saluer l'événement, la jument noire, la tête haute, effarée, s'avança, puis les vaches blanches passèrent, puis les brebis, puis Cloquet, plus haut que les curieux, pâle de fatigue et d'émotion, et qui marchait appuyé sur son bâton de cormier sec. Il avait la tête tournée vers la ferme, et ne répondait à personne.

Et Lureux parut sur le seuil de l'Épine. Il avait mis ses plus beaux habits, ceux qu'il ne voulait pas qu'on lui prît. Derrière lui, hagarde, tremblante, sa femme lui parlait, et elle essayait de le retenir. Mais il n'écoutait pas. Il avait de l'allure, cet ouvrier de la terre exercé par les grèves aux attitudes et aux mots de tragédie. Son feutre mou relevé, son jeune visage énergique en pleine lumière, la moustache tordue en croc, l'expression dédaigneuse, le corps cambré, il cria :

– Rembarrez les bêtes, camarades, aidez-moi à les chasser de la cour ! Elles ne sont pas de la vente !

D'un tour de reins, il échappa à Marie, et se jeta au milieu des groupes en mouvement. Les camarades n'obéirent pas, parce que l'intérêt d'un seul était en jeu. Plusieurs même tentèrent d'arrêter Lureux. « Il veut se battre avec Cloquet ! Empêchez-le !... » Il esquiva les mains tendues. Il courut après la jument noire, pour la ramener au chemin. Mais les bêtes effrayées couraient toutes, ouvrant chacune son avenue, dans ce champ de foire grouillant qu'était devenue la cour. Des femmes se sauvaient en criant. Au milieu du vacarme et de la houle humaine, un seul homme demeurait immobile et muet. L'orage tournait autour de lui. C'était Cloquet, les deux mains nouées sur son bâton. Lureux, renonçant à suivre ses vaches et sa jument noire, tourna court, et se rua contre lui. Il lui mit le poing sous la figure.

– Canaille ! Vous avez trahi votre fille !

– À bas les pattes ! cria Gilbert, dont le bras fendit l'air en coup de sabre et fit reculer Lureux.

– Tapez pas si fort !

– Parle pas si mal, alors. Je ne trahis rien ; je ramène les bêtes parce qu'elles sont de la faillite ; j'ai couru toute la nuit après elles ; je les ai toutes : elles reviennent pour payer pour toi.

Il regarda les hommes rassemblés en un instant autour de lui, penchés, curieux, moqueurs, inquiets, suivant l'humeur. Ce grand Gilbert, si calme, les rendait muets.

– Et il n'y a pas un de vous ici qui me donne tort ! S'il y en a un, qu'il le dise !

Une demi-seconde de silence. Lureux comprit qu'il n'était pas soutenu. Il laissa tomber ses deux poings, qu'il tenait le long de la poitrine, prêts à frapper. Il leva les épaules, et fit semblant de rire.

– Cela ne regardait que moi, je suppose ?

– Non pas ; je ne veux pas qu'il soit dit que ma fille est une voleuse.

– Pauvre niais ! C'est elle qui a conduit la taure à la Maison Grise.

La vente chez Lureux

– Tu mens, Lureux !

– Elle qui a supplié le meunier du petit Maré de loger la jument noire... On a tout fait d'accord... Est-ce que ça vous gêne, vous, que nous gardions un peu de bien ?

– Oui, Lureux, ça me gêne, comme une chose qui n'est pas juste.

– Tant pis pour la justice. On ne les vendra pas, les vaches ; on n'a pas le droit de les vendre ! Monsieur le notaire ?

En se détournant, Lureux avait aperçu le notaire qui se frayait un chemin, péniblement, à travers les rangs pressés des hommes.

– Qu'y a-t-il, donc Lureux ? Est-ce que, vraiment, ces animaux sont à vous ?...

– Ils sont à moi ou à d'autres ; cela n'a pas d'importance : on ne les vendra pas, je m'y oppose !

– Vous n'êtes pas le premier qui m'ait joué ce tour-là, Lureux. Vous les avez cachés ; vous les avez mis dans les fermes...

– Pardon, monsieur le notaire, toute la question est de savoir si l'huissier les a marqués dans sa saisie. Vous pouvez lire le cahier : ils n'y sont pas. Je m'oppose à la vente !

Il avait repris son aplomb. Il toisait le notaire. Il écoutait, avec un plaisir grandissant, les murmures que soufflaient vingt bouches autour d'eux : « Il a raison... Si l'huissier ne les a pas marqués ?... Ça, c'est la loi... Faut faire comme dit la loi... Tant pis pour ceux qui ont cru en lui... » Mais sa joie fut courte. Le notaire, se levant sur la pointe des pieds, compta, autour de la cour, les bêtes arrêtées et parquées çà et là.

– Menez la jument noire à l'écurie ! Rentrez à l'étable les trois vaches et les trois brebis ! Et promptement ! cria-t-il... Vous n'avez oublié qu'une chose, Lureux. Avez-vous, oui ou non, signé l'acte de conversion de saisie ?

– Sans doute, je l'ai signé.

– Eh bien ! vous m'y donnez pouvoir de vendre tous vos meubles et animaux, tous... Vous entendez ?... Messieurs, je reprends la vente : suivez-moi !

Il chercha du regard Gilbert Cloquet, et ne le trouva plus.

Gilbert, ayant dit ce qu'il fallait dire, s'était retiré de la cohue. Il avait gagné l'extrémité déserte de la cour, et, presque à l'angle de la maison, à l'entrée du sentier qui descendait vers la forêt, il se tenait debout, ayant toute l'âme devant lui, sur le seuil de cette maison où Marie pleurait, le front appuyé contre le linteau de la porte et caché par un bras. Elle avait vu le père ; elle n'avait pas couru à lui. Il disait à demi-voix, pas trop haut, pour que tout le monde n'entendît pas :

– Marie ! Marie ! je t'ai tout donné, et toi, tu voles ton monde ! Marie, je n'ai plus un sou vaillant, et tu m'emportes encore la moitié de mon honneur ! Marie, je te parle ! Je te dis ces choses-là, et tu ne me réponds pas !

Elle continuait de sangloter. La foule venait, riant, causant, suivant le notaire. Des amis s'approchaient ; des ennemis allaient venir.

Gilbert s'entendit appeler par une voix qui n'était pas celle de Marie. Il se retira, à reculons, descendant la pente de la cour, jusqu'à l'endroit où le sentier perce la haie. Il vit le crieur et le clerc réapparaître derrière les tables. Il vit les assistants s'écarter, Lureux passer en courant au milieu d'eux, entrer dans la maison, puis en ressortir, tenant d'une main une petite valise de toile, et tirant de l'autre Marie qui cherchait à se cacher derrière le dos de l'homme. « Adieu ! Laissez-moi passer ! criait Lureux. Vous m'avez tous trahis ! Je m'en vas pour ne plus revenir ! » Et le chapeau de feutre noir d'Étienne, et l'espèce de bonnet fleuri que portait Marie, un peu au-dessus de la foule, du côté de Laché, s'éloignèrent et se perdirent.

Le long de la haie, Gilbert alors leva les bras.

– Marie ! dit-il. Ma pauvre Marie, toi non plus tu n'avais pas de quoi vivre ! Et pourtant, c'est moi qui t'ai élevée !

Puis se reprenant, il ajouta :

– Un peu... comme j'ai pu...

Et il s'enfuit vers le Pas-du-Loup, poursuivi par la voix diminuante du crieur qui disait :

– Une belle taure blanche à vendre ! La belle taure blanche ramenée par un brave homme !...

La forêt l'enveloppa...

Deux jours plus tard, comme il revenait de faire la batterie chez

La vente chez Lureux

un fermier de Crux-la-Ville, au soir tombant, dans le sentier sous bois qui traverse le Vorroux et tourne vers Fonteneilles, il aperçut Michel de Meximieu. Le jeune homme allait lentement et dans le même sens que lui. Il s'arrêtait quelquefois, pour écouter, ou pour mieux respirer. Gilbert aurait pu l'éviter, comme il avait évité tant de gens de Fonteneilles, depuis le jour où l'huissier était venu à l'Épine. La honte le rendait impoli. Mais non, cette fois il allongea le pas, et avant de rattraper le promeneur, il toussa, pour s'annoncer. Michel ne se détourna pas, et continua de marcher ; mais il étendit le bras, au moment où le journalier passait près de lui, et il posa la main, affectueusement, sur l'épaule de Gilbert, si bien que celui-ci n'eut pas la peine de chercher une entrée en matière et un prétexte pour s'arrêter. On l'avait reconnu sans le voir ; on le plaignait.

– C'est très bien, ce que tu as fait dimanche, Gilbert !

– C'est triste aussi, monsieur Michel.

Ils se mirent à marcher l'un près de l'autre, dans le sentier où une lueur venait encore en rasant le sol, blonde sur leurs visages, sur les buissons et les herbes. Michel n'avait point retiré sa main de dessus l'épaule du journalier. L'ombre commençante estompait et mêlait leurs habits, comme ailleurs elle confondait fraternellement les pierres, les arbres, les collines, les maisons des hommes.

– Sais-tu ce que je me dis souvent, quand je songe à toi, Gilbert, et à quelques autres du pays, les meilleurs, ceux qui te ressemblent ?

– En vérité, non. Je ne savais même pas que vous pensiez à moi.

– Je me dis que tu as l'esprit supérieur à ton métier...

– Des fois, oui, ça se peut.

– Que tu mets quelque chose au-dessus de tes intérêts. Voilà ce qui est bien, et ce qui me touche, et me fait tout voisin de toi... Évidemment, tu ne t'aperçois pas qu'on t'a volé la vérité... à toi et à des millions d'autres ; mais tu l'aimerais si tu pouvais la voir, j'en suis certain.

– Quelle vérité, monsieur Michel ?

– Celle qui fait que tu es noble comme moi, et que tu peux l'être bien plus...

Ils se turent, l'un parce qu'il sentait inutile de parler davantage, et l'autre parce que ces sortes de sujets ne lui étaient pas familiers, et qu'il ne trouvait pas les mots pour répondre. Mais Gilbert avait compris que ce riche avait une âme fraternelle, une espèce de tendresse dévouée et singulière, qui n'était fondée sur aucune solidarité apparente, mais sur des choses mystérieuses que chacun garde pour soi, « dans sa muette ».

La première étoile s'était levée, au-dessus d'un peuplier qui semblait la toucher de sa fine pointe droite. Les deux hommes la regardaient, et leurs âmes, quelque part, dans l'espace, devaient se rencontrer. Ils allaient lentement, une douceur flottait dans le soir tombant.

– Vous avez toujours été bien honnête pour moi, monsieur Michel... Je voulais vous parler ; je voudrais une chose...

– Laquelle, mon ami ?

– M'en aller. Après ce qui est arrivé, je ne peux plus vivre ici... Je n'ose plus regarder les gens, je vois qu'ils pensent tous à Marie et à Lureux quand ils me rencontrent... Il n'y a plus que vous qui pensiez à moi. Je veux m'en aller.

– Que feras-tu au loin ?

– Ce que je fais ici.

– Et où veux-tu aller ?

– Conduire vos bœufs, si vous en vendez, en septembre. Où ils seront, je resterai.

Michel répondit, après avoir songé un moment :

– Cela se peut, Gilbert ; j'ai six grands vieux bœufs qui feraient bien l'affaire des sucriers... Si je me décide à les vendre à la foire de septembre, je te préviendrai.

Il tendit la main au journalier. Et ils ne se dirent rien de plus. Mais ils pensèrent l'un à l'autre, quand ils eurent pris chacun sa route, au milieu des bois qui devenaient tout noirs, et sur lesquels pesait une bande de ciel rouge, comme la barre de fer que les compagnons, la journée finie, laissent se refroidir et brunir sur l'enclume.

Ils se revirent encore plusieurs fois pendant le mois d'août. Le hasard les faisait se rencontrer, au coin d'un taillis, ou sur la route de Fonteneilles, ou dans les champs voisins du château. Mais ils se saluaient, jadis, et ils passaient : à présent, ils avaient plaisir à causer l'un avec l'autre. Et l'un seulement s'en étonnait, c'était Gilbert.

La vente chez Lureux

Quand il avait parlé un quart d'heure avec Michel de Meximieu, il songeait tout le reste du jour, et souvent plusieurs jours, à ce qu'ils avaient dit, et il était comme ceux qui reviennent d'un voyage.

Vers le milieu du mois, comme ils s'entretenaient, à l'angle du chaume d'avoine et de la prairie de Fonteneilles, – des perdrix rappelaient en piétant, – Michel dit :

– La mode est de flatter l'ouvrier et d'injurier le noble. La vérité, Cloquet, c'est que nous avons grandement déchu, les uns et les autres. Nous souffrons du même mal : de paresse et d'orgueil. Toutes les haines sont venues de là. Cependant, quand il n'a été gâté ni par l'auto, ni par la chasse, il n'y a pas de propriétaire qui soit mieux fait qu'un noble pour s'entendre avec un laboureur. Nous appartenons au vieux fonds, toi et moi. Et c'est une des raisons de notre amitié.

Gilbert ne se hasardait pas à répondre, parce qu'il avait peu d'expérience en dehors de Fonteneilles ; mais au fond de son cœur il reconnaissait que c'était vrai pour Michel et pour lui. Et il aimait celui qui parlait librement de toutes choses.

Une autre fois, au début de septembre, il s'enhardit jusqu'à demander :

– Vous êtes tout de même toujours contre les syndicats, monsieur Michel ? Je le comprends ; ça n'est pas de votre monde, mais c'est du mien. Là-dessus, on ne s'entendra jamais.

– Tu te trompes !

Michel riait. Il était mieux ce jour-là. L'air avait trouvé dans les bois la vie épanouie, et la portait au loin. Les longues lèvres du malade la buvaient, et ses yeux éclairés par le reflet de la terre chaude, ses yeux bruns s'emplissaient de points d'or qui étaient la jeunesse. Il ne mentait pas, celui-là ; il ne calculait pas : il laissait voir son âme ardente.

– Tu te trompes, Gilbert... Ce qui me met en colère, ce qui me fait peine et pitié, c'est l'idéal d'impossible iniquité sur lequel on vous lance, et si mesquin, que pas un des vieux bûcherons de France, autrefois, n'aurait voulu s'en contenter ; ce sont vos ailes coupées par vos chefs comme celles des poules de basse-cour ; les appétits à la place de la justice, la haine à la place de l'amour. Mais, écoute bien ! Tout peut changer... Si l'œuvre est un jour baptisée, s'il y a une bénédiction de la mer montante, alors, Gilbert, vivant ou mort, je serai avec vous, j'applaudirai, je croirai à une terre meilleure, c'est-à-dire plus noble, à une chevalerie nouvelle, et au retour des saints parmi le peuple heureux... Aussi vrai qu'il fait une journée claire, c'est cela que j'espère... Adieu, mon vieux Cloquet. J'aurais eu bien d'autres choses à te dire. Je regretterai bientôt de ne plus causer avec toi.

– Moi aussi, monsieur Michel.

Gilbert regarda le jeune homme s'éloigner, et il le suivit des yeux aussi longtemps qu'il put le faire. Il avait le cœur tout plein de ces regrets qui n'attendent pas l'adieu pour nous faire souffrir. Il pensait : « J'ai un ami ; mais autant dire que j'en avais un, puisque je vais le quitter. »

Gilbert Cloquet n'eut donc point de surprise quand il vit arriver chez lui, la veille de la foire de Corbigny, qui a lieu le deuxième mardi du mois, le garde de Fonteneilles.

– Cloquet, fit Renard, monsieur le comte vous envoie dire que, demain, il vendra ses six grands bœufs. Si vous voulez les mener à la foire, c'est cette nuit qu'il faudra partir.

Le journalier coupait du vesceau, dans un champ tout proche du bourg. Il secoua ses sabots qui étaient couverts de boue, car il avait plu toute la matinée, puis il passa la main sur sa barbe pour se donner le temps de réfléchir, et il dit :

– Je suis prêt.

– Monsieur le comte m'a dit de vous dire encore que les marchands du côté de la Belgique, du Nord, du Pas-de-Calais...

– Dites donc les Picards, voyons, c'est leur nom !

– Eh bien ! que les Picards seraient nombreux à Corbigny... Il y a des chances pour que nos bœufs soient achetés pour les betteraves de Picardie.

– Et alors, je ferai le voyage avec eux, n'est-ce pas ?

– Vous n'y êtes pas forcé.

– Non, car si on me forçait, je n'irais pas... Dites donc, Renard, ça n'est pas pour vous mépriser ce que je vais dire, mais pourquoi monsieur Michel n'est-il pas venu me parler lui-même ? Nous sommes amis.

– Il est malade, et couché. Ça ne va pas. Allons, au revoir, Gilbert.

La vente chez Lureux

Bonne chance chez les Picards !

La physionomie de Gilbert devint toute sombre. Il salua de la tête le garde qui rentrait au château. Puis il prit une poignée d'herbe, essuya soigneusement la lame de sa faux, et, ayant considéré le soleil qui marquait cinq heures du soir au cadran du ciel d'été, il quitta le champ pour aller fermer sa maison.

De tous ses voisins du Pas-du-Loup, il ne prévint que la mère Justamond. Quand il eut mis toutes choses en ordre et comme il voulait qu'elles fussent pour dormir pendant son absence, il s'habilla proprement, épointa sa barbe blonde, fit un paquet de hardes qu'il emporterait avec lui ; puis il s'étendit sur son lit et dormit un peu. Avant le jour, il alla frapper aux vitres de la maison des Justamond. C'était convenu. La bonne femme entrouvrit la fenêtre, et se recula en même temps, à cause du froid de la forêt qui entrait.

– Mère Justamond, voilà la clé de chez moi : gardez-la jusqu'à ce que je revienne.

– Ça sera-t-il bientôt ?

– J'espère que non, j'ai le cœur malade.

– Guérissez-le, mon pauvre Cloquet. Mais ça n'est pas facile, quand le mal vient des enfants... Je me rappellerai bien tout : ouvrir la chambre quand il fera beau ; veiller sur les abeilles ; bêcher les pommes de terre, dont je vous tiendrai compte.

– Il y a encore une chose, dit Gilbert.

– Quoi donc ? Comme il fait frais pour vous mettre en route !

– Je vous ferai savoir mon adresse ; vous m'écrirez des nouvelles de Fonteneilles, et surtout des nouvelles de monsieur Michel.

La bonne femme avança sa grosse figure réjouie où Gilbert, dans le gris de la nuit finissante, devina des yeux qui avaient pitié.

– Moi, je ne suis pas assez savante, dit-elle, mais j'ai mon fils Étienne et une fille qui connaissent bien l'écriture... S'il y a de la nouveauté, dans Fonteneilles, on vous l'écrira... Ça me fait quelque chose de vous voir partir, tenez, Gilbert,... à force de voisiner on était devenu comme parents... Adieu...

– Adieu...

Une demi-heure plus tard, les six plus beaux bœufs de l'étable du château, six grands bœufs blancs à la corne effilée, enjugués deux à deux, marchaient, à leur allure de labour, sur la route de Corbigny. En tête des deux premiers, sur la gauche, Gilbert Cloquet tenait l'aiguillon.

La vente chez Lureux

X
La ferme du pain-fendu

– C'est bien, Cloquet : vous serez nourri, et vous aurez cinquante francs par mois, comme les camarades. Vos bœufs ne sont pas ferrés ?

– Non, monsieur : chez nous, on ne les ferre pas plus que les moutons.

– Vous passerez demain matin à la forge. Allez !

L'homme qui terminait ainsi son premier entretien avec Gilbert Cloquet, dans le petit bureau tapissé de papier vert et noir, avait la physionomie obstinée, la parole brève, la barbe carrée et le lorgnon en permanence de beaucoup de ceux qui ont fréquenté les mathématiques. C'était M. Walmery, le fermier jeune encore de la grosse ferme du Pain-Fendu, un diplômé des écoles d'agriculture, fils d'un ancien magistrat du Nord, qui l'avait lui-même détourné des carrières libérales. M. Walmery accompagna le nouveau bouvier jusqu'au bout du couloir qui séparait le bureau de la salle à manger des domestiques et qui ouvrait sur la cour. Là, il se pencha au dehors.

– Jude, ce sont les bœufs de la Nièvre. Faites-les attacher dans la troisième étable.

Il rentra dans la maison, il s'avança jusqu'à la limite où le jour pâle coupait en biais la tapisserie fanée du couloir, et l'on vit encore, pendant quelques minutes, les molletières jaunes de M. Walmery, qui causait avec une femme de service. Gilbert Cloquet avait retrouvé dans la cour, enjugués deux à deux, ses six bœufs nivernais. Il avait repris son aiguillon, taillé dans un brin de houx de Fonteneilles, et, le bras étendu sur le cou de Montagne et de Rossigneau, il attendait, le chapeau en arrière et la barbe fauve au vent, le contremaître de la ferme, Jude Heilman, qui se lavait les mains dans une auge, au fond de l'immense cour, là-bas. Le contremaître, qui était plié en deux, se redressa, secoua ses bras nus, et vint, en rabattant les poignets de sa chemise. Il émerveilla Gilbert, par sa taille, par son allure aisée et balancée, par sa jeunesse, par la fixité de ses yeux gris, de la couleur de la mer du Nord, qui questionnaient déjà de loin le nouveau bouvier. Ce géant, vêtu d'un pantalon et d'une chemise, avait un visage petit, très coloré, et une moustache de sous-officier, mince, relevée, couleur d'or.

– Vous êtes Gilbert ? dit-il. Un peu ancien pour voyager !

– Je pourrais vous dire que vous êtes, vous, un peu jeune pour commander, et je n'aurais pas raison plus que vous n'avez raison. Vous me jugerez au travail.

– C'est bon. Taisez-vous. Allez déjuguer vos bêtes... Qu'est-ce que c'est que cette fioriture derrière le joug ? En voilà une mode !

Il désignait la poignée peinte en vermillon, que les grands laboureurs de la Nièvre ajoutent au joug de leurs bœufs, pour l'embellir...

– Ça, monsieur, c'est la marque de l'estime que les gens de chez nous ont pour les belles paires de bœufs. On était faraud, à Fonteneilles. Et il y a de quoi !

D'une touche légère de son aiguillon posé sur le mufle de Rossigneau, il fit tourner sur place la première paire de bœufs.

– A-t-on vu ! grommelait-il. Pas un compliment pour des bêtes comme les miennes ! Est-ce qu'ils en ont seulement, des bœufs, les Picards ?

Les six bœufs se mirent en marche, à une allure de procession, et il ajouta :

– Ils sont jolis, leurs bœufs de Picardie ! Ça serait bon, tout au plus, pour des crèches de Noël !

Les deux jugements étaient provoqués par la comparaison, que toute la cour pouvait faire en ce moment, entre les nivernais conduits par leur bouvier, et le bétail à l'engrais, parqué sur les fumiers. Le spectacle était d'une haute beauté rurale. Les six grands bœufs blancs contournaient lentement un champ véritable de fumier pilé, foulé, qui s'élevait à plus de quatre-vingts centimètres au-dessus du sol de la cour, et qu'enveloppait une clôture de barres de fer tenues entre de solides poteaux, comme on en voit dans les propriétés où l'on aime les constructions durables. Sur ce plateau de fumier, qui les portait en évidence au milieu de la cour, – plus de six cents tombereaux de fumier qu'on allait enlever et répandre dans les guérets, – marchaient, tournaient ou somnolaient quarante bœufs à la robe rousse ou fauve tachée de blanc, peu massifs, achetés dans la région, et qui devaient passer là, sur cette litière chaude en décomposition, qui fumait sous leur ventre, les jours et les nuits d'automne, les jours et les nuits d'hiver, et descendre dans les prés, au printemps, pour acquérir un supplément de graisse, avant de partir pour l'abattoir. De distance en distance étaient disposées des auges pleines d'eau, et d'autres pleines de pulpe de betterave sortant des raffineries, et mêlée de paille hachée. Les bœufs mangeaient, buvaient et reprenaient la promenade en cercle ou l'immobile contemplation qui convenait le mieux à l'humeur de chacun. L'enceinte n'avait qu'une ouverture, tout au fond, dans la partie la plus distante de la maison. Mais un chien enchaîné là, les yeux guettant ses détenus, gardait cette unique porte. Des pigeons, des poules, des canards, vivaient avec les bestiaux sur le même fumier, et se réchauffaient au même feu caché. Tout autour du champ de fumier, un large couloir, une route pavée où les hommes, les bêtes, les chariots pleins pouvaient passer, puis les bâtiments formant un rectangle long, l'habitation du contremaître, les écuries, une étable, une ancienne bergerie, une autre étable, des ateliers, des granges, des magasins, des porcheries, murs rouges en brique, toits rouges en tuiles. Tout cet énorme appareil de la ferme était commandé par la porte monumentale, pendue entre deux hauts piliers de brique et dominée par un fronton en brique aussi, mais verdi par la pluie et noirci par la poussière et la fumée. Par là seulement, quand on était dans la cour, on apercevait la campagne, la terre, un peu de verdure libre et jeune. Cependant, à l'opposé, vers l'occident, on devinait que l'enceinte des murs se prolongeait au-delà de la dernière étable, et qu'il devait y avoir, en arrière, un potager et quelques arbres enfermés dans la forteresse rurale et dont on voyait pendre, au-dessus d'un toit surbaissé, des branches déjà tachées par la rouille.

Dans ce cadre de pierre rouge, autour du fumier doré par le jour, c'était un spectacle saisissant que la lente procession des bœufs blancs de la Nièvre, colossaux, et que jugeaient, au passage, les ouvriers occupés dans les étables, les bœufs du Hainaut s'arrêtant de manger la pulpe, et les pigeons effrayés par de si hautes cornes et de si longues échines. Toute la ferme, excepté ce contremaître qui n'avait point paru faire attention à eux, semblait dire : « Sont-ils beaux ! Sont-ils bien menés ! Quelle belle poignée de bois rouge derrière le joug ! » Gilbert se sentait observé ; il allait droit, suivi par ses six bœufs, dans le couloir ensoleillé, et il alla ainsi jusqu'à l'étable où il trouva vingt autres bœufs blancs de la Nièvre, mais des jeunes, de trois et quatre ans, et qu'on avait habitués à tirer au collier. En déjuguant ses bœufs, il riait en songeant à ces colliers, à ces harnais qui ont l'air de haillons, et qui enlèvent aux attelages la barre sculpturale du joug, et l'ensemble dans les mouvements, et cette belle torsion des têtes géminées qui se courbent pour l'effort et se relèvent quand tout va bien.

L'après-midi fut employé par Gilbert à soigner ses bêtes et à visiter la cité rurale du Pain-Fendu. Le bouvier nivernais avait vu de belles fermes, certes, et des exploitations plus luxueuses peut-être, mais nulle part il n'avait rencontré, sous un seul fermier, un domaine aussi étendu, d'aussi vastes étables, autant de matériel, ni cet air d'industrie, d'usine, qui était ici, dans ce coin frontière, l'expression âpre et souffrante de la terre elle-même. Car, venant de la gare, distante d'un kilomètre, il s'était senti bien étranger dans ce pays sans haies, tout plat, où l'horizon était court cependant, à cause du jour laiteux qui buvait les lointains et d'où sortaient seulement des silhouettes imprécises de villages, hérissées de cheminées d'usines, des fragments de faubourgs tombés dans la campagne. Il ignorait les noms ; il savait seulement que le gros amas de maisons, presque une ville, qu'il avait traversé, s'appelait Onnaing.

Le soleil et les mouches faisaient meugler et se démener les bêtes parquées dans la grande cour, et l'odeur du fumier se levait entre les murs. Les chariots à quatre roues, qui avaient transporté les gerbes des derniers chaumes, rentrèrent, dans un halo de poussière blonde. On entendit des jurons, des bruits de chaînes traînées, des pas de chevaux et de bœufs, martelant au passage le seuil des portes. Puis les bouviers qui logeaient à Onnaing ou à Quarouble quittèrent la ferme. Gilbert Cloquet entra, avec ceux qui habitaient le Pain-Fendu, dans la salle, basse d'étage, ornée de papier à croisillons blancs et bleu cru, où les domestiques prenaient leur repas. Une longue table de chêne ciré, des brocs de bière, des assiettes blanches, des serviettes, – on n'en avait pas à la Vigie, – deux bouviers, trois domestiques employés au service des chevaux et du roulage, deux femmes de basse-cour chargées de la laiterie et qui sentaient le lait caillé, et au haut bout de la table, le grand Jude Heilman, à la figure grasse, colorée et brutale, et, près de lui... Quand Gilbert Cloquet aperçut, dans la lumière de la lampe mêlée à celle du jour et embellie par elle, la jeune femme du contremaître, il hésita à s'asseoir, intimidé, comme s'il eût été devant quelque grande dame du pays de Nièvre. Ce n'était cependant pas une grande dame, Perrine Heilman. Elle était vêtue d'une robe noire que protégeait un tablier à épaulettes, en toile mauve ; elle était active, simple, gaie, elle avait l'œil à tout, depuis la cuisine et le poulailler jusqu'à la laiterie et aux étables mêmes, et ceux qui connaissaient la ferme du Pain-Fendu disaient que le contremaître, c'était la contremaîtresse, et que l'un faisait tout le bruit, et l'autre tout l'ouvrage. Mais Gilbert ne voyait que les beaux cheveux blond châtain, bien lissés en bandeaux et relevés en chignon, le cou mince et veiné de bleu, le visage rose, un peu rond, pas aussi fin de traits que celui de madame de Meximieu, moins spirituel que celui de mademoiselle Antoinette Jacquemin, mais si doux, d'une volonté si droite, d'une bonté si prête et si discrète, et des yeux piquetés de roux, comme deux brins de réséda, qui le regardaient, lui le nouveau venu. Il fit un signe de tête, gauchement, comme il en avait fait, dans sa jeunesse, devant une statuette de madone accrochée au tronc d'un chêne, et il se mit à table. Madame Heilman, au grand étonnement de Gilbert, se signa en prenant place à table, puis elle servit la soupe, et fit les parts de bœuf bouilli. Les hommes mangeaient voracement, causant entre eux à gros éclats de voix. Madame Heilman riait quelquefois d'une chose qu'ils disaient, mais ils ne lui adressaient guère la parole, étant gênés par son défaut de vulgarité, plus que par son autorité. Le mari, droit, dominant de la tête tous les convives, – et il y en avait de belle taille, – avalait régulièrement la soupe, le pain, la viande, et buvait de fortes rasades de bière, en regardant le mur en face de lui, comme si, en arrière, il voyait les champs où la récolte était finie, où les terres lasses attendaient et demandaient le repos. Et lui, il les déchirait en imagination, il les retournait, les séparait en distribuant les cultures, et les forçait à la vie. Le rêve et le calcul ne quittaient que rarement ces petits yeux fixes, durs à la terre, durs aux hommes, durs aux bêtes. À table, il était comme muet. Ses ordres, il les donnait le matin, à cinq heures et demie, à six heures, suivant les saisons, quand tous les employés de la grande usine terrienne étaient réunis dans la cour.

Le souper finissait, lorsqu'un des bouviers tira de sa poche une pipe, un paquet de tabac belge, bourra le fourneau, puis, renversé sur sa chaise, alluma la pipe, et son visage apparut rouge et bleu, dans l'éclair de la flamme et de la fumée. Il resta à table, les deux coudes appuyés sur le bois, tandis que les autres domestiques quittaient la salle, pour aller fumer dehors, ou prendre le frais sur le chemin, devant le portail d'entrée, et que les servantes enlevaient les assiettes et les brocs. Gilbert n'avait pas dit un mot. Il eut envie de fumer, lui aussi, mais l'acte de ce Picard, allumant sa pipe devant la patronne et tout près d'elle, lui avait paru contraire à la politesse. On ne faisait pas ainsi dans la Nièvre. Et, un peu pour donner une leçon, un peu par désir de se faire bien voir, il écarta sa chaise de la table, la porta jusqu'auprès du poêle, qui était au fond de la pièce, et, soulevant sa casquette :

– Est-ce qu'il y a moyen, patronne, avec votre permission ?

Il montrait sa pipe, à bout de bras.

– Certainement, monsieur Cloquet. Tout le monde peut fumer ici.

Elle s'était détournée, pour dire cela. Puis elle se remit à écouter son mari qui, la dominant de deux pieds, le menton rentré dans le cou, la lèvre supérieure avançante, parlait de haut en bas, en surveillant sa voix, et probablement grondait madame Heilman de quelque manquement au programme sans limite et sans repos qu'elle avait à remplir. Quand il eut quitté la salle à manger, elle aida les servantes à remettre toutes choses en ordre, et, comme elle passait à côté de Gilbert, elle dit :

– J'ai vu tantôt les plus beaux bœufs de Nièvre que j'aie jamais vus ici. S'ils sont, de plus, bons au harnais, c'est une merveille.

– Vous êtes bien honnête pour eux, fit Gilbert, en retirant sa casquette de dessus sa tête, et comme s'il promettait de répéter aux absents ce qu'on venait de dire à leur sujet.

Il se leva, quand il eut achevé sa pipe. La pièce était déserte. Dans la cour, sous les étoiles sans lune, les bêtes dormaient, couchées, ou debout et les pieds écartés pour mieux tenir l'équilibre. Gilbert avait envie de connaître son nouveau domaine. La grande porte restait ouverte sur les champs jusqu'à dix heures ; après quoi la cité

La ferme du pain-fendu

était close et il y avait, sur la terre plate, une forteresse de brique le long de laquelle le vent relevait en lames son courant brisé. Gilbert s'avança, les mains dans les poches. Les piliers de brique et le linteau découpaient un immense carré moitié ciel et moitié plaine. Il venait par là un air chaud et tremblant. Trois hommes étaient assis sur un tas de cailloux, à droite de l'entrée. Plus loin, Gilbert en devina un autre qui avait le bras passé autour de la taille d'une femme, d'une des servantes, sans doute. Une tristesse subite le fit se détourner de ce coin où l'on s'aimait. Le bouvier pencha la tête, en dehors de la porte, vers la gauche, et au-delà de l'abîme d'ombre où s'enfonçaient la route, les terres, les poteaux de télégraphe, il aperçut une flamme qui n'éclairait rien, et qu'enveloppait une mince auréole dansante.

– Qu'est-ce que c'est ? demanda-t-il.

Une voix répondit :

– Le haut fourneau de Quiévrain. Quiévrain en Belgique. Tu ne connais donc rien ?

Il ne répondit pas, mais tourna sur lui-même, et revint vers l'étable où il devait coucher.

Son lit n'était plus, comme dans les jeunes années, à la Vigie, posé dans un coin de l'étable, et entouré d'un cadre de bois contre la corne des bêtes, mais pendu à cinq pieds du sol, au milieu de la longue file des bêtes, éclairé par une lanterne au bout d'un bras de fer. Gilbert monta par l'échelle, après avoir inspecté les crèches pour voir s'il ne manquait rien à ses bœufs, et, au-dessus des trente dos mouvants, alignés à droite et à gauche, et dont la blancheur diminuait, de proche en proche, jusqu'au bout du long bâtiment, il essaya de dormir. Malgré la fatigue du voyage, longtemps il resta éveillé. Il ne pensait ni à Marie, ni au hameau du Pas-du-Loup, ni à ses camarades, ni à rien de ce qui était encore trop voisin dans le temps. La honte, la peur de souffrir, le faisaient écarter les souvenirs de la veille et se reporter à l'époque où il couchait dans une bauge assez semblable à celle-ci, chez M. Fortier. Il comparait, avec ce passé, ce qu'il venait d'apprendre du pays des Picards, et il concluait : « Pourquoi suis-je venu à Onnaing, plutôt qu'à Lyon, ou dans les environs de Paris, ou sur les plateaux de la Champagne où les sucriers sont connus aussi ? » Et il ne trouvait aucune raison, et à cause de cela, il se sentait bien l'étranger, que rien n'accueille, et que rien ne retient. Il revoyait les menus faits de la soirée, la physionomie des gens. Malgré lui, l'image de cette femme enlacée par un homme, tout à l'heure, dans l'ombre du portail, lui revenait avec insistance et le troublait. Chez lui, il se préoccupait peu des gars et des filles qu'il rencontrait ainsi, pris d'amour, si ce n'est pour songer : « Ils se marieront, et le plus tôt sera le mieux ». Mais dans cette bauge du pays picard, pourquoi les visions étaient-elles plus tenaces ? Pourquoi le sang d'un bouvier qui avait déjà vécu longtemps s'échauffait-il comme celui d'un jeune homme ? Gilbert comprit que le changement n'était point seulement autour de lui. Il sentit qu'il était plus faible qu'à Fonteneilles. Les témoins habituels de sa vie étaient si loin, si loin...

La grande brise de Picardie caressait les murs de l'étable.

XI

Les labours de Picardie

Le lendemain, ayant nourri ses bêtes, il enjugua soigneusement ses quatre meilleurs bœufs, avec les jougs à poignée rouge, bien résolu à quitter le Pain-Fendu si on l'obligeait à changer sa belle mode nivernaise, et, ayant arrêté son harnais devant la porte de l'habitation du contremaître, il alla, comme les autres bouviers et domestiques, chercher des tartines de pain beurré, et un litre de bière qu'il mit dans une vieille carnassière que l'un de ses camarades lui prêta, et il partit pour la plaine. Heilman, d'après les ordres du fermier, avait distribué le travail aux hommes et aux bêtes assemblés.

Ce fut un dur labour, loin, du côté du courant de Quarouble, qu'on pouvait reconnaître à quelques saules nains et à des herbes, seul vert avec celui des choux, dans l'espace que blondissaient à l'infini les chaumes des avoines et des blés. Vaste plaine qui avait désappris l'ombre ! La terre, sèche depuis des mois, ne s'émiettait pas sous le soc ; elle venait en mottes longues comme des poutres, elle se couchait en travers de la charrue, elle laissait échapper des cris, de la poussière, une fumée âcre, et les mulots et les insectes, n'ayant pu creuser assez avant leur repaire, coulaient sur les sabots de l'homme avec les racines éventrées du froment. À petite distance de Gilbert, d'autres attelages labouraient. Mais ils s'arrêtaient plus souvent que le sien, et plus longtemps. Il n'était pas dix heures du matin, que l'espace labouré par les quatre bœufs de Gilbert faisait, dans le jaune éteint des chaumes, une tache d'un tiers plus large que les autres et fumante comme un canal vaseux fouillé par le soleil.

– Beau travail, dit Heilman qui passa, chaussé de bottes, un chapeau de paille sur la tête ; mais vos bœufs seront fourbus avant la huitaine.

– Ni eux, ni moi, répondit Gilbert.

– Nous verrons, quand va venir l'arrachage des betteraves. Cinquante hectares, quinze cent mille kilos à transporter avant le 15 novembre.

Le patron continua son chemin, diminuant dans la plaine, mais toujours plus grand que les bouviers auxquels, un moment, il parlait.

Le soir, il n'était question, au Pain-Fendu, que de ce bouvier nivernais et de ses bœufs. Gilbert entendait son nom, à table, murmuré, loué ou moqué. Il mangeait, plus las un peu que la veille, et un peu plus étranger. Après le souper, il se remit à fumer, à la même place, près du poêle. La femme du contremaître n'avait fait aucune attention à lui, occupée qu'elle était à servir les hommes et à répondre au bavardage des servantes, qui parlaient de leurs projets pour le lendemain dimanche. Mais, quand les hommes se furent retirés, elle s'approcha de Gilbert, comme elle avait fait la veille, et, se tenant debout auprès de lui qui était assis :

– Et vous, demanda-t-elle, que ferez-vous de votre journée de demain ?

– Rien, madame Heilman.

– Vous n'allez pas à la messe ?

– Non.

Elle mit sa main sur l'épaule du bouvier, d'un geste compatissant.

– Vous avez l'air malheureux, monsieur Cloquet. Un bon travailleur comme vous ! C'est le pays qui vous manque ?

– Non.

– Si vous êtes malade, on n'est pas dur ici ; vous serez bien soigné ; il faut le dire.

Elle se sentit regardée, d'en bas, comme par un chien qu'on caresse ; elle vit, dans cette lueur longue du regard qui montait, une surprise, une reconnaissance, une émotion, un désir que ce ne fût pas fini. Elle se mit à rire :

– Allons ! quand vous aurez passé seulement une semaine ici, vous serez tout habitué. Vous n'êtes plus un jeune homme, et on vous prendrait pour un grand enfant ! Mon pauvre Cloquet !

Elle s'éloigna, portant une chaise qu'elle voulait remettre en place, et déjà reprise par le travail. Gilbert s'était levé. Il sortit sans se retourner, il descendit le perron ; il fit le tour du parc où les bœufs rouges tournaient sur le fumier, et il se réfugia, tout au bout de l'enceinte de la ferme, près de la forge dont le feu était mort. Et il s'assit, passant ses deux mains sur son front, pour chasser la vision

Les labours de Picardie

trop douce, et les mots qui revenaient : « Mon pauvre Cloquet ! »
Comme elle avait dit cela ! Oui, comme autrefois le disait Adèle
Mirette, la femme qu'il avait aimée, celle qu'il eût aimée surtout, à
cette heure d'abandon ! C'était le même accent, et le même geste, et,
dans le regard, la même tendresse pure. « Mire-toi dans mes yeux,
mon Cloquet, mire-toi, je souffre quand tu souffres ! » Oh ! quel
vieux mot, plus jamais réentendu pendant de si longues années, et
qui ressuscitait, tout à coup, dans le souvenir du passé, et qui lui
noyait le cœur ! Elle était si jolie, cette madame Heilman ! Gilbert
entendit des chevaux qui se battaient, dans l'écurie voisine, et il y
courut, jurant comme il ne faisait point d'habitude, et, d'un coup
de courroie double, il les sépara si brutalement qu'il se dit :

– Qu'est-ce que j'ai ce soir, à faire du mal aux bêtes ?

Le lendemain, dimanche, lui si économe, il sortit dès que ses bêtes
eurent été soignées, déjeuna et dîna dans un estaminet d'Onnaing,
et ne rentra à la ferme que pour la nuit. Toute la journée, il avait
erré, seul, comme un soldat qui arrive dans une garnison, sur la
route de Valenciennes, et dans les quartiers enfumés qui avoisinent
la gare.

Bientôt les pluies commencèrent à tomber. Les grands labours,
pendant des semaines, occupèrent et lassèrent les hommes, les
chevaux, les bœufs. Le jour se leva plus tard et s'abîma plus vite
dans des brouillards qui se tenaient, tout l'après-midi, roulés à
petite distance des champs où l'on travaillait, et qui déferlaient, dès
que le soleil faiblissait. Puis l'époque vint de récolter les betteraves.
Dans les terres détrempées, Gilbert et ses camarades conduisaient
maintenant les chariots à quatre roues, remplis de betteraves,
jusqu'à la sucrerie d'Onnaing. Les six bœufs nivernais n'étaient pas
de trop pour arracher la voiture aux ornières que l'énorme poids
creusait sous le cercle de fer des roues. Il fallait s'arrêter pour faire
souffler les bêtes. « Que cherches-tu à l'horizon, Cloquet ? C'est-il
des arbres ? Il n'y en a point chez nous. C'est-il ta bonne amie ?
L'heure est passée, mon vieux. C'est-il un verre de bière ? Ça se
trouverait plus près de toi. » On le plaisantait prudemment, à cause
de son air peu commode. On essaya de l'interroger, pour voir ce
qu'il savait du monde. Mais il ne s'y prêta pas davantage. Après
quelques essais inutiles pour le faire parler du pays de Nièvre, ou
d'autre chose, ses camarades renoncèrent à troubler sa songerie,

ou à l'expliquer. On le considérait comme un de ces bergers qui perdent l'usage de la parole, peu à peu, et qui vont seuls, ne sachant causer qu'avec les moutons et les chiens.

Ce qu'il avait ? Une idée fixe et mauvaise le possédait. Gilbert aurait mieux fait de quitter la ferme. Il s'en était parlé à lui-même, deux ou trois fois. Mais la volonté lui avait manqué. Il se sentait faible, il restait, et il se cachait pour voir passer la femme de Jude Heilman. La fermière n'avait pas l'air de s'apercevoir de l'étrange allure de cet homme, qui la guettait, soir et matin. Il ne s'approchait pas, il la regardait traverser la cour, ouvrir une fenêtre, accompagner un marchand ou un visiteur. Quand il était près d'elle, aux repas, il était gêné, et ne levait les yeux qu'à la dérobée, puis, sitôt la dernière bouchée de pain avalée, il sortait. Depuis qu'elle vivait au milieu de ce personnel flottant de domestiques et de journaliers, elle avait souvent été obligée de se défendre contre l'un ou l'autre. Mais celui-là était d'une espèce nouvelle, plus sombre, plus inquiétante. Que faire ? Elle avait, dès le deuxième jour, compris qu'il y avait de la passion dans le silence de Gilbert Cloquet, et elle évitait de donner des prétextes à ce mauvais rêve, mais sa manière n'en était point changée, et madame Heilman restait aussi gaie, aussi vive et naturelle devant le bouvier que si elle n'avait rien deviné. « Si je le fais renvoyer, pensait-elle, où ira-t-il ? »

Un jour, cependant, elle l'appela. C'était dans la troisième semaine d'octobre. Un boucher de Quiévrain vint au Pain-Fendu. Dans le couloir de la maison il parlementa bruyamment avec la femme du contremaître. C'était un ami et un habitué de la ferme ; il achetait quelquefois ; il s'informait des prix et de l'état du bétail. Il s'appelait Jean Hourmel : gros homme, jeune, qui jouissait d'une grande réputation de fortune, de loyauté et d'entrain dans les affaires, et qui avait une espèce de puissance joviale et d'aisance, faite de ce bon renom, dont il marchait enveloppé. Madame Heilman était seule à la maison, le mari ne rentrerait pas avant midi. Elle offrit un verre de bière au boucher belge qui refusa, de la main, et qui demanda à visiter les étables. La jeune femme l'accompagna jusqu'à l'entrée du couloir, jeta un regard dans la cour, comme si elle cherchait quelqu'un, dit quelques mots tout bas à M. Hourmel, et appela, de sa voix un peu traînante :

– Monsieur Cloquet ?

Les labours de Picardie

La barbe fauve et les yeux clairs du Nivernais s'encadrèrent dans l'ouverture, d'une lucarne.

– Monsieur Cloquet, faites donc faire à monsieur Hourmel la visite des étables.

Le boucher, qui portait sur le bras une peau de bique grise, et qui n'avait point de blouse par-dessus sa jaquette comme en ont la plupart de ses confrères du Centre ou de Paris quand ils voyagent, s'arrêta d'abord en face de Gilbert, et considéra le bouvier avec une attention soutenue, sérieuse et muette. Sa physionomie joviale s'était détendue. Une petite moue relevait les moustaches coupées ras. Il termina son examen par un hochement de tête dont il garda pour lui-même le sens, et suivit Gilbert, qui connaissait la ferme à merveille, et pouvait l'expliquer. Le premier moment de mutisme passé, la conversation fut abondante entre deux hommes que le métier rapprochait l'un de l'autre. Ils parlèrent de France et de Belgique, de pâturage et de commerce, et Gilbert se laissa aller à raconter sa jeunesse et la formation des syndicats de bûcherons de la Nièvre. L'autre approuvait : « Connu ; chez nous, de même ; seulement, vous me paraissez être sans religion dans votre pays ? – Elle ne nous gêne pas. – Nous, elle nous aide. » Un peu plus tard, il dit : « Il faudrait que vous veniez me voir, Gilbert Cloquet ! » Il était bonhomme, ce boucher de Quiévrain. Il était fraternel avec le bouvier inconnu rencontré à la ferme ; il avait la force qui n'a pas besoin de mots pour attirer, et la pitié qui se devine, même quand elle plaisante.

– Vous avez besoin de distraction, à ce que je vois ; eh bien ! venez à la grande ducasse !

– Qu'est-ce que c'est ?

– La fête patronale de Quiévrain, la dédicace, la ducasse comme on dit chez nous, et qui a lieu le dimanche qui suit le 18 octobre, dimanche prochain autant dire. La ménagère mettra votre couvert.

– J'irai donc, fit Gilbert.

Le dimanche 21 octobre fut pour lui un jour de répit et presque un jour joyeux. Vers dix heures et demie, le bouvier prit, à Onnaing, le tramway qui vient de Valenciennes, et, en une demi-heure, il était en Belgique. La maison du boucher fut aisée à trouver : on n'avait qu'à suivre les rails, un bout de rue qui monte, un autre qui tourne à angle droit, et c'était là, sur la droite, à peu de distance. Une porte de chêne verni, à côté de l'étal, un salon qui servait de salle à manger, une cuisine derrière, puis une cour et des magasins : la maison avait bon air. Les hôtes recevaient Gilbert comme un ami, et madame Hourmel, une grande mince, aux joues plates, aux yeux doux et inquiets d'inquiétude ménagère, faisait des frais comme pour un prince. « Asseyez-vous ; vous prendrez une tasse de café ? Préférez-vous de la bière ? Dis, Hourmel, remets donc du charbon dans le poêle : monsieur Cloquet doit avoir froid ? »

Le pauvre, depuis longtemps, n'avait pas connu cet empressement de deux êtres appliqués à le recevoir, à le soigner, à l'égayer. Dans la salle, les pieds allongés et fumants contre la salamandre nickelée de madame Hourmel, il admirait le papier à fleurs qui couvrait les murs, les chromolithographies pieuses encadrées, des vide-poches donnés en prime par quelque magasin, deux têtes de chamois en terre cuite, des chaises de chêne blanc ciré, un buffet à deux corps et dont la vitrine était pleine de vaisselle multicolore et d'objets inutiles dans un modeste ménage, pinces à sucre, à asperges, pelles à poisson, cuillers de tout modèle et de toute taille, coupes et corbeilles en métal brillant. Il admirait. On lui racontait les histoires de Quiévrain. Il oubliait la sienne. On resta longtemps à table, dans la chaleur du poêle. La femme du boucher avait deviné que le Français avait de grandes peines, et qu'il était sans aide morale, d'aucune sorte. Elle dit, sérieusement, car elle avait une sorte de bonté grave et égale :

– Je vas aller servir la clientèle, pendant que vous ferez un tour de ducasse, Hourmel et vous ; mais je vous prie, désormais, de considérer la maison comme celle d'un de vos amis.

– De mon ami, alors, répondit Gilbert, car je ne m'en connais point, à moins que je n'appelle ainsi monsieur Michel.

– Vous n'avez pas d'ami ? Ni homme, ni femme ? Oh si !... Vous rougissez... Ah ! ce n'est pas bien de nous avoir caché cela !... Un Français, ça ne vieillit pas... Nous aurions dû nous le rappeler... Amusez-vous !

Les deux hommes passèrent un après-midi d'enfants, Gilbert empruntant un peu de gaieté à l'humeur joviale du boucher Hourmel. Ils tirèrent à la carabine ; ils assistèrent au jeu du papegai,

Les labours de Picardie

dans un pré, au bord de l'Honelle ; ils virent danser les ouvriers et les ouvrières de Quiévrain et de Blanc-Misseron ; visitèrent des amis qui offrirent du café, et quand ils se quittèrent, le soir, tard, à l'arrêt du tramway, après avoir soupé ensemble dans le petit salon aux têtes de chamois, ils étaient de belle humeur, et contents de s'être connus. Hourmel demanda :

– Au revoir, n'est-ce pas ? Combien restez-vous de temps encore au Pain-Fendu ?

– Peut-être huit jours, peut-être toujours. Mais, si j'y reste, je reviendrai ici.

– En tout cas, avant le 17 novembre, fit Hourmel, car je vais en voyage à ce moment-là.

Et le tramway s'enfonça dans la nuit, vers Onnaing.

XII

La bourrasque

Les semaines les plus sombres de l'année étaient venues. Tout le jour et toute la nuit, les nuages de grande pluie passaient, se succédant presque sans intervalle. La mer avait mis en eux la vie et la nourriture pour des milliards d'épis, et de fleurs, et d'arbres, et d'hommes, pour plus de plantes et d'êtres vivants qu'il n'y en avait sur la terre. Elle avait commandé au vent : « Distribue les forces, et ce qu'il y a de trop reviendra dans l'abîme pour en sortir de nouveau ». Et le vent mouillait les pays du Nord. Toute la Belgique, et les Flandres françaises, et la Hollande, et les provinces basses de l'Allemagne eurent de la peine à rentrer les dernières récoltes, et virent les charrettes embourbées, et les rouliers jurant, et aussi des jours où les hommes de la campagne durent demeurer enfermés, attendant l'éclaircie qui ne venait pas.

Tristes heures, dangereuses pour ceux qui ont au cœur un rêve malsain. Avant la fin de la première quinzaine de novembre, M. Walmery avait fait arracher l'énorme quantité de betteraves à sucre nourries et mûries sur cinquante hectares de terre. Les grands chariots avaient porté toute la récolte aux usines. Alors le fermier avait prescrit à Heilman de reprendre les labours, et, malgré le mauvais temps, tous les harnais de la ferme passaient dix heures dehors, et la terre, détrempée, luisait derrière eux, lissée par le versoir de fer. Les hommes se couvraient les épaules avec de vieilles vestes, ou des sacs à farine, ou des limousines. La pluie promenait ses fontaines noires, de l'est à l'ouest, du nord au sud, et les bêtes elles-mêmes avaient les paupières rouges, à cause du fouettement répété de l'eau. Le vent secouait les corneilles au vol. L'herbe sifflait au ras des mottes. Quelquefois, les laboureurs rentraient, ne pouvant tenir sous l'averse. Et s'il arrivait qu'un seul d'entre eux restât dans la plaine, c'était toujours Gilbert Cloquet, auquel on avait confié une charrue nouvelle, que les trois couples de grands bœufs blancs promenaient, la corne basse, et soufflant en mesure sur leurs jarrets tendus.

C'est ainsi que le vendredi 16 novembre, il fallut revenir en hâte au Pain-Fendu, dès dix heures du matin. Le ciel, tendu d'un seul nuage bleu d'ardoise, sans fissure et qui semblait immobile, laissait couler, depuis l'aube, une pluie pénétrante, serrée, égale, qui feutrait le poil des bêtes et le tordait en épis, entre lesquels, au contact de l'eau et du vent, la peau rose des flancs frémissait.

– Les bêtes ne tirent plus ! dit Heilman. Elles seraient capables d'être malades. Les hommes, il faut rentrer !

Et, voyant que Gilbert continuait son labour, il cria :

– L'ordre est pour tout le monde, pour les Nivernais comme pour les gars des Flandres !

Gilbert n'eut pas l'air d'entendre.

Les six bœufs, sous l'averse, continuèrent de tirer ; ils s'éloignèrent, enveloppés par la brume de leur souffle et par la vapeur qui se levait de leur dos. Le bouvier, en arrière, semblait plus grand que de coutume, dans l'auréole blonde de son attelage en sueur.

– Crève donc, si tu veux, Nivernais ! Mais si un de tes bœufs est malade, tu paieras les frais !

Toutes les charrues, moins une, reprirent le chemin de la ferme, se suivant l'une l'autre. Gilbert demeura seul, dans la plaine immense. La tache pâle des six bœufs voyageait au ras du sol, dans la pluie, sous le nuage bas. Les enfants des villages, qui regardaient de loin, à travers les vitres, disaient : « Qu'est-ce que c'est là-bas, qui roule et qui est blanc ? »

Gilbert n'avait pas obéi parce que Heilman lui était devenu odieux, parce que la passion s'était emparée du bouvier et le rendait fou. Il ne dormait plus. Il se prenait de querelle avec les domestiques pour les causes les plus futiles, surtout avec ceux qui lui semblaient être bien vus de madame Heilman. Il ne saluait plus le contremaître, il ne lui répondait plus. Le flegmatique Heilman tolérait cette humeur et s'en inquiétait même assez peu, sachant que l'autorité est difficile à exercer, dans les fermes où toujours les passants se mêlent aux ouvriers du pays. Même, il excusait Gilbert. « C'est un ancien, disait-il. Peut-être qu'il a rapporté de chez lui des peines qu'on ne sait pas. Et puis, il est fort. » La force lui plaisait, comme la plus belle chose qu'il connût.

Non, ce n'était pas le chagrin rapporté de chez lui qui tournait la tête à Gilbert, c'était le voisinage de cette belle jeunesse rencontrée dans la ferme, et l'éloignement des choses familières, qui retiennent l'esprit tenté et la chair qui faiblit. Comme ils étaient loin, tous les témoins de la vie honnête, tous ceux qui auraient pu se moquer, reprendre, conseiller ! Plus rien ne rappelait la mère Cloquet, ni l'enfance enveloppée dans son regard et protégée par lui, ni les années d'amour, ni la longue période où Gilbert était resté fidèle à la maison, au jardin, au bois du lit, à la cuiller d'étain et au souvenir de la morte. Étienne Justamond n'avait pas écrit. Les nouvelles de Michel n'étaient pas venues. Toutes les habitudes avaient été rompues, camaraderies, causeries, travail du bois, décor de la forêt et des herbages. Et dans le vide, le mauvais désir avait grandi. Il était le maître à présent de cet homme presque vieux. Pas un mot ne l'encourageait, pas un regard. Gilbert avait bien vu que madame Heilman se tenait sur ses gardes, évitait de lui parler, de le rencontrer. Il en voulait au mari, à l'obstacle, au chef. Une jalousie insensée lui rendait odieux les ordres, la surveillance, la présence d'Heilman. Parfois il aurait voulu qu'une roue de chariot passât sur le corps de ce géant tranquille et jeune ; il souhaitait de le voir frappé par un cheval, ou écrasé par un sac de grain tombé d'un grenier, ou qu'une échelle se rompît sous les pieds du contremaître. Si l'homme disparaissait, la femme deviendrait moins farouche, elle serait plus faible et moins bien gardée... Gilbert sentait que des idées voisines du crime le frôlaient. Quelquefois il se prenait d'horreur pour lui-même ; il apercevait sa folie ; il se rendait compte que l'âge était passé où il pouvait plaire à une femme, et alors le désespoir le saisissait. « Pourquoi vivre ? Quelle raison de travailler, quand personne ne fait seulement attention à moi ? Quand personne ne m'aimera plus jamais ? » Ses camarades disaient : « Qu'a-t-il encore ? » Il ne parlait à personne ; il se relevait le matin, sans avoir dormi, se demandant s'il n'allait pas « se faire disparaître ». Puis, une femme descendait le perron de la ferme ; une voix appelait la servante ; une main écartait le rideau de la grande salle : et l'ardente convoitise se rallumait dans les yeux du bouvier, et la fièvre dans son sang, et il avait ce plissement des paupières et ce tremblement furtif d'un chat qui guette un oiseau proche.

Comme il avait en peu de temps changé ! Où était-elle son idée de justice ? À vrai dire, jamais il n'avait songé à l'étendre au-delà des questions d'intérêt. Il ne raisonnait point, d'ailleurs ; il aimait.

La bourrasque

La nouveauté de la tentation avait vaincu tout de suite cet être abandonné.

Gilbert, labourant dans la tempête de pluie, croyait voir devant lui, tant sa folie était souveraine, au-dessus du guéret que ses bœufs allaient remuer, la femme grande, et rose, et coiffée en cheveux comme une dame, et ces yeux calmes qui avaient eu pitié de lui, hélas ! les premiers jours. Il la voyait, et il lui parlait tout haut, si bien que les bœufs, n'entendant plus leurs noms, s'étonnaient et perdaient de leur courage.

Après une heure, le bouvier cependant détela ses bêtes, et il revint à son tour. Quand il se fut occupé de ses bœufs, et qu'il les eut attachés devant leurs mangeoires pleines, il pensa à changer de linge et de vêtements. Comme il n'avait que deux habits, pour toute garde-robe, il dut mettre sa veste à boutons de corne, son chapeau de feutre à grands bords, et, ses sabots étant trempés, il mit ses bottes qu'il ne chaussait que le dimanche. Il rejoignit alors ses compagnons.

Ceux-ci travaillaient dans la grange couverte qui était bâtie juste en face des bâtiments d'habitation, de l'autre côté de la cour, et dans les magasins qui s'élevaient encore au-delà, et qui formaient une troisième ligne de constructions. Heilman avait donné l'ordre de nettoyer et de graisser les machines agricoles et les chariots. Les domestiques, mécontents, murmuraient, disant qu'on leur faisait faire la besogne du charron. Ils flânaient, s'interpellaient l'un l'autre, et s'excitaient à quitter le travail, parlant assez haut pour être entendus du contremaître qui inspectait les étables. Comme cela ne manque guère, quand il y en a plusieurs qui cherchent à ne pas travailler, deux des hommes se prirent de querelle, dans la grange où Gilbert s'était mis à remuer et à réempiler des madriers. La querelle était à moitié sérieuse, et les hommes y voyaient, l'un et l'autre, un moyen de boire une bouteille de bière, pour sceller la réconciliation aux frais de M. Walmery. Ils se tenaient à bras-le-corps. Gilbert intervint.

– Assez, dit-il, Gatien, tu lui feras du mal. Tu es le plus fort : faut pas être lâche !

– Le plus fort ?

Le petit Wallon Victor, devenu rouge comme une tuile, serra

Gatien à l'étouffer, et le jeta dans la poussière de la grange, contre une roue du chariot démonté. Il y eut un cri. Heilman entra par une porte de côté ; jura, par habitude ; sépara les combattants ; mais comme il aimait secrètement le spectacle des luttes et des jeux de force, il dit :

– Joli tout de même... Petit Wallon du diable !... Il en rosserait deux à la fois... Parole !

Victor, essoufflé, couvert de poussière, remontait la ceinture de cuir qui tenait son pantalon, tournait lentement sa tête carrée où luisaient des yeux étroits, bridés, jaunes et injectés de sang comme ceux d'un taureau. Il était debout sur le sol dégagé, entre la caisse du chariot démonté et la haute pile de madriers sur laquelle Gilbert était debout. Cinq ou six hommes venus des étables, de la forge, des magasins, l'observaient en riant. Gatien haussait les épaules, et refaisait le nœud de sa cravate rouge. L'averse continuait dehors. La pluie tombait en murailles grises le long du hangar, qui était ouvert dans le sens de la longueur, et que fermait, du côté de la cour, une cloison double en briques. Elle faisait un bruit de ruisseau. Le contremaître avait envie de s'offrir une distraction. L'odeur âcre de la poussière remuée excitait les nerfs.

– Je parie pour Victor ! reprit-il... Râblé, le petit Wallon !... Première force !...

– Qu'est-ce que vous pariez ? dit le forgeron, dans un coin.

Une voix près de lui, celle d'un petit berger qui se penchait en dehors, riposta :

– Tiens, voilà madame Heilman qui vient : celui qui gagne embrasse la patronne !

– C'est cela ! dirent de grosses voix amusées. Qui est-ce qui tient le pari ?

Heilman ne dit rien. Il consentait, indulgent, comme toute la campagne, à ces familiarités consenties en public. Il avait vu venir sa femme, lui aussi. Elle venait, courant, sautant d'une pierre sur l'autre, chaussée de sabots à brides, et la tête couverte d'un châle en tricot gris, qu'elle mettait le matin, dans les grands froids, pour aller surveiller la laiterie.

Quand elle entra, sous le vaste toit, deux hommes arrivèrent

La bourrasque

encore, des écuries et des greniers, comme des pigeons qui se laissent tomber du toit, et Victor lui ayant dit : « Patronne, celui qui sera vainqueur à la lutte vous embrassera ! » elle leva les épaules, à la manière des mères qui jugent qu'il y a un grain de folie dans les demandes de leurs enfants, et elle dit :

– J'étais venue pour prévenir Heilman que la bière est tirée.

Elle s'assit, à l'écart, sur un billot de chêne qui était placé contre le mur de brique. Et elle fronça les sourcils. Elle venait de voir Gilbert, qui avait sauté du haut de la pile de bois à terre, et qui se préparait à lutter. D'un revers de main, il avait jeté sa veste sur le timon du chariot, et il s'avançait jusqu'à deux pas de Victor.

– Je vous défie tous ! dit-il.

– Bravo, le vieux ! cria une voix... Il est galant !...

– T'es pas de force !... Donne-lui la bonne leçon, Victor !... À bas le Nivernais ! Vivent les Wallons !

Une rivalité confuse de races les animait tous. Ils formaient un demi-cercle ; ils tendaient le cou ; plusieurs montraient leurs dents jaunes entre leurs lèvres gercées par l'hiver.

– Attention, Victor ! Il est plus grand que toi.

– Oui, mais il a trente ans de plus... Ne le quitte pas des yeux, Victor !

Les deux hommes se taisaient, comme des duellistes, et chacun d'eux cherchait, tâtant du regard le corps de l'autre, la place où il allait jeter ses bras. Mais tandis que le plus petit ployait les jambes, et se rasait pour sauter, Gilbert demeurait droit, les pieds un peu écartés seulement, les mains hautes, la poitrine et les flancs non gardés. Victor profita de ce qu'il jugeait être un défaut d'habitude. Il se précipita, tête basse, contre le Nivernais, l'étreignit au niveau des dernières côtes, et, rassemblant toute sa force, il essaya de le renverser, de le surprendre à gauche, à droite, de l'étouffer, de lui faire plier les jarrets. Les muscles de son cou se tressaient sous la peau. Gilbert remuait à peine ; on voyait seulement ses joues devenir rouges, et sa bouche, et sa barbe blonde s'entrouvrir à l'appel des poumons qui manquaient d'air. Il laissait s'épuiser son adversaire. Tout à coup, les bras qu'il avait gardés haut s'abattirent ; il les noua autour de Victor courbé, il le souleva, et, d'un coup de reins, se redressant, il fit pirouetter l'homme, dont les jambes décrivirent un cercle, et s'abattirent sur les épaules et sur le dos du vieux bûcheron. Des cris de plaisir et de colère, mêlés, en tourbillon, enveloppèrent les lutteurs. « Assez ! Il est vaincu ! Non ! Tu vas le tuer ! Hardi ! » Gilbert, pendant qu'on criait encore, ramena les deux mains sous le corps de son rival, et le saisissant par le dos et par le bas des reins, enfonçant les doigts dans les vêtements, dans la graisse et les muscles, il le souleva encore et le tint à bout de bras. Victor hurlait et se débattait. Tous les hommes s'étaient levés. Heilman, dans le tumulte des applaudissements et des cris, faisait signe : « Assez ! Lâchez-le ! » Gilbert laissa tomber sur le sol le compagnon épouvanté, qui se sauva en jurant.

– Allons ! Gilbert, dit Heilman en riant, c'est gagné ! Vous n'y allez pas de main morte !... Vous avez donc appris ?

– Dans la forêt, on apprend tout, répondit Gilbert, en remettant sa veste.

– Eh bien ! reprit une voix, il n'embrasse pas la patronne ?

– Ça le regarde ! dit Heilman. Venez boire... Tous !... La bière est tirée...

Les domestiques suivirent le contremaître, et sous la pluie, en groupe serré et sabotant, quittèrent la grange. Les deux derniers jetèrent un regard en arrière. La patronne était restée assise sur le billot de chêne, le long du mur de brique Elle ne riait pas. Ils disparurent.

Gilbert Cloquet restait seul avec elle. Il était devenu tout pâle. Il n'osait plus s'approcher... Comme elle ne disait rien, et qu'elle le regardait d'un air de reproche et de pitié, il vint cependant, timide comme un enfant. La jeune femme avait l'air d'une statue d'église, aussi peu émue, aussi maternelle.

– Embrassez-moi donc, dit-elle, puisque vous avez gagné. Ce n'est pas cela qui est mal.

Il se pencha, et la baisa sur la joue, et elle ne le repoussa pas, mais il s'écarta de lui-même.

– Monsieur Cloquet, dit-elle, ce qui est mal, c'est la pensée que vous avez dans le cœur. Croyez-vous que je ne l'aie pas vue ?...

Il ne répondit pas, mais il devint blanc de visage, comme un mort.

La bourrasque

Elle parlait lentement, les yeux grands ouverts, et pleins de bonne justice.

– Un homme de cinquante ans ! Un homme qui a une fille de mon âge, une fille mariée comme moi !... C'est une honte de me poursuivre... J'ai été trop bonne pour vous dans les commencements...

Elle entendit une voix très basse qui disait :

– Oui.

Et l'homme s'écarta encore.

– Je ne veux pas vous faire renvoyer ; vous avez à gagner votre pain : mais il faut que cela cesse !

La voix répondit :

– Oui, cela va cesser.

– Et tout de suite, et pour toujours !

Pour la première fois, il la regarda bien en face, et elle vit que la mort était entrée en effet dans le cœur du bouvier.

– Adieu ! dit-il.

– Où allez-vous ?... Je ne vous demande pas de partir !...

Il ne répondit pas. Il s'était détourné, et, prenant son chapeau de feutre là où il avait pris sa veste, il se dirigeait du côté de l'est, par où la grange s'ouvrait sur la cour, et la cour sur la campagne. Il fut bientôt sous l'averse. Une voix, de la ferme, cria :

– Eh ! Cloquet, par ici ! Tu te trompes de chemin !

Une voix plus proche le rappela :

– Restez, mon pauvre Cloquet ! Je ne vous renvoie pas ! J'ai pitié de vous, allez ! seulement, je ne peux pas...

Ni l'une ni l'autre voix n'arrêtèrent ni ne ralentirent le bouvier. Sa haute silhouette se dessina, dans l'ouverture du portail de la ferme. Et Gilbert tourna à gauche, marchant vite, sans rien voir, dans la boue du chemin, sous la pluie qui ne cessait point.

Il était près de midi.

Quand il fut à plus de deux cents mètres du Pain-Fendu, il crut entendre, porté dans l'air mouillé, un cri de femme, et le mot : « Revenez ! » Mais la mort était dans son cœur. Le pauvre marchait sur le chemin désert. Il ne sentait pas l'eau qui ruisselait sur son cou et sur ses mains. « Un homme de cinquante ans !... C'est une honte de me poursuivre !... Elle a raison !... Je ne vaux pas la peine de vivre... » Il ne savait pas où il allait ; il fuyait ; le vent passait par rafales. « Elle m'a chassé !... Je n'ai plus personne sur la terre... Personne !... Quelle vie j'ai eue ! La voilà finie ! J'ai été pareil aux autres... Je suis un misérable... Pourtant, tu avais mieux commencé, mon pauvre Cloquet... Va-t'en, va-t'en ! Il ne faut pas que tu reviennes !... C'est une honte de me poursuivre... Cloquet, c'est à toi qu'on a dit cela !... Soyez tranquille, madame Heilman : on s'en va bien loin, on ne reviendra pas. » Il avançait difficilement, contre le vent, contre la pluie ; la boue retenait ses bottes ; le nuage, comme un rouleau, foulait la terre morte et les maisons closes...

Cloquet respirait mal ; il regardait le sol inondé qui fuyait sous lui. Le froid, les ténèbres, la lassitude, la honte, le chagrin de toute une vie, tout cela mêlé formait une folie puissante, qui se développait sous l'énorme averse, dans la fumée des eaux qui alanguissent le sang. Un vol de bêtes noires, corbeaux, courlis, vanneaux, coula au ras de la terre devant Cloquet, qui s'arrêta court : « Laissez-moi, vous autres ! Ne me touchez pas ! Je suis déjà assez malheureux ! » Les ailes fuyaient dans la bourrasque. Il chercha à reconnaître où il était. Il avait pris, en sortant de la ferme, le chemin qui coupe les champs et qui passe à la pointe du village de Quarouble, puis continue sur Quiévrechain. Tout le sang de son corps lui était remonté au visage, et sonnait la charge autour de son cerveau. Cloquet, les yeux égarés, considéra les maisons de Quarouble, vagues dans la pluie, à sa gauche, et il pensa. « Je n'ai qu'à retrouver la route de Valenciennes, et je me jetterai sous le tramway... Ça passe assez souvent... Ils ne me reconnaîtront même pas, quand je serai mort. » Il hésita. La honte le poussait. L'obscur instinct le retenait... Étaient-ce des voix qui venaient en remontant le vent, du coté du Pain-Fendu ? Non. La vaste ferme était effacée, noyée, abolie par la tempête de pluie... Le filet de boue tordu à travers les champs n'avait d'autre passant que le bouvier. Cloquet, bien loin, en avant, aperçut une petite lumière ; sans doute la fenêtre, éclairée par le feu, de quelque maison extrême de Quiévrechain... Et cela lui rappela Quiévrain qui est tout proche, et le boucher, son ami.. Sa pauvre tête lasse et malade fit effort pour se souvenir d'une date...

La bourrasque

Qu'avait-il dit, Hourmel ?... De quel jour avait-il parlé ?... Était-ce du 17 ? Un voyage ? La mémoire ne répondait plus. Les idées s'embrouillaient. « Je ne sais pas... Il ne sera plus là ?... Je lui ferais tout de même pitié... » Et ce fut cette vague espérance, ce demi-souvenir qui empêchèrent Gilbert de tourner par le chemin qui rejoint la route du tramway. Il se relança en avant, trempé, brisé, sans plus penser, ivre de misère. Et dans la tourmente, il atteignit Quiévrechain, traversa le bourg, entra dans Blanc-Misseron, monta la petite pente de Quiévrain... Puis, tout à coup, à bout de forces, ayant ouvert la porte de son ami Hourmel, il tomba, tout de son long, dans la salle chaude.

Deux heures plus tard, il s'éveillait, dans un lit auprès duquel veillait Hourmel. Le boucher prit la main du pauvre Nivernais, et dit :

– Eh bien ! vieux, ça va ? Quelle idée vous avez eue de venir par un temps pareil ?... Vous vous êtes égaré, je parie ?...

Cloquet avait encore un reste de folie dans le regard.

– J'avais cru que je n'étais pas comme les autres, Hourmel ; je suis comme eux : je n'ai pas de quoi vivre !...

– N'ayez pas peur ! répondait le boucher, en faisant signe de se taire à son ami ; n'ayez pas peur ; tant qu'il y aura du pain chez moi, vous n'en manquerez pas... Restez tranquille ; vous êtes déjà mieux.

La femme entrait sur ces mots. Elle ne s'expliquait point ce qui était arrivé. Mais, bien mieux que son mari, elle devinait que la misère n'était là qu'un petit personnage. Elle dit, à voix prudente :

– Dommage que tu partes demain, Hourmel. Il faudrait le consoler, cet homme-là. C'est le cœur qui est malade. Tu devrais renoncer à aller à FaŸt ?

– Je ferai mieux !

– Quoi donc ?

– Je l'emmènerai.

– Il ne voudra pas ?

– Femme, Gilbert Cloquet est notre ami. Si on pouvait le remettre dans le chemin ?

– Ainsi soit-il, dit la femme.

Le lendemain, samedi, Gilbert se leva aussi tard que s'il avait trop bu la veille. Il voulut prendre congé de Hourmel. Mais celui-ci le retint. Il lui demanda :

– Je vais en voyage ce soir. C'est convenu depuis longtemps. Puisque vous dites que je suis votre ami, eh bien ! ne nous séparons pas : accompagnez-moi ?

– Où ?

– À Faÿt-Manage, qui n'est pas bien loin de Quiévrain.

– Que ferez-vous là-bas ?

Le boucher hésita un temps à répondre, se mit à rire, malgré son inquiétude, et dit :

– Mon brave, nous serons pas mal de camarades belges, qui ferons la même chose. C'est une partie qu'on recommence tous les ans, autant que possible. Vous ne connaissez pas cela, vous autres de la Nièvre. Mais c'est justement ce qui vous manque... D'ailleurs, vous ne serez point obligé de faire comme nous. Venez seulement, par amitié pour moi ? Promettez-le ?

Et Gilbert dit oui. Il était las de la vie ; il avait peur d'être seul. Et il prit, le soir, avec Hourmel, un train qui les amena d'abord à Mons, puis, vers sept heures, à la Louvière.

Le temps s'était remis. Ils firent à pied le chemin qui sépare la Louvière de la colline de Faÿt-Manage.

La bourrasque

XIII

Faÿt-manage

La nuit était claire. Ils suivaient une longue route, qui n'était ni de campagne, ni de village, ni de ville, tantôt bordée par des haies de champs, tantôt par des maisons basses et rapprochées, tantôt par des murs d'usines, ou par des grilles derrière lesquelles on devinait un bosquet, une petite futaie et le toit large ouvert d'un hôtel bourgeois.

D'autres routes pareilles coupaient celle-là. On montait, on descendait. Il y avait, dans les creux, des coulées de prairies qui se perdaient dans la brume. Puis, des logements ouvriers, des becs de gaz étagés sur une côte, la vapeur rousse d'une salle de café où se mouvaient des ombres, succédaient à ces courts fragments de bordures non bâties.

Deux heures plus tôt, au moment où ils entraient dans la gare de Quiévrain, pour prendre leurs billets de chemin de fer, Hourmel avait dit à son compagnon :

– Je ne veux pas vous emmener par surprise, mon pauvre Gilbert. Vous m'avez suivi de confiance, mais je dois vous dire ce que je vais faire à Faÿt. Depuis le mois de mai, j'ai promis de m'y rendre. Moi et d'autres, des centaines et des milliers de camarades belges, nous avons l'habitude d'aller, de temps en temps, passer trois jours dans une maison de retraite. Elle est belle, notre maison de Faÿt ; on y est bien ; on vit ensemble, on entend parler de religion ; on pense à autre chose qu'à ses affaires. Moi, je n'ai jamais le cœur si content que dans ces jours-là. Mais si ça vous fait peur, tout de même, il ne faut pas venir ?

– On verra bien, avait répondu Gilbert. Quand j'ai donné ma parole, je ne commence pas par reculer.

Hourmel avait ajouté en riant :

– Vous ne serez pas le premier Français que j'aurai emmené avec moi. On vous recevra bien. Il vous en coûtera peu de monnaie. Et puis, si vous voulez mon avis, triste comme vous l'êtes, vous avez besoin de voir du nouveau.

Il avait raison plus encore qu'il ne croyait. Qu'importait à Gilbert d'aller ici ou là ? Sa plus grande crainte était de se retrouver seul, d'être ressaisi par les pensées d'abandon et de mort dont il sentait l'approche, au moindre moment de silence. C'est pourquoi, tout le long de la route, il avait paru presque gai, ne cessant d'interroger son compagnon. Un peu de reconnaissance l'attachait aussi à Hourmel. Il lui savait gré, non seulement de l'avoir recueilli et soigné, mais d'une autre chose encore, de ne pas lui avoir demandé : « Que s'est-il passé au Pain-Fendu ? Avez-vous été chassé ? Êtes-vous parti volontairement, et pourquoi ? » Non ; Hourmel s'était contenté d'un mot vague : « Là aussi, j'ai eu de la misère plus que je n'en peux porter ».

Ils marchaient donc, depuis une demi-heure. En arrière, un groupe d'hommes venait. On pouvait deviner qu'ils étaient jeunes, à la joie de leurs voix qui sonnaient dans la nuit. Hourmel indiqua du doigt, sur la colline, un clocher parmi des arbres dépouillés.

– Voilà l'église, dit-il, la maison n'est pas loin.

À ce moment, les trois hommes qui venaient et qui allaient dépasser Hourmel s'arrêtèrent, et l'un d'eux dit :

– Ah ! c'est toi, vieux ? Tu n'as pas besoin de dire où tu vas : j'y vais aussi !

C'étaient trois ouvriers de la région, deux métallurgistes de la Louvière et un wattman de tramway. Ils avaient une petite valise ou un sac à la main. Après les avoir nommés, Hourmel désigna son compagnon :

– Un Français de mes amis, qui vient voir comment ça se passe, chez nous.

– C'est pas secret ! répondit le wattman en riant.

Quelques pas plus loin, ils furent rejoints par quatre mineurs du Borinage, qui arrivaient de l'autre côté de la colline. La route commençait à descendre. À gauche, dans le mur qui suivait la pente, un large portail était ouvert à deux battants. Les Belges entrèrent en peloton, comme chez eux, sans attendre, encadrant Gilbert Cloquet qui regardait curieusement. Il se trouvait dans un jardin montant. Une allée sablée tournait autour d'une pelouse ronde. Au-delà, il y avait, barrant le jardin, un grand château de pierre blanche, à double étage. Au bas du perron, des ombres s'agitaient, – sans doute des arrivants, – et en haut, une autre ombre tenait à bout de bras une lampe que le vent faisait fumer terriblement.

– Par ici, Chermant !... Ah ! vous voilà, Henin, et vous, Derdael ! Bonjour ! Il fait froid, hein ? Entrez vite...

– Qui est celui-là, qui éclaire ? demanda Gilbert.

– Un Père jésuite : c'est eux qui prêchent ici.

– Je n'en avais jamais vu. Ça ressemble aux autres curés.

Il monta les marches du perron, et fut présenté par Hourmel, sans être nommé, simplement comme un ami français, au prêtre qui portait la lampe, et qui n'en demanda pas plus long.

– Parfait ! mon cher Hourmel. Vous le logerez à côté de vous. Salut, monsieur... Ah ! en voilà d'autres qui arrivent !...

Et il se pencha, de nouveau, au-dessus de la balustrade.

Gilbert pénétra dans un hall très éclairé et plein d'ouvriers en costume du dimanche, presque tous jeunes comme ceux qu'il avait rencontrés sur la route, et qui parlaient, s'appelaient, sans aucune gêne, et couraient bruyamment dans les couloirs.

– Ah çà ! dit-il, combien serez-vous donc ce soir, à coucher ici ?

Entre quatre-vingts et quatre-vingt-dix, répondit Hourmel en l'entraînant. On ne peut pas en loger plus... Venez, je vais vous montrer votre chambre.

Ils montèrent au premier. La visite de l'intérieur étonna moins Gilbert que l'aspect de la façade. Les chambres étaient bien propres, c'est vrai, mais sans glaces dorées, sans grands rideaux, sans courtepointes à fleurs, comme il en avait vu chez M. de Meximieu ou chez M. Jacquemin : on y voyait un lit de fer avec des draps blancs et une couverture, une table, une toilette en fer peint, une chaise, des murs clairs. L'impression la plus agréable qu'il ressentit fut celle de la chaleur. C'était bien chauffé chez les Belges. Les camarades étaient bruyants, mais ils paraissaient tous d'accord et de belle humeur ; ils se connaissaient ; ils se faisaient des farces d'écoliers ; la plupart étaient venus plusieurs fois à Faÿt. « Voilà mon ancienne chambre ; dites, père, je la reprends ? – Non, elle est déjà donnée. » Les prêtres lui parurent gais, eux aussi, et lui, il était triste et seul de son espèce. « Qu'est-ce que je suis venu faire ici ? » Il se sentait un commencement de colère contre lui-même, et il se dit que le lendemain, tout au moins le lendemain soir, il pourrait partir sans être impoli. La préoccupation de ne pas être grossier et un peu de curiosité le retenaient. Il soupa, dans une grande salle, au-dessous de la chapelle, et écouta sans comprendre grand-chose, avec une stupeur causée par la nouveauté de ce mélange de lecture et de repas, un ouvrier en jaquette, qui lisait tout haut, éclairé par une lampe, et juché dans une chaire, le long du mur de gauche.

– Eh bien ! Gilbert, demanda le boucher, quand le souper fut fini, tandis que les ouvriers de la terre et des fabriques de Belgique s'installaient dans une vaste pièce attenante à la salle à manger, et allumaient une pipe ou un cigare, eh bien ! vous ne m'en voulez pas de vous avoir emmené ?

– Je n'en sais rien, pour aujourd'hui ; mais pour demain, ça se pourrait.

L'autre se prit à rire, et les groupes, formés, dissociés, reformés sans cesse autour du bûcheron nivernais, leur grosse gaieté, leur camaraderie, leur foi, creusèrent de nouveau en lui la douleur de la solitude.

Bonnes gens, sans doute, – l'un d'eux vint causer avec Gilbert, et l'interrogea sur les fermes françaises, – mais si différents de ceux qu'il connaissait !

Il suivit la foule, vers huit heures et demie, à la chapelle, où les quatre-vingts retraitants chantèrent un cantique et répondirent la prière du soir, récitée par un Flamand, carré de visage, large d'épaules, jeune, qui disait les mots d'une voix qui pense, d'une voix qui exprimait une croyance de toute la jeunesse, et qui se glissait dans les cœurs.

– Qui est celui-là ? demanda Gilbert

– Un employé de laiterie, répondit le voisin, un gars qui tire à la perche comme Guillaume Tell. Il a abattu le perroquet dimanche dernier.

L'autel central était en bois de chêne, que Gilbert jugea de bonne qualité, et bien assemblé. Au bas du tabernacle, il y avait écrit, en lettres d'or : *Sanctus ! Sanctus ! Sanctus !*

Le bûcheron de France écouta avec attention, avec étonnement plus d'une fois, la première méditation qui fut faite, ce soir-là, dans la chapelle de Faÿt. Le prédicateur était un homme très grand et

Faÿt-manage

très gros, assis derrière une table, et qui, dès le début, s'épongeait le front, avec un large mouchoir blanc qu'il ne lâchait pas. Mais comme il parlait bravement et fortement ! Il avait l'âme peuple, celui-là, et quand il se taisait, on croyait entendre son cœur qui continuait de dire. « Je vous aime, mes pauvres, et ma vie est à vous ».

Gilbert se coucha cependant sans joie, et s'endormit. Le vent de Belgique secouait les vitres.

Le lendemain soir, ayant écouté encore trois fois le religieux qui prêchait la retraite, chanté en commun, et essayé avec ennui de songer dans la solitude de sa chambre, pendant les « temps libres », Gilbert prit la résolution de s'en aller. Après le souper, il s'approcha d'un prêtre qui causait avec des retraitants belges, homme de cinquante ans, qui avait dans le visage beaucoup de creux, beaucoup de souffrance sculptée, et cette transparence d'âme qui embellit la ruine et l'explique. Il ne le connaissait pas. Il ne le cherchait pas. Il le rencontrait. C'était un des jésuites – de la petite troupe de missionnaires de Faÿt-Manage, mais non celui qui avait prêché. Gilbert le regarda seulement, sans faire aucun signe, sans se mêler à la conversation, qui était gaie et banale, comme il faut qu'elle soit, après un jour de fatigue inusitée de l'esprit. Le Père se sépara du groupe, et vint à Gilbert.

– Toi, dit il, tu veux me parler ?

– Oui, monsieur le curé.

– Viens dehors : il fait beau, cette nuit.

Il ouvrit la porte du corridor où il se tenait, dans le courant des hommes, comme une balise qui arrête des brins de jonc au passage, et il sortit avec Gilbert. La nuit était bleue, étoilée, écouteuse. Des voix rares la traversaient, venant des rampes de maisons bâties du côté de Jolimont. Près du bûcheron, le prêtre s'engagea lentement dans l'allée d'un parc, qui montait doucement au-delà du « château », et qui paraissait immense dans les demi-ténèbres.

– Tu me pardonneras si je te tutoie : c'est une habitude, avec ceux qu'on aime. Dans ce pays-ci, on ne se formalise pas.

– Oh ! pour ces choses-là, je ne suis pas délicat. Monsieur le marquis de chez nous me tutoie, et aussi monsieur Michel. Il y en a à qui ça fait quelque chose : pas à moi.

– Eh bien ! mon ami, que veux-tu me dire ?

Le sable craquait sous les pieds largement chaussés des deux hommes ; le vent froid tourmentait quelques nuages éperdus, et il aurait été rude aux promeneurs, sans l'abri du mur. Gilbert attendit, pour parler, qu'il fût loin de la maison.

– Je vas vous quitter demain matin, dit-il.

– Déjà ?

– Je ne suis pas venu pour faire la retraite, moi. Je suis venu pour faire honneur au boucher de Quiévrain, et, pour dire vrai, je ne sais pas pourquoi...

– La main de Dieu est plus douce que celle des hommes, dit le prêtre. Elle t'a conduit sans te contraindre. Maintenant, tu veux t'en aller ? Je le regrette pour toi, mais tu es tout à fait libre. Seulement, tu prendras ton café, demain matin. Je ne veux pas que tu partes à jeun ?

– Vous êtes bien honnête, c'est pas de refus : mais combien que je vous dois ?

– Rien, mon brave. Les camarades paient vingt sous par jour, en tout. Toi, tu n'es resté qu'un jour : je ne veux pas que tu paies. Tu as été un invité, un cher passant, que je regrette.

Les mots entraient dans le cœur de Gilbert, par la porte fermée, celle des tendresses humaines. Depuis longtemps, personne ne lui avait parlé ainsi. Il était arrivé au point où l'avenue tourne et va passer devant un bosquet, où il y a une statue de la Vierge avec l'Enfant. Gilbert regardait, de l'autre côté, la longue pelouse presque blanche sous la lumière de la lune, et au-delà, derrière des retombées de branches sans feuilles, la façade de la maison et toutes les fenêtres, vivantes dans la nuit. Des éclats de voix et de rires s'élevèrent et moururent.

– Dis-moi, tu ne t'es pas trop ennuyé ici ?

– Oh ! pour ça non ! Vous pouvez le dire au prédicateur. J'ai vu qu'il n'avait pas de mépris pour les pauvres. J'ai vu qu'il avait de l'amitié pour nous. Ça me manque bien, allez !

– Tu es malheureux ?

Le bûcheron eut un sanglot, qui fut toute sa réponse. Il se raidit, mécontent de cette faiblesse, et toussa, pour bien montrer qu'il ne pleurait pas.

– Ne dis rien, si tu veux, mon pauvre. Mais si causer de ton chagrin peut te faire du bien, parle-m'en. Nous ne nous reverrons sans doute jamais. Et puis, tu sais, tu ne m'apprendras rien : toutes les misères de la vie, je les ai entendues.

– Je suis tout seul, dit Gilbert, je suis à bout de mon espérance.

– Ta femme t'a lâché ?

– Non, elle est morte. C'est ma fille, qui a été si ingrate, et si mauvaise, que je ne voudrais pas même vous raconter ce qu'elle a fait. J'en ai honte.

– Avais-tu d'autres enfants ?

– Non, elle était la seule. Et même avant qu'elle m'eût quitté, mes camarades m'ont tourné le dos, je les ai aidés pour leur syndicat ; j'ai travaillé pour avoir la justice...

– Et ils t'ont mal récompensé, naturellement ?

– Ils m'ont battu. Je ne suis pas avec eux pour faire le mal, et ils disent alors que je suis vieux.

– Tu ne l'es pas. Tu as l'air jeune encore !

– À vous je peux dire, monsieur le curé, qu'ils ont raison : je sens que je vieillis.

– Est-ce tout ? Tu as des parents ?

– Non. Il y a seulement un homme qui ne m'a jamais trahi. Je ne peux pas dire que j'aurais voté pour lui, non, c'est un noble : mais je l'aime tout de même. Et quand je suis parti pour le pays des Picards, avec les bœufs, vous comprenez, il était déjà si malade que je ne sais pas s'il n'est pas mort.

– Alors, que te reste-t-il ?

– Rien, monsieur le curé : je suis tout seul.

– C'est là ce qui te trompe, mon bon ami ! Dieu te reste, et il t'attend.

– Où est-il ?

– Entre toi et moi. Tu ne le connais pas, et il t'a fait venir ici pour que tu entendes son nom. Écoute-moi, car je devine que tu as l'âme droite. Je vais te quitter ; je suis attendu ; je dois m'occuper de plusieurs autres, et toi cependant, je ne veux pas te laisser aller dans la tristesse, vers la mort. As-tu une bonne mémoire ?

– Oui, malheureusement : je me rappelle tout.

– Même les mots ?

– Tous ceux que je comprends.

– Alors, après la prière, ce soir, dans ton lit, ne t'endors pas tout de suite. Repasse en esprit les choses que tu as entendues et qui t'ont touché le cœur ; dans le silence tu comprendras mieux ; et quand tu nous auras quittés, je penserai qu'au moins ce n'est pas sans une petite lumière, et sans un peu de consolation.

Ils étaient revenus près de l'aile droite de la grande maison. À travers les fentes des volets, la lumière des lampes rayait le sable. L'abbé s'arrêta ; il étendit les bras, comme ceux d'une croix ; il dit :

– Mon frère et mon ami, embrasse-moi !

Gilbert sentit battre contre son cœur un cœur qui l'aimait. Il ignorait le nom.

Dans le silence de la maison de retraite, à neuf heures et demie, quand les lumières furent éteintes, et que, tout le long des corridors, dans les chambres, les compagnons eurent commencé leur somme, Gilbert Cloquet se ressouvint de ce qu'il avait entendu.

Les phrases lui revenaient telles qu'elles avaient été dites, avec leur accent, avec la vie fraternelle et divine qu'elles enfermaient.

« Mon pauvre frère, pourvu que tu le veuilles, tu es riche. Ton travail est une prière, et l'appel à la justice, même quand il se trompe de temple, en est une autre. Tu lèves ta bêche, et les anges te voient ; tu es enveloppé d'amis invisibles ; ta peine et ta fatigue germent en moisson de gloire... Oh ! quelle joie de ne pas être jugé par les hommes ! Lui, il est la grande pitié, la grande bonté ! Il cherche toute âme droite. Il a pardonné les aveuglements de l'esprit. Il a pardonné surtout les fautes du cœur et des sens. Il n'a été sévère que pour les hypocrites. Tous les autres, il les attire à lui. Dieu n'injurie pas. Son reproche tient dans un regard. Lève seulement tes yeux, mon frère, et tu liras le pardon avant même le reproche. »

Gilbert pensa :

« Cela est beau ! Je suis donc quelque chose de grand, moi qui me croyais le rebut ? »

Et d'autres mots passèrent dans sa mémoire comme une marée :

« Nous sommes dans l'épreuve. La cloche qui chante a été dans le feu. Vous luttez pour gagner votre vie, et cela est un devoir bien beau ; on va dès le matin à l'ouvrage, on est dans le bruit, dans la poussière, ou dans l'ombre de la mine, ou dans la pluie et le froid. Celui d'entre vous qui pense à la paie et au repos qu'il prendra le soir n'a pas tort. Celui qui pense aux enfants et à la ménagère a plus de courage. Si vous pensiez à Dieu, vous en auriez beaucoup. Vous ne souffririez même plus. Mais cela passe peut-être votre compréhension aujourd'hui. En tout cas, vous ne seriez plus des violents, mais des forts ; plus des envieux, mais des ambitieux, et plus des asservis, mais des libres. Est-ce que vos pères n'ont pas eu leurs syndicats, leurs corporations, leurs bannières, et leurs luttes aussi ? Ils ont conquis la liberté ; ils ont, sur leurs épaules fraternelles, porté leurs syndics jusqu'à la noblesse. Après une belle vie, ils faisaient une belle mort. Vous n'êtes que des moitiés d'hommes, parce qu'on vous a renfermés dans la vie présente avec défense d'en sortir par la pensée. Et vous l'avez souffert ! Vous êtes bien plus pauvres que vous ne le supposez. Vous n'avez pas la terre, et vous n'avez plus le ciel. O mes bien-aimés, je veux vous rendre votre âme, votre belle âme ouvrière qui travaillait en chantant, qui s'enrichissait dans la justice, et qui s'envolait à Dieu dans la clarté. »

Dans une autre méditation, le prêtre avait dit :

« Les ennemis de l'Église se demandent toujours jusqu'à quel point ils peuvent lui faire du mal sans s'en faire à eux-mêmes. Mais à vous, ils en font toujours. Vous êtes ceux que la mauvaise parole blesse les premiers, parce que vous n'avez pas grande défense contre l'erreur ; vous êtes l'herbe toujours coupée, sur laquelle ils promènent encore leurs chariots pleins de foin. Dès qu'ils voient la pointe de votre esprit se lever vers le ciel, ils vous fauchent, ils vous rapetissent, ils ne vous laissent que votre racine et le droit de repousser. Mais ils veillent jalousement, et l'herbe n'est jamais haute... »

Il disait encore :

« Je vous appelle, comme saint Vincent de Paul, qui parlait ainsi :

» – Mon cœur brûle du feu de la charité. Pauvres du monde, je vous porte dans mon cœur. Venez à moi, votre pauvreté m'attire. Fils du vice, venez, enfants sans mère, rebuts du péché, cœurs en péril, venez !

» Vous êtes une merveille qui me confond, ouvriers venus ici pour la retraite ! Quand je songe à tant de difficultés que vous avez pour entrevoir la vérité religieuse, à tant d'autres que vous avez pour venir ici, je me sens votre admirateur autant que votre ami. Vous avez un si mince bagage quand vous arrivez : une valise en carton, une paire de souliers, et une chemise au bout d'un bâton. Mais le bagage de vérité que porte votre esprit est encore bien plus petit. Et ses voleurs ne se comptent pas. Savez-vous ce que je crois ? C'est que vous êtes les précurseurs, les premiers appelés, des foules qui se lèveront de partout, de la mine, de l'usine, de la campagne, des taudis, des galetas, redemandant leur ciel dont ils ont soif. Vous le demandez à Dieu, vous ! Les autres, ils le demanderont aux hommes, à coups de fusil et d'incendies, dans la révolte, les hurlements, les ruines, les blasphèmes ; ils pétriront la terre pour voir où on l'a cachée, la parcelle de joie infinie, le petit bout de radium qui ne s'épuise pas ; ils détruiront ce qu'ils convoitent pour voir ce qu'il y a de plaisir dans l'abus de la puissance ; ils répandront dans les rues l'argent qui aurait dû servir à l'aumône ; ils auront tout, excepté ce qu'ils cherchent. Vous croyez que c'est le pain qui vous manque ? Un peu. Mais le creux est plus profond. C'est Dieu qui vous manque. Priez-le avec moi. »

Le prêtre avait parlé de beaucoup d'autres choses : du péché et de la mort, de la rédemption, de la famille. Dans la dernière méditation, ce soir, il avait exalté l'espérance, comme s'il avait deviné la peine secrète de Gilbert.

« Mes bien-aimés, qu'est-ce que la vie sans la foi au paradis ? Une horreur. On souffre ; on se déteste ; on se le dit les uns aux autres ; on se le prouve ; on se bat pour cinq francs que le voisin a mis de côté, pour une peau de lapin qu'il aurait de plus que nous. L'intérêt est triste, toujours ; il est mécontent, toujours. Mais avec l'espoir du paradis, toute la figure du monde est changée ! On cherche bien encore à rendre la vie plus aisée, et c'est le droit de chacun. Mais comme on la domine ! Comme elle perd sa douleur ! La gueuse ! Tant mieux si elle rit, mais si elle pleure, la gêne même a son prix. Nous n'avons plus peur d'elle, ni de la mort. Avez-vous pensé à cela ? Nous retrouver tous, non seulement avec nos parents, nos enfants, nos amis, mais avec l'élite de toutes les races, de tous les temps ! L'assemblée plénière de tous les courages, de toutes les bontés, de toutes les noblesses d'âmes, chantant le même alleluia ! Quels héritiers vous êtes ! Je vous conseille d'en être fiers, moi, et de ne mépriser personne. Il y en aura, de vos camarades, que vous serez stupéfaits de rencontrer là-haut. Vous irez à eux : « Dis donc, tu as été une fameuse canaille !

– Je l'ai été, une seconde m'a racheté. » Si bas que vous soyez, tant que vous vivez, l'espérance est là ; elle descend avec nous jusqu'au fond de l'abîme ; vous n'avez qu'à l'appeler, et ses ailes sont à vous. »

Tout cela, tout ce qu'il avait entendu revenait dans le silence, et pénétrait le cœur du bûcheron. Couché dans son lit, les yeux clos, il n'avait jamais eu tant de pensées à la file, tant d'élans de tendresse, de regrets, tant de souvenirs qui luttaient les uns pour, les autres contre. Enfin, il dit : « J'irai ». Les larmes lui montèrent aux yeux, et elles coulèrent, très doucement. Une heure matinale sonna. Sans savoir pourquoi, il se redressa, il se mit à genoux, en chemise, sur son lit, et il chercha quelque chose à dire. Ne trouvant rien, il fit un grand signe de croix. C'était la seule prière dont il se souvînt. Elle l'endormit, comme si le sommeil avait attendu ce signe-là pour descendre.

Le lendemain matin, il se leva, mais il ne partit pas.

Le soir de ce même jour, qui était un lundi, il alla trouver le prêtre avec lequel il avait fait le tour du parc, et il reçut le pardon de tout ce qu'il y avait à absoudre dans sa pauvre vie. Il était tard. Comme d'autres, il avait remis au dernier moment cet aveu qui lui coûtait beaucoup. En quittant la cellule du prêtre, il se sentit léger comme un moucheron d'été. Avant d'ouvrir la porte, il se frotta les mains de contentement. Il l'ouvrit, et vit quatre compagnons qui attendaient et leur dit :

– À votre tour ! C'est pas la peine de vous faire du tracas, vous savez !

– Bravo, le vieux ! répondirent-ils.

Il suivit le corridor jusqu'au bout, entra dans sa chambre, et ouvrit la fenêtre qui donnait sur le parc. L'air, qui était froid, lui parut doux. Une allégresse flottait sans doute et passait dans la nuit. Les étoiles parlaient à Gilbert, et lui disaient bonjour. Il respirait amplement, pleinement, la tête levée, et il lui semblait qu'il avait encore son cœur d'enfant dans la poitrine. Et c'est justement à des temps très lointains qu'il songea d'abord, au temps de la Vigie, quand la mère Cloquet attendait son gars, tous les dimanches, sur la plus haute marche de l'église. « J'ai mis bien du temps à venir, maman, dit-il, mais me voilà. » Puis il pensa au lendemain, et son visage se rembrunit. Il alluma la lampe, et se mira dans le petit miroir tout rond qui pendait le long du mur. « Ça n'est pas possible, murmura-t-il, ça n'est pas digne. » Et, sortant de sa chambre, il alla frapper à la porte de Hourmel.

Le boucher commençait à se déshabiller.

– Qu'est-ce que vous voulez, Gilbert ?

Le bûcheron montra sa cravate, verte autrefois, mais déteinte et fanée par la grande pluie qu'elle avait reçue, et dit gravement :

– Je crois qu'il n'y a pas moyen, avec une cravate pareille.

– Elle n'est pas belle, pour sûr. Voulez-vous la mienne ?

– Non. Chez nous, on est glorieux, Hourmel. Quand ma fille à moi, qui s'appelle Marie, a fait sa communion, elle était la mieux habillée de tout Fonteneilles... Et moi, voyez-vous, mes Pâques, ça doit ressembler à celles de Marie : il y a plus de dix ans, et même plus de vingt que je les fais attendre.

– C'est juste, dit Hourmel, pour ne pas contrarier son ami.

Il chercha à rassembler ses souvenirs, – tous les muscles de son épais visage se tendirent en avant, – et il se rappela qu'un de ses camarades, avant de venir à Faÿt, avait assisté à un mariage.

– Il va vous prêter sa cravate blanche, mon vieux, et vous aurez l'air d'un prince. J'y vais tout de suite.

Il y alla. Le lendemain, au milieu des quatre-vingts hommes groupés dans la chapelle de Faÿt, il y en eut un qui portait une cravate blanche pour « faire ses Pâques de novembre ». C'était le fils de la mère Cloquet.

Quand on le vit rester à Faÿt, quand on apprit surtout qu'il était revenu à la foi, les camarades de Belgique lui marquèrent une amitié qui s'exprimait de plusieurs manières, en sourires, en paroles, en poignées de main, délicatement, fraternellement. « Eh bien ! disait l'un, tu dois être content ! » Puis, ayant peur d'avoir offensé le bûcheron : « C'est comme moi, tu sais, j'étais en retard de quelques termes, pour mon loyer, et me voilà quitte ! » Un autre disait : « Dites donc, vous qui êtes de l'autre côté de la frontière, vous ne trouvez pas que c'est drôle ? Voilà trois jours, je ne vous connaissais pas, et aujourd'hui, c'est comme si nous avions toujours vécu ensemble. » Gilbert répondait : « Oui, quand nous sommes arrivés ici, nous étions de toutes les sortes ; maintenant, il n'y en a plus que d'une sorte. » Le plus grand nombre l'invitaient ; ses voisins de chambre, ses voisins de table, un mineur, un métallurgiste de la Louvière :

– Venez donc faire un tour chez nous ?

Mais Gilbert remerciait, et répondait :

– Je ne peux pas. Je rentre avec Hourmel, et après, j'ai mon pays que je dois revoir.

Toute la nuit qui avait précédé ses « Pâques de novembre », il avait réfléchi à ce qu'il devait faire.

XIV
Le revenant

Il avait quitté Faÿt-Manage le mardi dans l'après-midi, avec le boucher de Quiévrain. À pied, l'un près de l'autre, ils refaisaient le chemin de Faÿt à la Louvière. Gilbert se taisait ; il se demandait si la joie qu'il éprouvait ne tenait pas à la compagnie des missionnaires et des ouvriers belges, au parc, aux chants, à la nouveauté des choses et à leur présence. Mais non : à mesure qu'il s'éloignait, il sentait que la paix était en lui, vivante. À la Louvière, ils prirent le chemin de fer. Le jour baissait, bien qu'il ne fût pas tard. Il faisait froid ; il faisait gris. Les routes plantées d'arbres, les terres ensemencées ou labourées, bordées de maisons, les buttes des mines de charbon, les bourgs où vingt cheminées d'usines fumaient au-dessus des blés en herbe, tout cela passait, et le contentement ne passait pas. Serrés l'un contre l'autre, le col de la jaquette relevé, un petit foulard autour du cou, les deux hommes, assis sur la même banquette, regardaient le pays fuyant que l'ombre effaçait. Le boucher nommait des villages, des gens, des fermes, il était revenu à sa pensée de tous les jours. Pas Gilbert. De ses bras croisés, il serrait fortement contre lui-même son maigre vêtement et la couverture, et c'était sans doute pour se garantir du froid, mais aussi, et secrètement, pour contenir je ne sais quelle force jeune, qui voulait parler, crier, s'échapper : son âme heureuse. Et, n'ayant pas l'habitude, il s'étonnait d'une joie qui dure.

– Eh bien ! dit le boucher, quand ils furent arrivés à la maison de Quiévrain, je pense que vous avez changé d'avis, et que vous restez au moins jusqu'à demain ?

– Même chez vous, je ne peux pas : il faut que je retourne au pays. Je ne voulais plus le revoir, parce que j'y souffrais. À présent, savez-vous pourquoi je n'ai plus peur d'y retourner ?...

– Je devine, dit le Belge tranquille.

– Vous devinez parce que vous avez toujours été comme je suis à présent. Mais moi, je m'étonne de ce que je fais. Je retourne chez nous parce que je n'ai plus le même cœur : la peine m'est égale.

Et comme Hourmel insistait pour garder son ami, Gilbert dit :

– Ma force a grandi : pourtant, je commence à être vieux, et je pense que je mourrai pauvre.

Il disait cela en présence de la femme de Hourmel, empressée, émue, et qui tenait la lampe levée devant le visage des deux voyageurs. Elle aurait bien voulu savoir ce qui était arrivé. Cependant, lorsqu'elle entendit parler Gilbert, elle ne demanda rien. Elle dit, laissant voir toute son âme sur son visage transparent et usé :

– Mon homme, il ne faut pas retenir ceux qui vont à leur devoir. Il y en a trop peu. Monsieur Cloquet nous quittera quand il aura bu un verre de bière avec nous.

Lorsque les deux hommes eurent donc trinqué ensemble, Gilbert dit adieu au boucher et à madame Hourmel. Et il s'enfonça, tout seul, entre les maisons de Quiévrain, vers la frontière de France et vers son destin nouveau.

Le tramway l'eut bientôt mené à Onnaing. Alors, Gilbert fut saisi par l'angoisse. Il allait revoir la ferme du Pain-Fendu. Jusqu'alors, cette pensée avait seulement traversé son esprit, vite, entre deux longs moments de calme, comme une giboulée. Maintenant, elle ne le quittait plus ; ne fallait-il pas rentrer, régler les comptes, reprendre les quelques hardes laissées dans la bauge ? Il s'engagea dans la rue qui passe devant l'église. Dans les usines, le feu des fours s'éteignait. Aux portes, des enfants mangeaient un morceau de pain avant de se coucher ; des hommes se tenaient debout, respirant la nuit, après tant d'heures d'atelier ; ils étaient éclairés en arrière par les lampes, et leurs vêtements pendaient en plis mous, las comme eux, le long de leurs corps. Gilbert les enviait au passage, parce qu'ils avaient un abri. Une grande pitié de lui-même le tentait et lui disait : « Cède-moi ? » Quand il fut dans la plaine, et que devant lui, il devina la ferme, à l'ombre énorme qu'elle levait dans le désert des guérets, il eut peur. « Ce n'est pourtant pas Heilman que je crains, songeait-il. S'il veut me battre, pour la première fois de ma vie je me laisserai battre : je l'ai mérité... » Non, il avait peur de lui-même, d'un désir qu'il sentait s'émouvoir et grandir dans son cœur, celui de se retrouver près de la femme du contremaître et de lui dire adieu. « Oh ! pas longtemps... Je lui demanderais pardon... Je lui raconterais que je suis tout changé !... » Pour ne pas écouter ces voix qui le troublaient, il fit un grand effort, et essaya de songer, en marchant, à ses bœufs, à chacun des objets qu'il avait apportés de la Nièvre et qu'il devait empaqueter tout à l'heure... Les murs sombres montaient ; les pignons des étables, des bergeries, de l'habitation, de la grange, se détachaient déjà vaguement l'un de l'autre, dans la nuit devenue laiteuse et glacée. Et toujours il sentait, au fond de lui-même, la poussée de cette volupté insinuante, dont il vidait son âme en disant non, mais qui sourdait de nouveau.

À pareille heure, les domestiques devaient avoir fini de souper. Quelques-uns fumaient sans doute ou causaient devant le grand portail. Gilbert n'alla pas jusque-là. Coupant à travers champs, il se dirigea vers une petite porte percée dans l'enceinte du Pain-Fendu, du côté d'Onnaing. Elle n'était heureusement pas fermée au verrou. Il n'eut qu'à soulever le panneau de bois, en se servant d'une pierre comme d'un levier, et la porte tourna sur les gonds. Le verger était désert, et désert le large couloir que bordaient les magasins, la forge, la première étable. Gilbert en arrivant dans le bas de la cour, ne vit qu'un seul homme autour du parc à fumier où les bœufs de Picardie dormaient : un journalier qui ne reconnut pas la silhouette du Nivernais, et qui se remit à verser la pulpe dans les mangeoires. Il s'abrita un moment derrière le pilier d'angle du hangar. On entendit la voix de Heilman, dans la salle à manger, puis dans le corridor. Sur le seuil, le contremaître parut. Gilbert le vit serrer la main d'un domestique qui, le souper fini, regagnait le village. Il s'avança rapidement, traversa la cour, monta les marches du perron.

– Monsieur Heilman ?

Celui-ci avait ouvert la porte de la salle à manger ; il se pencha en arrière, tournant la tête vers l'entrée du couloir d'où venait la voix. Ses yeux, déjà réhabitués à la lumière de la lampe, firent effort pour s'adapter à l'ombre...

– Ah ! c'est vous, Cloquet ? Entrez !

Gilbert était tout défaillant. Il monta les marches ; il entra, et regarda d'abord tout autour de lui. Madame Heilman n'était pas dans la salle à manger, où toutes choses venaient d'être mises en ordre par elle, comme chaque soir : la lampe sur la table bien nette, les chaises le long des murs, la cafetière près du foyer éteint, pour le café du lendemain. Heilman se tenait debout, les jambes appuyées au haut bout de la table, et face à la porte. Il considéra, en reniflant et le visage en défiance, ce bouvier de hasard, qui revenait sans doute demander du travail après son équipée. Il en avait déjà bien vu, de ces aventuriers, traversant les terres frontières, venus de l'ouest ou de l'est, ivrognes ou débauchés, nomades avant tout. Il en avait trop vu pour se montrer violent avec eux. Un long moment il attendit, surpris que Gilbert ne s'excusât pas.

– C'est un joli exemple que vous avez donné ! dit-il. Quatre jours de noce ! Moi qui vous avais pris pour un bon ouvrier ! Ma femme m'avait bien dit. « Il fera un coup de tête ! » Elle n'a rien compris, samedi soir, quand vous êtes parti... Mais vous êtes comme les autres, sans cœur à l'ouvrage. Où avez-vous été ?

Gilbert fit un geste vague :

– J'ai vu beaucoup de pays, dit-il.

– Et maintenant vous voudriez rentrer ? Je connais ça ; mais je dois vous prévenir :... je vous ai remplacé ; j'ai pris un jeune homme qui passait, quelqu'un qui ne vaut sans doute pas mieux que vous... ce qu'on trouve à présent.

– Non, je ne demande pas à rentrer ; je m'en retourne chez nous.

– Ah !... C'est bien !... Je vais vous payer, alors... Monsieur Walmery me remboursera...

Le contremaître alla ouvrir un des placards, et revint, les doigts plongés dans un sac en toile dont il avait dénoué la ficelle. Il fit claquer sur le bois de la table, une à une, les pièces d'or...

– ... Cent francs... cent vingt... cent quarante... Cela fait le compte, et même largement ?

– Oui.

– À présent, mon garçon, j'ai une lettre à vous remettre. Elle est arrivée à midi.

Il ouvrit le tiroir de la table, et tendit la lettre. Gilbert reconnut le timbre de Fonteneilles. Il laissa les pièces d'or sur la table, prit la lettre, déchira l'enveloppe. Il n'avait pas lu deux lignes, que ses yeux s'emplirent de larmes.

– Ah ! mon Dieu ! dit-il, monsieur Michel qui est mort !

Il avait cessé de lire. Ses mains étaient retombées le long de son corps. Sur ses joues et sa barbe les larmes coulaient, et il ne les essuyait pas, et il ne se cachait pas...

– Il est mort dimanche... C'est Étienne Justamond qui me le marque... Mon ami qui est mort !

Heilman, bien qu'il fût peu sensible aux peines des autres, fut remué par ce chagrin.

– Qui était-ce donc ? Un de vos parents ?

– Non.

– Ce n'était pourtant pas votre maître ?

– Je n'en ai pas. C'était un noble, monsieur Heilman. J'avais fauché pour son père, et puis pour lui. Il nous aimait, il causait avec moi : il aurait pu changer le pays.

Il compta sur ses doigts :

– Cinq heures d'ici Paris, puis six ou sept... J'arriverai peut-être trop tard pour l'enterrement...

Heilman hocha la tête, pour donner plus d'importance à sa réponse. Il admirait, au fond de lui-même, ce passant, et il le regrettait.

– Vous êtes un curieux homme, Gilbert.. Vous êtes le premier que j'aie entendu parler ainsi... Écoutez, il y aurait peut-être moyen de s'arranger...

– Lequel ? Est-ce qu'il y a un train tout de suite ?

– Je n'en sais rien, et ce n'est pas ce que je veux dire. Non Cloquet ; mais je pourrais vous garder...

Gilbert leva les bras, comme s'il sortait d'un rêve.

– Non, non ! Il ne faut pas me proposer cela... Je serais capable d'accepter... Laissez-moi aller...

Il s'avança, rafla l'or de ses deux mains, et l'enfouit dans sa poche. À ce moment, la porte qui faisait communiquer la salle avec la chambre de Heilman s'ouvrit. Une femme parut dans l'entre-bâillement, la tête à demi tournée vers quelqu'un qui la suivait et qui lui parlait sans doute.

– Gilbert ? appela Heilman, Gilbert ? venez donc au moins dire adieu à la patronne ?

Mais Gilbert avait disparu. Il fuyait. Il était déjà dans la cour, il gagnait le hangar, il entrait dans l'ombre. Heilman voulut le suivre et le rappeler. Sa femme l'arrêta. Elle avait les mots justes qui font céder les hommes.

– Laisse-le, dit-elle. Tu ne le connais pas bien : c'est un homme qui a eu plusieurs chagrins.

Gilbert était entré dans l'étable. En un tournemain, il eut plié les vêtements qu'il avait laissés dans le coin de sa bauge. Il lia le paquet avec une ceinture de cuir, et le jeta sur son dos. Puis il prit son bâton. En passant derrière ses six grands bœufs, qui mangeaient au râtelier, il ralentit sa marche.

– Adieu, mes bœufs ! Travaillez bien avec l'autre : moi, je retourne au pays.

Une des bêtes poussa un meuglement bref.

– Il me répond, dit le bouvier.

Il avait reconnu Griveau, qui avait la voix basse et le souffle court. Et il continua son chemin rapidement, retraversant le verger jusqu'à la petite porte ouverte dans le mur d'enceinte.

Les champs le revirent bientôt sur leurs guérets détrempés, puis sur le chemin qui mène à Onnaing. Les champs étaient nivelés et nus. Le village dormait. Quelques fumées traînaient encore, plus noires que l'ombre et couchées par le vent d'est. L'homme ne pensait plus à la ferme qu'il quittait. Toute son imagination et tout son cœur étaient dans la Nièvre. Il gémissait, il répétait : « Monsieur Michel que je ne verrai plus ! Mon ami qui est mort ! » Quand il arriva à la gare, il demanda :

– Je voudrais aller à Fonteneilles, qui est dans la Nièvre. Est-ce que j'y serai demain matin ?

– Le train 2916 va passer tout à l'heure. Prenez votre billet pour Paris. À Paris, on vous renseignera, si on connaît votre pays.

Gilbert monta dans un compartiment où il n'y avait qu'un voyageur. Il s'étendit sur la banquette, ses vêtements sous la tête, et il ferma les yeux. Le sommeil ne vint pas. Gilbert continuait de songer au lendemain, au travail, à la peine des jours à venir. Et maintenant il disait :

– Je ferai ma vie nouvelle comme si monsieur Michel me voyait.

XV
Le départ du maître

Michel de Meximieu était mort presque subitement, dans la nuit du dimanche au lundi. La nouvelle avait couru tout le pays, plus vite qu'un cheval au galop. « Monsieur de Fonteneilles est mort. – Le vieux ? – Non, le petit. – C'est dommage ; c'était le meilleur des deux ; il n'était pas fier. » Le lundi et le mardi, à l'angélus du matin et à celui du soir, les cloches de Fonteneilles sonnèrent longtemps, pour annoncer le trépas. Toutes les futaies, tous les taillis, tous les buissons des collines frémirent au passage de leur voix, et quelques âmes aussi, qui aimaient Michel de Meximieu.

Le château demeura pendant vingt-quatre heures entièrement clos, vide et muet. Puis on commença à transformer le vestibule en chapelle ardente. Une animation inusitée rompit le silence de l'avenue, de la cour, des granges voisines. À l'appel du marquis, arrivé dans la soirée du lundi, des ouvriers du pays, des employés de Corbigny affluèrent. Le bruit des scies et des marteaux s'éleva autour des murs. La curiosité, un peu de pitié humaine, un peu de regret s'émurent en même temps. Des voitures de châtelains descendirent l'avenue ; des paysans vinrent, assez rares d'abord, puis enhardis par le nombre, « pour donner l'eau bénite » ; d'autres, qui n'entrèrent point, se découvrirent devant la porte, et rôdèrent un moment dans le domaine que la mort avait ouvert à tous.

On rencontrait le marquis ici et là. Il veillait à tout ; il donnait des ordres, il régnait à Fonteneilles pour la première fois, salué de loin, respecté, obéi à demi-voix. Sa douleur l'avait rétabli en autorité et presque en amitié. Il disait : « Madame de Meximieu ne pourra venir ; elle est brisée ; plaignez-la ». La douleur lui inspirait des formules qui n'étaient point dans sa manière à lui, et que le cœur de tous les hommes entendait. Ils pensaient : « Comme il souffre, pour être doux comme ça ! » Les noms des fermiers, des domestiques de ferme, des bergers, au moins des plus anciens, il se les rappelait aussi bien que ceux de ses cavaliers. « Méhaut, mon ami, allez ouvrir le caveau de famille ; faites le nécessaire ; je ne veux pas de mains étrangères pour toucher à la demeure de nos morts. Il ne l'aurait pas permis, lui. Allez, mon ami, je sais que tout sera bien. » Il disait encore : « Monsieur l'abbé, je vous serai toute ma vie reconnaissant de l'avoir assisté à sa dernière heure. Vous avez tenu ma place, sans doute mieux que je n'aurais fait ; vous le compreniez mieux ; nous étions si différents, lui et moi : éducation, occupations, idéal même. Ah ! monsieur l'abbé, je souffre de n'avoir pas connu mon fils. Car ces différences, j'en ai souffert longtemps, mais je ne les ai approfondies que depuis qu'il est mort. C'est lui qui avait raison. Et nous voilà séparés à jamais, après avoir été absents, l'un pour l'autre, toute la vie... »

Le mercredi dès l'aube, Renard et le sacristain, le charron et le maréchal-ferrant de Fonteneilles achevaient de clouer à l'intérieur de l'église, de tendre, devant la porte qui ouvre sur le cimetière, de hautes draperies noires, semées de ces larmes qui sont l'image de tant d'autres et qui ne tombent pas. La paroisse n'avait que de vieilles tentures trop courtes ; on avait envoyé chercher tout le matériel des enterrements de première classe à Corbigny. Les hommes se hâtaient, aidés par des ouvriers de la ville. Ils ouvraient des caisses de cierges ; ils élevaient, à l'entrée de la nef tronquée, un catafalque si haut que jamais les gens du bourg n'en avaient vu un « si beau, avec des plumes aux coins ». Les voitures des marchands, qui montaient au pas la côte, s'arrêtaient ; des enfants, des vieilles femmes, de jeunes mères, le petit au poing, se tenaient autour du mur du cimetière, jasant, et parfois s'avançaient jusqu'à la porte, pour voir. Une odeur d'étoffe, comme il en flotte chez les drapiers, de cire et de moisi, emplissait la vieille église et alourdissait l'air.

L'heure est venue. Devant le château, dans la grande cour sablée, une foule considérable s'est massée. Elle fait deux taches mouvantes : l'une à droite, à l'entrée de l'avenue, l'autre, la plus grosse, du côté des communs. Ce sont des hommes de Fonteneilles, des bourgs voisins, de Corbigny et d'ailleurs, laboureurs, journaliers, artisans, petits propriétaires, marchands, auxquels se mêlent des femmes, en petit nombre, voilées de deuil ou vêtues de la canette des aïeules. On cause à voix basse. La rumeur augmente par moments et quelquefois s'éteint presque entièrement. Dans l'espace demeuré libre les voitures s'engagent au pas ; elles s'arrêtent devant le château, et vont se ranger en file devant les écuries à demi cachées par un massif d'arbres. Il en vient de tous les modèles et de toutes les époques, automobiles ou landaus amenant quelques parents ou amis des Meximieu, cabriolet du notaire, tilbury d'un homme d'affaires, carrioles élégantes ou charrettes anglaises des grands fermiers de la région, fiacres loués par des voyageurs dans quelque gare voisine. « Ça, c'est une voiture de chez Touchevier de Saint-Saulge ; celle-là de l'hôtel de la Poste ; celle-là de chez monsieur Cahouët, de Corbigny... Ah ! voici monsieur Honoré Fortier. » Le fermier de la Vigie arrive à pied, coiffé d'un chapeau de soie, très alerte encore et rose malgré l'âge, entrouvrant à peine, pour répondre aux bonjours de partout murmurés, ses lèvres minces, serrées depuis l'enfance par le secret paysan. « Reconnais-tu le gros qui passe ? C'est le marchand de bois de Saint-Imbert... – As-tu vu monsieur Jacquemin ? – Non, ni mademoiselle Antoinette... » Les yeux accompagnent les voitures ; on se pousse pour mieux voir ; on essaie de distinguer les visages derrière les vitres levées des portières, de surprendre les mots, le geste, la physionomie des nouveaux venus qui entrent dans le château par la porte tendue de noir, et derrière laquelle remuent des ombres vagues. La foule grossit constamment. Mais peu de paysans descendent l'avenue. Ils viennent par petits groupes, des bois, des terres, par les échaliers et les adresses, évitant les espaces découverts, qu'il faudrait parcourir sous le feu de tant de regards. La cour est pleine comme une place un jour de marché. À neuf heures, un grand mouvement se produit. Toutes les têtes se tournent du même côté. L'abbé Roubiaux, précédé de la « croix en or », cravatée de crêpe, et d'un peloton d'enfants de chœur, a été aperçu au haut de l'avenue. Derrière lui, descend le corbillard des pompes funèbres de Corbigny. C'est la seconde fois que « les pompes funèbres de la ville » pénètrent dans cette campagne de Fonteneilles. La première fois, on est venu chercher le corps d'une grosse dame, qui avait commencé par être nourrice à Paris, et qui était revenue au pays pour y mourir, très riche, on ne sait comment. Mais ce n'est pas la même voiture ; ce ne sont plus les deux chevaux caparaçonnés, emplumés, la voiture habillée de noir et d'argent ; non, c'est tout autre chose.

– Quel pauvre corbillard !

– Pour un comte !

– Ça serait bon pour des gens comme nous, des petites gens, comme ils disent.

Le départ du maître

– Un seul cheval !

– Et pas beau. On lui compte les côtes. Pas seulement la queue peignée.

– Comprends-tu pourquoi ?

– Non. C'est peut-être parce que le maire de Corbigny n'a pas voulu laisser sortir la grande voiture.

– La politique alors ?

– Est-ce qu'on sait ? Un noble, n'avoir qu'un cheval pour son enterrement, voilà ce que je n'ai jamais vu... Il y en a pourtant, des rentes, dans cette maison-là ! Plus de trente mille francs, que le marquis a touchés de la vente de ses bois !

– Vous n'y êtes pas ! Le garde Renard vient de me dire ce qui en est !

Trente personnes enveloppent l'homme qui sait.

– Eh bien ?

– Il paraît que le comte a fait un testament ; il a demandé la première classe à l'église, et la quatrième pour l'y mener...

– Il aura voulu faire gagner les curés.

– Sais-tu ce qui m'étonne ? C'est qu'il n'ait pas demandé à être porté à bras, par les hommes de ses fermes...

– Il n'a peut-être pas voulu les fatiguer : il était capable de penser à cela.

– Peut-être.

L'abbé Roubiaux récite les prières, les mots passent au-dessus de l'assemblée, dont leur pouvoir de discipline apaise la rumeur. Les fronts se découvrent. Subitement, un silence absolu, émouvant, fait d'émotion poignante. La voiture se remet en marche, et dans l'encadrement de la porte par où le fils, couché dans sa bière, vient de passer, le père apparaît, magnifique et douloureux, devenu tout blanc en quatre jours, le visage levé, le regard de ses yeux bleus fixé en avant, sur les couronnes de chrysanthèmes et de roses d'automne accrochées au toit du char funèbre, le corps sanglé dans une redingote où éclate un point rouge à l'endroit du cœur, le chapeau de soie au bout de la main droite, pendante et dégantée, la main gauche gantée, pendante aussi et immobile. Tous le regardent. Il ne voit personne. Il marche militairement. On dirait qu'il s'avance au son d'une fanfare qui chante le deuil du monde entier. Sa réputation de bravoure et de richesse, sa noblesse, ses années le grandissent, et la douleur y ajoutant son sacre, bien des hommes sentent les larmes leur monter aux yeux, et les pires ennemis des châteaux trouvent ce noble bien brave et bien digne de pitié. Il va lentement, il domine la foule, sa barbiche blanche et ses moustaches tremblent seules au vent.

Tous les amis suivent, les voisins, les clients et toute la campagne. Au bout de l'avenue de hêtres, le petit cheval maigre qui traîne le corbillard tourne à gauche, et le corps de Michel, autrefois comte de Meximieu, quitte à jamais la terre aimée de Fonteneilles.

À cet endroit, un homme se joint au cortège. C'est monsieur Jacquemin. Il n'a pas voulu entrer avant l'heure dans le domaine qui est le sien. Les cloches sonnent. Les futaies diminuent en arrière. Et devant les premières maisons du bourg, sur la place, dans le cimetière en terrasse qui enveloppe la tour de l'église, beaucoup de femmes, et des hommes encore, attendent le passage de la longue procession.

Lorsque la nef, les deux bras du transept, le chœur furent remplis de monde, tous les murs étant frôlés par des épaules, l'office commença. La flamme des cierges ne dissipait point les ténèbres amassées par les tentures. Elle luisait comme une étincelle arrêtée au vol et clouée dans la nuit. L'officiant se tenait près de la table de communion. Dans l'allée centrale, entre les bancs, une nouvelle procession s'organisait, celle des hommes et des femmes qui avaient connu le défunt, et, pour lui faire honneur, allaient « à l'offerte ». L'abbé Roubiaux considérait ces paroissiens que la mort et non pas Dieu amenait à l'église. « Elle est leur maîtresse, pensait-il, elle lève encore au-dessus d'eux la croix. » Ils venaient sur deux rangs ; ils baisaient le crucifix d'argent ; lèvres bien différentes de respect et d'amour ; lèvres inertes, dédaigneuses et déshabituées ; lèvres qui, à longueur de jour, blasphémaient, et qui n'osaient pas refuser en ce moment le geste traditionnel ; lèvres de vieilles femmes qui pressaient le métal, à l'endroit des pieds percés du Christ, et semblaient vouloir le dévorer. Et tous, et toutes, les hommes et les femmes de Fonteneilles, après avoir baisé le crucifix, déposaient un sou ou deux dans le plateau que tenait, sur son ventre, un enfant de

Le départ du maître

chœur placé près de l'officiant. Les riches, les pauvres défilaient. Les pauvres avaient pris la monnaie de l'offerte non dans leur poche, mais dans un autre plateau, où s'empilait une colline de billon, et que portait gravement, surveillant les preneurs à côté du bénitier, le garde de Fonteneilles. Toute la paroisse avait connu Michel, et presque toute elle donnait pour le repos de l'âme, parce que les anciens avaient cru, avaient aimé, avaient espéré fraternellement.

Un autre prêtre du canton avait remplacé l'abbé Roubiaux à l'offerte, et la procession continuait, et le bruit sec des sous tombant dans le plateau, quelquefois celui d'un baiser, se mêlait aux chants de la mort, aux invocations à la miséricorde, aux promesses de résurrection et d'éternité.

Le général, au premier rang, à gauche, debout, ne remuait qu'un bras, qu'il levait par moments jusqu'à la hauteur de ses yeux.

Et, l'office terminé, l'absoute donnée, le père sortit, retraversant la nef. Il se mit sur la haute marche du perron, le dos au montant du portail, en pleine lumière, répondant d'un signe de tête à tous les assistants qui passaient près de lui. Il n'entendait pas les mots qu'on lui disait : « Mon général, je vous plains ; mon général, je ne l'oublierai pas... » Il attendait. Il abaissait continuellement son regard sur ce cercueil placé là devant lui, sur le bord de l'allée qui traversait le cimetière, à la place la plus fréquentée et la plus honorable, près d'une grande dalle levée, marquée d'une croix, et qui portait l'inscription : « N'a failli Meximieu ». Six laboureurs de Fonteneilles avaient porté le corps jusqu'au seuil de cette demeure où il allait entrer, avant-dernier de son nom et dernière espérance de la race. Les six hommes étaient beaux, recueillis, émus par le voisinage et l'appareil des choses de la mort, et par le regard du général, qu'ils croyaient voir se poser sur eux. Des chants encore s'élevèrent ; une bénédiction descendit sur le cercueil. Le cimetière était plein ; il y avait des hommes, des enfants, des femmes entre toutes les tombes et jusque sur le mur d'enceinte. Et le soleil gris apparaissait et disparaissait, couvert par les brumes voyageuses.

Alors, comme le prêtre avait fini les prières et rentrait dans l'église, du haut du perron, le père étendit le bras. Une seconde fois, l'énorme foule fit silence. « Gens de Fonteneilles, dit-il, ma famille est finie ; mon fils est mort ; moi, vous ne me verrez plus !

Pendant quatre cents ans, les Meximieu ont vécu avec vos pères. Je vous constitue les gardiens du tombeau de cet enfant, et de mes aïeux qui dorment ici. Quand vous passerez, que ceux qui savent encore prier prient pour mon fils. Il vous aimait. Vous ne l'avez pas compris, pas assez. Je n'ai pas le droit de vous le reprocher, car, moi non plus, je n'ai su que dans les derniers temps ce qu'il valait. Il était meilleur que nous. Vous apprendrez par votre prêtre qu'il est mort en pensant à vous. Je n'ai pas la force de parler de ces choses-là. Je vous dis seulement : c'était un brave ; ne l'oubliez pas. Tâchez aussi d'être plus justes pour ceux qui prendront sa place sur la terre de Fonteneilles... Moi, je vous quitte. Mais je prie les pauvres de me permettre de leur distribuer moi-même les bons de la donnée de pain. Venez, mes amis ! Et pour tous les autres, adieu ! »

Des mots murmurés répondirent, ici et là :

« Est-ce qu'il a fait une donation au bureau de bienfaisance ? – Ça serait-il un hôpital qu'il aurait donné, pour Fonteneilles ? – Mais non, il n'avait pas même sa légitime, monsieur Michel, il vivait dans le bien de ses parents. »

Le garde s'approcha, avec un paquet de bons de pain, de chacun douze livres à prendre chez le boulanger du bourg. Le marquis descendit, jusqu'à la plus basse marche du perron, celle qui touchait la terre inégale et creusée en coquille par le pied des fidèles de tous les temps. Les pauvres vinrent, se mettant en file d'eux-mêmes, boiteux, cagneux, bossus, vieux du village ou des villages voisins, coureurs de la forêt, bonnes femmes en mantes noires, pareilles à des religieuses, mères qui traînaient une grappe d'enfants après elles. Et à chacun, le vieux gentilhomme donnait vingt-quatre livres de pain. « En souvenir de Michel de Meximieu ! » disait-il. La file était longue ; le marquis, tout ferme qu'il fût, fermait par moments les yeux pour s'empêcher de pleurer ; les assistants disaient entre eux : « C'est vrai qu'il était un bon homme, monsieur Michel ; on aurait peut-être fini par nous entendre avec lui. » Ils disaient encore : « Voilà qu'on va vendre Fonteneilles. Le marquis n'a plus le courage de revenir, et il vend sa terre. Car il n'a pas besoin d'argent, il est riche à millions. »

– En souvenir de Michel de Meximieu, répétait le marquis sur la plus basse marche de l'église.

Le départ du maître

Auprès de la tombe, une jeune fille, agenouillée dans l'herbe, penchée, accablée par sa peine, indifférente à tout le reste, pleurait. On ne l'avait pas vue venir. Elle était là. Les femmes surtout s'apitoyaient sur elle et disaient : « Il faut croire qu'elle l'aimait, la pauvre petite ! Quel joli ménage ça eût fait, et doux au pauvre monde ! »

Il y avait encore une douzaine de pauvres à servir, et qui formaient une file de quelques mètres à la droite du marquis, lorsqu'un homme, arrivant par la route et refoulant les groupes qui commençaient à descendre, monta les marches du cimetière. Comme il était de haute taille, toute l'assemblée le vit. Une grande rumeur courut : « Gilbert Cloquet qui revient de chez les Picards ! Regardez-le ! Sa barbe a blanchi, mais il a bon air tout de même ! Où va-t-il ? Il passe entre les tombes. Peut-être il veut parler au marquis ? »

Il voulait, en effet, parler à M. de Meximieu, et, jugeant peu poli de l'aborder de face et de troubler la distribution, il gagnait la partie de l'enclos où s'était formée la procession, maintenant finissante, des quêteurs de pain. Il se plaça au dernier rang, derrière une femme qui traînait un enfant, et il attendit son tour, piétinant comme elle dans l'herbe. On l'observait. Lui, la tête droite, et la barbe immobile sur sa veste boutonnée, il n'avait de regard que pour ce grand vieux noble qui se baissait en mesure, et qui disait si tristement : « En souvenir de Michel de Meximieu. » Ils furent bientôt l'un devant l'autre. Le châtelain de Fonteneilles, qui avait la vue troublée par les larmes, ne reconnut pas le faucheur de ses prés, et tendit un carré de carton sur lequel il y avait deux lignes d'écriture. Mais Gilbert dit, très bas, pour ne pas l'offenser :

– Je n'en ai pas encore besoin, monsieur Philippe. Je voulais vous dire deux choses.

– Ah ! c'est toi, mon pauvre Cloquet ! Monte à côté de moi pour me dire les deux choses : je t'entends mal.

Quand les deux hommes furent debout sur la même marche du perron, toute la foule pensa : « Il est aussi grand que le marquis, et même un peu plus aujourd'hui, parce que le marquis a trop de chagrin. »

– Je veux vous dire que j'aimais bien monsieur Michel, que je l'aurai toujours dans ma pensée. Je suis revenu de plus loin que Paris pour lui faire honneur.

M. de Meximieu prit les mains de Cloquet, et les serra.

Cloquet reprit :

– Vous vous en allez, monsieur Philippe. Ne vous occupez pas de le fleurir. Moi, je reste, et je veillerai sur lui. Ma vie durant je le fleurirai.

Un sanglot lui répondit, puis trois mots :

– Je t'en charge.

Et Gilbert Cloquet se retira, et se perdit dans la foule. Alors, le général de Meximieu descendit la marche. Il s'avança dans l'allée étroite au bord de laquelle étaient le cercueil, les couronnes, et le fossoyeur abruti par le vin et qui paraissait triste. Subitement un silence de pitié s'établit dans le cimetière, dans la route, dans le bourg. Même ceux qui ne pouvaient rien voir se taisaient. Antoinette Jacquemin n'était plus là. Le général s'arrêta, s'inclina, et fit le signe de la croix ; puis, par instinct, par habitude, ou peut-être sachant pourquoi, au moment de se détourner, il porta de nouveau la main à son front, et salua militairement. Se redressant de toute sa taille, il continua son chemin.

Il allait très vite. Il fuyait. On s'écartait devant lui.

Il traversa la place, répondant aux saluts d'une main fiévreuse, qui touchait le bord du chapeau. Deux notaires le suivaient, des gardes, des marchands de bois ou de biens, mais il tenait la tête, et ne parlait à personne. Le chemin descendait. L'avenue s'ouvrait. Le marquis leva les yeux, sans s'arrêter, vers le château et vers la lisière de forêt qui enveloppait les murs en demi-cercle blond. L'angoisse qui lui étreignait le cœur était pareille à celle qu'il avait éprouvée, sur les champs de bataille, en 1870. Toute une race était fauchée ; quatre cents ans de souvenirs et d'amitiés allaient s'éteindre, et le dernier de ces domaines qui servaient de fleurons à la couronne des marquis de Meximieu, lui, il l'avait vendu. Les fenêtres étaient closes. Elles resteraient ainsi jusqu'à ce que le nouveau maître les ouvrît au jour nouveau. L'ombre seule était encore à l'ancien maître, son signe, sa marque, un deuil sur les choses. Il entra, faisant signe aux importuns d'attendre. Dans le vestibule, un paquet de lettres, de cartes, de dépêches. Il y avait un télégramme de service apporté

Le départ du maître

depuis une heure. Le général l'ouvrit et eut un geste de colère. « En vérité, ils pouvaient se passer de moi ! Ils n'ont donc jamais souffert, ces gens là ! » On le rappelait d'urgence, à Paris, pour une grève qui venait d'éclater. Le ministre ordonnait : « Prenez le premier train, j'ai besoin de vous. » M. de Meximieu était seul dans le vestibule du château. Il déchira le papier, l'émietta, en froissa les débris qu'il jeta sur les dalles. « Tant pis ! Je n'irai pas ! » Il s'était promis de parcourir une dernière fois les chambres, les salons, les greniers encombrés de Fonteneilles ; de recevoir les fermiers ; de désigner à Renard les objets qu'il faudrait expédier d'abord à Paris. Il y avait des souvenirs sacrés. Madame de Meximieu lui avait fait promettre d'en rapporter lui-même plusieurs : « Ceci, et encore ceci que vous trouverez dans sa chambre, dans le fumoir... » Il le ferait. Et, en effet, il appela le garde, et il marcha vers l'escalier. Mais, au moment de monter la première marche, il s'arrêta ; il passa sa main sur son front comme pour dissiper un éblouissement.

– Non, dit-il, mon devoir de soldat est à Paris : allons !

Il reparut au dehors, laissant la porte ouverte, et dit à Renard qui accourait :

– Faites avancer l'auto.

Quand la voiture fut devant la porte :

– Messieurs, dit-il au groupe d'hommes qui l'attendaient, je vous enverrai mes instructions de Paris. Je suis obligé de partir. Affaires de service. Adieu !

Et, se jetant dans la voiture, sans regarder en arrière, il dit au chauffeur :

– Du soixante à l'heure, Édouard. Nous rejoignons, à La Charité, l'express pour Paris.

Au moment où l'automobile tournait au coin de l'avenue, et se lançait à toute vitesse sur la route de Laché, le bruit de la corne passa au-dessus des bois, et au-dessus du village de Fonteneilles. C'était le dernier adieu d'une race. Les femmes avaient regagné leur maison. Beaucoup d'hommes étaient restés sur la place de l'église, ou entrés dans les cabarets. Gilbert Cloquet causait au milieu d'une quarantaine d'entre eux, devant la porte du café Blanquaire. Il s'interrompit de raconter son voyage, et tous ils écoutèrent les appels de la corne qui s'éloignaient et diminuaient comme les étincelles d'une fusée. Ni les ennemis, ni les amis du château ne firent la moindre réflexion ; une même pensée sérieuse les tenait ; un sentiment commun de la fragilité humaine changeait leur silence en un hommage secret. Ce fut très court ; une voix usée, celle de Lamprière, demanda :

– Dis donc, Cloquet, si tu payais une tournée ? Quand on rentre au pays, on régale.

– C'est de droit, fit le journalier : je veux bien.

– Et puis, tu sais, ça ne t'empêchera pas de raconter ton voyage ; et chez Blanquaire on sera mieux que dehors : il fait une sale brume.

Cloquet leva la tête. Les nuages filaient, énormes et mous, effrangés par le vent, et laissaient tomber une poussière d'eau glacée.

– Ils viennent du pays d'où je viens, dit-il, où les gens valent mieux que la pluie... Allons, qui est-ce qui me suit ?

Il entra chez Blanquaire, et la plupart des hommes, qui se jugèrent invités par le regard circulaire du journalier, entrèrent aussi. Plusieurs sortirent des maisons voisines, ou quittèrent l'abri du mur de l'église. La longue salle du café s'emplit du vacarme des voix et du crissement des carreaux rayés par les clous des semelles, et bientôt, autour des tables de bois, disposées sur deux rangs, depuis la porte jusqu'au fond, c'est à peine si trois ou quatre tabourets demeurèrent vides. Presque tous les compagnons des bois étaient là : Ravoux, qui avait pénétré dans la salle quand M. de Meximieu parlait encore et par manière de protestation ; Supiat Gueule-de-Renard, survenu au dernier moment, et entré sans invitation, l'œil inquiet et la bouche ricanante ; Durgé, qui avait brisé naguère la première faucheuse de Fonteneilles ; Gaudhon, l'ancien cuirassier ; Trépart, l'énorme roulier qui ne riait qu'à la fin des dîners de noces ; Méhaut, Justamond, Lamprière et d'autres, qui étaient comme eux des hommes faits ; il y avait aussi, en petit nombre, de tout jeunes ouvriers, que leur jeunesse attirait l'un vers l'autre, et qui s'appelaient dans la cohue des aînés : « Étienne Justamond ? Jean-Jean ? Par ici ? J'ai une place pour toi ! » Pendant plusieurs minutes, la salle du café Blanquaire ressembla à ces salles d'auberge, prises d'assaut, les jours de foire, par les vendeurs et les marchands criant là comme dehors, pressés de boire, parieurs et dépensiers par orgueil, maîtres du lieu banal, du mobilier, du vin et de l'hôte qu'ils peuvent payer et qui doit rire. C'étaient les mêmes cris, les mêmes agaceries aux deux filles de Blanquaire qui apportaient les bouteilles, et qui se défendaient mal, en habituées ; les mêmes bourrades à l'adresse du cafetier, le même bruit de bouchons qui sautent et de verres qui se heurtent. Mais, très vite, il fut évident qu'une pensée dominante, une curiosité commune, excitaient tous ces hommes, groupés par quatre autour des tables. Des mains montraient Gilbert Cloquet ; des têtes se tournaient vers lui. Il s'était assis vers le milieu de la salle, près du mur de droite, et il n'y avait près de lui qu'un seul buveur, et encore celui-ci, un tout jeune, Jean-Jean, le siffleur de Montreuillon, s'était-il mis au haut bout de la table. Gilbert, les bras croisés à côté de son verre plein, considérait ses anciens compagnons qu'il revoyait après plusieurs mois d'absence ; il se sentait observé et il observait, attentif, silencieux, comme un vieux pilote qui a vent debout. Quelquefois seulement, d'un signe de tête, il répondait au bonsoir d'un camarade. Une voix, du fond de la salle, dit :

– Ses opinions ont changé, paraît-il. On assure qu'il n'est plus avec nous.

Il demeura muet, mais il releva un peu le front, pour voir qui parlait. C'était Ravoux, assis au fond de la salle, au milieu d'un groupe compact. Une autre voix, ardente et haute, repartit, à l'autre bout du café, près de la porte :

– Il ne s'en cache pas. Vous l'avez vu parler au noble, tout à l'heure. Et il n'y a pas dix minutes, il racontait que les Belges valent mieux que les gars de la Nièvre.

Un murmure courut ; des torses penchés se redressèrent ; des yeux étonnés, d'autres défiants, d'autres irrités, interrogèrent Gilbert Cloquet, et les verres furent posés sur les tables.

Il ne bougea pas plus qu'une colonne. Quelques voisins, qui n'étaient pas tout proches, cependant, écartèrent leur tabouret. La voix gouailleuse de Supiat reprit :

– Il faudrait tout de même savoir le fond des choses. La saison commence dans la forêt, on ne peut pas avoir des traîtres parmi nous.

Des protestations l'interrompirent :

– Ce n'en est pas un, voyons ! Dis, Cloquet, que tu n'en es pas un ?

– À voir comme il parlait, sur la place, et la façon dont il a salué l'église, continua Supiat, moi je vous dis que Gilbert Cloquet ici présent est devenu quelque chose comme un clérical. Je ne jurerais pas que, chez les Picards, on ne lui a pas fait faire ses Pâques !

Les soixante buveurs regardaient Gilbert Cloquet. Il ôta tranquillement son chapeau, et dit :

– Je les ai faites.

Ils se levèrent tous. La colère des gestes et des voix remplit la salle. Des bras menaçaient ; on s'interpellait d'une table à l'autre, de la fenêtre à la porte, du fond de la pièce à l'entrée. Beaucoup d'hommes criaient : « À bas Cloquet ! Pas de calotins ! » D'autres : « Il est libre ! Nous sommes libres ! » Des tabourets renversés tombaient sur le carreau. Supiat sifflait dans une clé. Un coup de poing formidable, qui fit sauter les verres et les bouteilles, ramena un demi-silence, et la voix ample, la voix de réunion publique de Ravoux, le président, déclara :

– Qu'il s'explique ! Nous le jugerons, camarades : écoutez-le !

On vit alors que Cloquet était debout aussi, les épaules appuyées à la muraille, et qu'il avait le regard tranquille, et qu'il croisait les bras.

– C'est vrai, dit-il, j'ai vu là-bas des compagnons qui s'aimaient mieux que nous, et qui vivaient mieux que nous... J'aurais pu le voir en France ; mais moi, je l'ai vu de l'autre côté de la frontière...

– Non ! non ! Empêchez-le de parler ! À la porte du syndicat, Cloquet ! Fais voter tout de suite, Ravoux, on est en nombre !

– Pas encore ! cria Ravoux. Laissez-le parler !

– Pas encore, reprit Cloquet. Je n'injurie personne ; mon cœur n'a point changé en mal, au contraire ; mais j'ai reconnu que nous n'avions pas la vie, et je suis revenu pour vous dire où elle est. Je vous le dirai une fois, deux fois, dix fois, tant que je serai du monde. Personne ne m'en empêchera ! Je veux rester avec vous. La justice que j'ai voulue, je la veux toujours, mais je sais à présent qu'elle est plus belle que je ne croyais. Et je vais à elle.

– Vas-y seul ! Assez ! À la porte ! Bravo Cloquet ! Non ! À la porte !

– Venez donc m'y mettre !

Le départ du maître

– On y va !

Dans le tumulte grandissant, que les coups de poing de Ravoux n'apaisaient plus, trois hommes, sautant par-dessus une table, coururent vers Cloquet : c'était Tournabien, à la figure de chat ; c'était Le Dévoré, c'était Lamprière, tout à fait ivre. Une vague humaine, entraînée par eux, se rua vers le milieu de la salle, déferla en demi-cercle. Mais au moment où Cloquet, enveloppé à distance, se préparait à se défendre, et dénouait ses bras croisés, les assaillants et les curieux, les amis secrets et les ennemis s'arrêtèrent, et se turent subitement. Un spectacle nouveau les confondait dans la même stupeur. À côté de Gilbert, un homme s'était dressé le long du mur. La jeunesse l'illuminait. Ses lèvres riaient. Il était mince et plus petit que le grand Gilbert ; il le regardait de bas en haut, avec amitié, comme un cadet qui interroge l'aîné, et il dit, dans le silence, sans prendre garde aux poings tendus :

– Monsieur Cloquet, je suis de votre bord !

Cloquet sourit de contentement dans sa barbe, et l'on vit ses dents blanches.

– Ah ! Jean-Jean, petit bûcheron de Montreuillon, tu as du cœur comme pas un ; mais ne prends pas si vite mon parti ; trahis-moi plutôt : ils pourraient te faire du mal !

Le petit se tourna vers les hommes ameutés.

– Ils ne sont pas tous contre vous, allez !

Et, pour lui donner raison, deux autres, qui étaient de son âge à peu près, jouant des coudes, sortirent du rang. Ils venaient par instinct, parce qu'un mot d'honneur ou d'amitié les avait touchés ; ils prenaient parti pour le faible et pour Dieu inconnu ; ils étaient pâles, et l'un était tout blond de cheveux, frais de visage et rousselé, et l'autre, la poitrine encore étroite, mais jambé comme un cuirassier, avait au menton des copeaux frisés de barbe brune. Leurs yeux étaient tout frémissants de colère bridée.

– Toi aussi, mon Étienne Justamond ? dit Cloquet. Toi aussi, Victor Méhaut ? Ah ! braves gens de partout !

Et quand les trois jeunes hommes furent à côté de lui, l'encadrant, un à sa droite, deux à sa gauche, pour s'empêcher de pleurer, il se mit à rire tout haut ; il étendit les bras, et les posa sur les épaules amies, et il cria, et sa voix couvrit le murmure de la salle :

– Chassez-moi du syndicat, si vous voulez, camarades, voilà le mien ! Est-il beau ! Rien que des baliveaux de chêne !

– Pas de plaisanterie, Cloquet ! Personne ici ne te chasse ; tu es libre ! Arrière, les compagnons, et reprenons nos verres !

Ravoux intervenait, Ravoux avait eu peur ; il trouvait que ces jeunes avaient le geste neuf et on ne sait quelle figure inquiétante de chiens qui n'ont pas de collier ; en homme expérimenté, il sentait qu'une partie des bûcherons admirait secrètement Gilbert Cloquet ; il formulait, comme de coutume, il avait deviné l'opinion dominante ; ses mains pâles et velues poussaient les compagnons et rompaient le cercle autour de Cloquet, de Jean-Jean, d'Étienne Justamond et de Victor Méhaut.

– J'aime mieux ça, dit Cloquet. Allons ! mes petits, reprenez vos verres, vous aussi. Rentrez les poings. Je vous rappellerai, si j'ai besoin de vous.

Il resta debout, pendant qu'autour des tables, peu à peu, les hommes se rasseyaient, appela Blanquaire, paya la dépense de tous ceux qui étaient là, puis, levant son verre tout plein de vin de Narbonne, il but d'un trait.

– Adieu, mes compagnons et mes amis ! Il faut que j'aille revoir ma maison, où je ne suis pas encore rentré.

Il fit un geste de la main, largement, comme pour semer son adieu à travers la foule. Plusieurs hommes crièrent : « Vive Cloquet ! Merci, Cloquet ! » D'autres, d'un mouvement de tête ou de paupières, donnèrent à entendre : « Je suis avec toi, tout au fond. » D'autres eurent l'air de ne rien entendre et de ne rien voir. Il traversa la salle, lentement, s'arrêta un instant sur le seuil, pour bien montrer qu'il ne fuyait pas, et descendit sur la route.

Le bruit de la dispute, les applaudissements, les éclats de voix avaient excité la curiosité des voisins du café Blanquaire. Quand Gilbert Cloquet leva la tête pour juger si le temps s'était amélioré, il aperçut des visages derrière toutes les vitres basses des maisons ; il vit même, à la fenêtre haute de la cure, toute voisine du café, l'abbé Roubiaux penché, inquiet, se demandant : « Ont-ils tué quelqu'un ? »

Le départ du maître

– Je ne suis pas encore mort, monsieur le curé, dit-il. Et même, si vous vouliez bien me faire un bout de conduite, j'ai quelque chose à vous annoncer !

L'abbé, tête nue, sortit par la porte à claire-voie, et se mit à descendre, à côté de Gilbert, dans la direction de la forêt et du Pas-du-Loup. Mais le journalier ne lui apprenait aucune nouvelle d'importance. C'était lui plutôt qui interrogeait, et se faisait raconter les dernières semaines de la vie de Michel de Meximieu. À l'endroit où le sentier se détache de la route, loin des maisons, loin des oreilles qui guettent les mots :

– Monsieur le curé, dit Cloquet en s'arrêtant, il ne faut pas aller plus loin. C'est même beaucoup de vous avoir fait marcher si longtemps sans vider mon sac. Mais je ne voulais pas être espionné. Monsieur le curé, qui croyez-vous avoir devant vous ?

– Le bûcheron Gilbert Cloquet.

– Non, c'est un autre : je suis converti.

– Vous dites ?

– Converti à fond, de cœur, de corps et d'esprit. Mais, c'est pas vous qui avez fait le coup : c'est les Belges.

Rapidement, il raconta son séjour dans le pays des Picards, et comment il avait été amené, presque sans l'avoir voulu, à suivre le boucher de Quiévrain. Il parlait sans quitter des yeux l'abbé Roubiaux, avec un regard clair, content, ami, et qui voulait dire : « Vous voyez bien que je ne mens pas. Je ne suis plus celui qui se détournait quand vous passiez, ou qui ne comprenait pas. » L'abbé, lui, ne regardait pas toujours Gilbert ; parfois, il levait les yeux au-dessus de son ami, au-dessus de la terre, comme le Christ, dans les tableaux, quand il va bénir le pain. Et, chaque fois, ses yeux revenaient de là-haut tout brillants et cernés de larmes jeunes. Enfin, il dit :

– J'ai travaillé, moi aussi, pendant que vous n'étiez pas là ; et vous verrez, dimanche, que plusieurs m'ont entendu. Mais je suis encore bien seul, Gilbert : vous m'aiderez, n'est-ce pas ?

– Cette question ! On ne croit jamais pour soi tout seul, voyons, monsieur l'abbé ! Ce que j'ai eu de bon, moi, je l'ai toujours partagé.

– Quel malheur pour nous, que la mort de monsieur Michel !

– Oui, vous dites bien ; vous, lui et moi, c'était comme une Trinité. Mais à nous deux, monsieur le curé, nous sommes bien forts, parce qu'ils ont de l'estime pour nous.

– Et vous avez pensé à ce que vous feriez ?

– Oui, je ferai comme la veille de la vente qui a eu lieu à l'Épine. Il y avait un cheval ici, une vache là, une autre ailleurs, des brebis dans les chaumes, et je les ai ramenés !

Il fit un geste, comme jadis, dans les réunions publiques, et sa voix s'éleva :

– Et puis, vous savez, je reste du syndicat ! Compagnon comme devant, le vieux Gilbert !

– Vous faites bien !

– Vous ne me le diriez pas, que je le croirais tout de même. Seulement, monsieur le curé...

Il se pencha et il baissa la voix, parce que c'était une confidence.

– Seulement, il faudra faire comme les messieurs prêtres du pays des Picards. Ils avaient de l'amitié pour le pauvre monde...

– J'en ai aussi.

– Celui qui nous prêchait, quand on le regardait, on lui voyait dans le cœur quelque chose qui nous aimait, et quand il parlait, on aurait dit que c'était un de nous.

– Je saurai, n'ayez pas peur !

Alors, l'abbé demanda :

– Donnez-moi la main.

Gilbert les tendit toutes les deux. Et l'abbé les serra dans les siennes, un long moment, et il considérait, muet d'émotion, cette chose ancienne, et belle, et nécessaire : les mains de l'ouvrier mêlées à celles du prêtre.

Ils se quittèrent. Cloquet descendit par le sentier qui mène au Pas-du-Loup.

Il était deux heures de l'après-midi. Le ciel se découvrait vers les monts du Morvan. Mais les maisons du hameau, enfouies dans la forêt, ne recevaient jamais que le trop-plein de la lumière qui passait au-dessus d'elles. En ce moment, elles étaient déjà dans la brume et dans l'ombre, et l'on eût dit qu'elles commençaient

Le départ du maître

leur nuit. Gilbert se dirigea vers celle qui était plus obscure que les autres, et dont la fenêtre était fermée. Et il frappa trois grands coups avec sa canne.

Sur le seuil de la maison voisine, la mère Justamond accourut.

– Qui est-ce qui cogne ? Comment ! c'est vous, Gilbert Cloquet ! Vous attendez après la clé ? On vous l'apporte.

Elle disparut, et revint presque aussitôt, flanquée de deux de ses filles, Julie la grande, et Jeannie la courtaude.

– Dame ! mon pauvre homme, on ne vous espérait plus ! Voyez la maison, comme elle a l'air mort ! Personne n'est venu vous demander, depuis longtemps.

– Personne ? Vous êtes sûre ?

La bonne femme mit la clé dans la serrure, et dit, luttant du genou contre la porte qui résistait :

– Non, personne, pas un chrétien ; il y a tout au plus un compagnon, Méhaut l'ancien tuilier, qui s'est informé de la maison. Il aurait voulu la louer.

– Il pourra le faire, probablement, répondit Gilbert.

La mère Justamond, ayant réussi à pousser la porte, s'effaça pour laisser passer Cloquet. Mais il n'osa pas d'abord entrer. L'air moisi qui soufflait de là dedans, l'air qui meurt chez nous quand nous n'y sommes plus, et tout le souvenir du passé l'arrêtèrent sur le seuil. Il essuya son front avec sa main, comme si une bête l'avait piqué, et un peu courbé, les yeux fixes, il contemplait ce pauvre cube d'ombre qui avait été la demeure de sa joie, la demeure de sa peine, et qui ne vivait plus.

La mère Justamond ne comprenait qu'à demi. Elle hochait la tête, en avançant les lèvres, comme une personne qui voudrait bien en savoir plus long, mais qui n'ose pas interroger. Elle demanda seulement :

– Comme ça, la Picardie, ça n'a pas été ?

Gilbert, sans répondre et sans bouger, demanda à son tour, de sa voix toute basse, et qui tremblait :

– Dites, mère Justamond, où est Marie ? Le savez-vous ?

Julie Justamond, rousse comme un écureuil, debout près de la mère, et les dents éclatantes, répondit :

– Elle voyage depuis sa jeunesse, cette fille-là : elle continue.

La mère lui envoya une gifle.

– Rosse, dit-elle, voilà pour toi ! Excusez-la, Gilbert, c'est encore jeune... Non, je n'ai pas grande nouvelle. Des gens m'ont dit qu'elle était à Paris avec son homme.

– Je la retrouverai parce qu'elle aura besoin de moi, mère Justamond.

Il tourna la tête vers la femme, qui eut pitié de le voir si ému, et il dit, se penchant :

– Je vas recommencer à travailler pour elle.

– Pour elle, Gilbert ! C'est pas Dieu possible ! Pour une fille qui vous a manqué !

– Oui. On revient de loin, voyez-vous. Elle peut revenir, elle aussi.

– Qui a eu la saisie, qui a...

– Je sais tout ce qu'elle a fait, mère Justamond, mais je dis ce que je dis : je vas recommencer à travailler pour elle.

Il entra dans la maison, et on ne le vit plus, que comme une ombre qui hésite en marchant. Puis les femmes s'en allèrent. Le hameau redevint silencieux. Il n'y avait plus que les feuilles mortes qui roulaient sur le chemin forestier.

Gilbert Cloquet resta plus d'une heure chez lui. Quand il sortit, et qu'il passa devant la maison de la mère Justamond, il tenait à la main un paquet enveloppé dans un mouchoir. C'étaient de menus objets qu'il n'avait pas voulu emporter au pays des Picards, et entre autres, des photographies de sa femme et de sa fille, et une petite statue, haute de deux doigts, tout enfumée, toute délaissée jadis, et qui était la seule chose qu'il eût embrassée, lui, en revenant. Il allait lentement.

– Mon pauvre Cloquet, demanda la bonne femme, où allez-vous, comme ça, si triste ?

– Je vas faire une chose qui me coûte bien, répondit Cloquet sans s'arrêter. Mais il faut que j'aille...

Elle cria :

– Reviendrez-vous, au moins ?

Il fit un geste, comme s'il disait non.

XVI
La remontée

Il revit le jour, en sortant de la forêt, mais le jour commençait à diminuer, car on était dans les mois où la terre dort longtemps. La route qui conduit à Fonteneilles était déserte. Les hommes, les femmes qui avaient assisté à l'enterrement s'étaient dispersés à travers les campagnes, et les esprits aussi étaient revenus chez eux. Gilbert montait tout seul. Cependant, comme il traversait le bourg, il fut aperçu par les femmes et les filles, qui rêvassent derrière les vitres en tirant leur aiguille. Dix têtes jeunes ou vieilles, dix paires d'yeux suivirent le mouvement de l'homme qui marchait au milieu de la route.

– Où va-t-il ?

Il ne regardait personne. Il avait la tête penchée et toujours son petit paquet à la main.

– Où va-t-il ? Il a son bel habit. Il ne descend pas vers le bois, non, il s'en va vers le haut du bourg ; le voilà en face de chez Durgé ; il ne s'arrête pas... Il diminue déjà... Il est loin... Est-ce que ?... Oui, c'est sûr ! Il remonte à la Vigie !

Il remontait, en effet, à la Vigie. Depuis vingt-trois ans, pas une fois il n'avait suivi ce bout de route qui va de Fonteneilles jusqu'au sommet de la colline où est bâtie la ferme, et qui descend de l'autre côté. Quand il devait se rendre à Crux-la-Ville, il préférait allonger le parcours et tourner la motte verte, plutôt que de revoir ces murs qu'il avait quittés et de risquer de rencontrer le maître du domaine sur la terre du domaine. Il avait dépassé le bourg, à présent, il gravissait la dernière pente, qui est droite et régulière. Il n'avait de regard ni pour droite, ni pour gauche, mais il levait la tête, et, au ras du ciel, là-haut, il regardait grandir, et se mouvoir au gré de la marche, le dessin des toits et de la pierraille qui avaient nom La Vigie. Les années qu'il avait passées là, les meilleures, celles de sa jeunesse, soulevant la poussière et les cailloux tombés dessus, ressuscitaient dans l'esprit de Gilbert. Il voyait tout le passé redevenir vivant, et la figure qu'avait M. Honoré Fortier, l'après-midi où l'on s'était quitté. Pour Gilbert, cette rude face rasée, pleine et noueuse, n'avait ni changé, ni vieilli : elle vivait, fixée dans une expression de colère, de dédain et de défi. Ils allaient donc se revoir. Gilbert avait changé, lui ; mais l'autre ? celui qui ne descendait de la Vigie que dans la carriole rouge et pour aller aux foires ?

À mesure que grandissaient la haie double du petit chemin qui noue la ferme à la route, et le frêne tout rond qui couvre encore la barge de bois, et les étables cachant à moitié la maison, « le domaine » qui est bâti au côté gauche de la cour, Gilbert Cloquet ralentissait le pas. « J'ai donc bien vieilli ? » pensait-il.

Le soleil luisait un peu avant de disparaître.

Quand le vent du plateau souffla sur son front mouillé, Gilbert, à l'entrée du petit chemin de la ferme, s'arrêta. Il était à cinquante pas de la Vigie ; il voyait de côté, dans le sens de la largeur, l'habitation de M. Fortier, puis la cour en contre-bas, au fond les porcheries et le poulailler, et tout près, formant le troisième côté de la cour et se présentant en longueur, l'étable des bœufs, l'étable des vaches, la grange, l'écurie avec les pigeons sur l'arêtier. La ferme semblait déserte.

« Il est en voyage, peut-être ? » murmura Gilbert.

Il entra dans le chemin, et s'avança jusqu'au milieu de la cour, et se tint debout, face à la porte de la maison, qui était close. À sa gauche, abrités par le mur de l'étable, deux jeunes domestiques de la Vigie dételaient une jument et quatre bœufs de labour, et ils se mirent à désigner du doigt l'arrivant, et à rire à son sujet. Lui, il les ignora, autant que des moucherons qui eussent dansé près de lui. Il ne détournait pas son regard de la porte du domaine. Il attendait, appuyé d'une main sur son bâton d'épine, son paquet posé à terre, près de lui.

Et plus de cinq minutes s'écoulèrent, après lesquelles Gilbert enleva son chapeau. Il venait d'apercevoir, derrière la vitre, madame Fortier, toute blanche. La porte s'ouvrit, et M. Fortier apparut sur le seuil. Mais il ne s'avança pas. L'ancien maître de Gilbert, le riche fermier, devenu le principal personnage de la commune, considérait à son tour ce journalier dont il cherchait à deviner les intentions. À travers la cour, de l'un à l'autre homme, des pensées, des demandes et des réponses muettes, allaient et venaient. Une rancune aussi violente qu'au premier jour gonflait le cœur et faisait trembler les lèvres rasées de M. Fortier. Il fut sur le point de crier :

« Hors d'ici, Cloquet, ma cour n'est pas pour les domestiques qui m'ont abandonné !... »

Mais il remarqua que le journalier avait le chapeau à la main, et il dit, levant un bras jusqu'à moitié de son ventre :

– Viens plus près, si tu as des raisons d'être dans ma vue.

– J'en ai, dit Cloquet.

Il vint, sans cesser de tenir ses yeux levés, pour que M. Fortier pût lire dans la pensée de son ancien domestique. Il s'arrêta à trois pas du perron, et il se couvrit.

– Monsieur Fortier, je vous ai fait du tort, il y a vingt-trois ans, quand je vous ai quitté.

– Est-ce que tu crois que je l'ai oublié ? Je t'en veux autant qu'au premier jour.

– Moi, monsieur Fortier, je voudrais réparer le tort que je vous ai fait. Je voudrais rentrer à la Vigie.

– Tu y as mis le temps, Gilbert Cloquet ! C'est donc parce que tu n'as plus de force, que tu me reviens ?

– Allons donc ! dit Gilbert, en levant sa canne en biais, comme une cognée.

– Alors, c'est parce que tu n'as plus d'argent ?

– Écoutez, dit l'homme en s'approchant d'un pas, vous ne pouvez pas me reprocher d'avoir perdu mon bien pour payer les dettes de ma fille. Oui, je veux gagner mon pain, et je peux le gagner partout, monsieur Fortier ! Si je reviens chez vous, c'est pour la justice que je vous dois, et parce que je serai moins seul, là où j'ai été jeune.

– Je t'ai dit, il y a vingt-trois ans : « Même quand tu seras vieux, jamais je ne te reprendrai. » Je n'ai qu'une parole !

– Moi aussi, monsieur Fortier, j'avais dit : « Je veux être mon maître. » À présent, je ne le pense plus : ça n'est pas le métier qui fait qu'on est libre. J'ai vu ça chez les Picards.

– En effet, on m'a parlé...

M. Fortier eut un petit rire sec que Gilbert connaissait. Quand M. Fortier laissait s'allonger ses lèvres gercées, ne fût-ce que d'un millimètre, c'est qu'il pouvait revenir sur son premier mot.

– Je vous en prie, monsieur Fortier : je l'aime, la Vigie !

La remontée

Le fermier se redressa sous le coup de l'émotion. Lui aussi, lui surtout il aimait la Vigie. À sa droite, il apercevait les deux bouviers, deux gringalets de dix-huit ans, mauvaises têtes, mauvais cœurs, hélas ! et pareils à tous les autres domestiques qu'on trouvait maintenant. Et tout près, il avait Gilbert, l'homme ancien sans doute, mais qui aimait la terre, qui ne buvait pas, ne laissait point se perdre le bien du maître, qui avait touché et remué chaque motte de la grande ferme.

Il s'attendrit, en calculant l'intérêt qu'il avait à reprendre ce Gilbert.

– Viens, dit-il.

Et il tendit la main à Gilbert, pour le faire monter jusqu'à lui.

Ces quatre marches franchies, le journalier redevenait domestique de M. Fortier, à la Vigie de Fonteneilles.

Les deux hommes burent d'abord deux verres de vin rouge du Midi, coup sur coup, et mangèrent un biscuit, en signe de réjouissance. Gilbert avait retrouvé son courage, et questionnait sur les changements, et sur les projets.

– Tu retrouveras ta bauge ; c'est moins bon qu'un lit !

– Ça m'est égal. Les bœufs s'appellent toujours de même ?

– Toujours Griveau, Chaveau, Corbin, Montagne, Jaunet et Rossigneau.

– Tant mieux, fit Gilbert, en riant d'aise. Je n'aurai rien à rapprendre, alors.

– Pas grand-chose, Dieu merci, répondit M. Fortier.

Il souleva le rideau de la fenêtre, du côté des champs.

– Tiens, dit-il, pendant qu'il reste du jour, va faire le tour des terres, mon vieux Gilbert.

Gilbert traversa la cour, et il alla dans le pré qui est derrière les étables, et d'où l'on aperçoit Fonteneilles avec sa forêt. Mais il se souvenait surtout de la vue qu'on a de la pâture. Il gagna donc, par la route, la grande pâture qui est sur le plateau, à droite, et il revit les montagnes du Morvan et tout l'horizon qu'il avait contemplé dans sa jeunesse. Puis, un à un, le long des traces et par les échaliers, il parcourut les héritages.

Les bêtes le considéraient un instant, et se remettaient à paître, songeant : « C'est bien : il est d'ici » ; des grives, de la grosse espèce, posées sur les peupliers qui n'avaient plus qu'une feuille ou deux, rappelaient avant d'aller se blottir dans une touffe de gui ; des corbeaux le saluaient de l'aile en passant au vol ; des ramiers, lancés à toute allure dans les hauteurs dorées, plongeaient en tournoyant vers les combes déjà bleues.

Il faisait froid. Le couchant annonçait du vent pour le lendemain. La cloche de Fonteneilles sonnait à mi-coteau. Gilbert était seul, au-dessus du vaste pays, dans la nuit qui tombait. Il pensa à la maison où il ne rentrerait plus, cachée là-bas, dans les futaies du Pas-du-Loup. Il pensa à ses camarades, les journaliers de Fonteneilles, et il reconnut qu'il les aimait tous, qu'il pardonnait à tous, et qu'il lui serait bon de revivre parmi eux.

Puis, comme le jour défaillait, il fit du regard tout le tour de la colline ronde où il allait recommencer à travailler demain. L'herbe était belle. Les jachères attendaient la charrue. En maint endroit, au-dessus des terres brisées, le froment levait sa pointe verte. Gilbert se découvrit, et il dit :

– Peu importe à présent d'habiter chez les autres, peu importe le chaud, le froid, la fatigue ou la mort : j'ai le cœur en paix.

Il sentait une grande joie vivante monter d'elle-même dans son cœur renouvelé.

Et il dit encore :

– Je suis vieux, et cependant, voilà que je suis heureux pour la première fois.

ISBN : 978-3-96787-869-1

La remontée

CPSIA information can be obtained
at www.ICGtesting.com
Printed in the USA
BVHW031954040221
599199BV00016B/224

9 783967 878691